U0798247

涅槃

冯衍华 著

中国工人出版社

图书在版编目（CIP）数据

涅槃 / 冯衍华著. —北京：中国工人出版社, 2021.5
ISBN 978-7-5008-7663-2

Ⅰ. ①涅… Ⅱ. ①冯… Ⅲ. ①长篇小说－中国－当代 Ⅳ. ①I247.5

中国版本图书馆CIP数据核字（2021）第099808号

涅 槃

出 版 人　王娇萍
责任编辑　姚　宁
责任印制　黄　丽
出版发行　中国工人出版社
地　　址　北京市东城区鼓楼外大街45号　邮编：100120
网　　址　http://www.wp-china.com
电　　话　（010）62005043（总编室）
　　　　　（010）62005039（印制管理中心）
　　　　　（010）62379038（社科文艺分社）
发行热线　（010）62005996　82029051
经　　销　各地书店
印　　刷　天津中印联印务有限公司
开　　本　880毫米×1230毫米　1/32
印　　张　11
字　　数　280千字
版　　次　2021年7月第1版　2021年7月第1次印刷
定　　价　48.00元

本书如有破损、缺页、装订错误，请与本社印制管理中心联系更换
版权所有　侵权必究

序：听冯衍华讲述银行里的故事

赵德发

前些年，人们一说到“白领”，往往想到银行职员。他们待遇丰厚，衣着光鲜，整天拨弄金钱——金钱可是社会机器的高级润滑剂。所以，他们是高端群体，是精英阶层。但后来听在银行工作的朋友说，工作不好干了，“压力山大”。为什么会这样，他们说了好多原因，其中频频提到“改革”二字。金融改革已经进行多年了，到底是怎样改革的，改革又引起了哪些变化，我不太清楚，读了山东省金融作家协会副主席冯衍华先生的长篇小说《涅槃》，有云开月明之感。

《涅槃》讲述了发生在中国工商银行一家支行里的故事，以小见大，让我们了解了该行在新世纪之初的改革进程。小说开头，市行办公室主任钱融调任泰城支行担任行长，一个烂摊子摆在了他的面前：干部职工习惯了端金饭碗，坐铁交椅，敷衍搪塞、不负责任，个别网点的员工竟然在上班时间打扑克。而此时整个金融业迅猛发展，街上各家银行的网点“比厕所还多”，钱融负责的这家银行业绩很差，岌岌可危。此时，中国工商银行的股份制改革已经提上议事日程，作为一家基层支行，这种状况如不改变，将会成为改革的绊脚石。钱融摸清情况，痛下决心，上任不久便推出一项措施：全员竞聘上岗，能者上，平者让，庸者下。这项人事制度改革，动了一些人的奶酪，甚至砸了一些人的饭碗，激起强烈反弹。有人公开反对，有人暗地送礼，还有人找领导说情，钱融通通置之不理。于是，他遭到各种报复：有人当面骂他，有人半夜往他窗户上扔砖，还有人买凶把他打伤。但钱融没被吓倒，他想：敢于击水中流，就不怕喝水，更不惧溺水。确定了自己的目标，无论怎样的急流险滩，也不论有多少恶浪漩涡，所有的障碍终将会被排除。面临工作中层出不穷的矛盾，他咬紧牙关，披荆斩棘，以吃苦耐劳的忘我精神，在忙碌、疲惫而充满意义的沸腾生活中，团结带领支行一班人，不断提升奋进的意志、信心和力量，扎扎实实地组织了各项改革，终于让这项改革圆满完成。

身为行长，不仅要搞好内部管理，还要身先士卒对外竞争。为了拉存款，他豁出命与客户喝酒；为了让更多客户到本行办卡，他动员妻子上阵；为了回收逾期贷款，他与老赖斗智斗勇；面对到政府上访的停产企业职工，他想方设法处置企业债权，为政府排忧解难。通过一个个典型事件，表现了这位银行行长善于开拓、敢于担当的领导者风采。

不只是钱融，作者还塑造了一个金融人群体。支行领导班子的其他成员如张军、梅霞等，虽然性格迥异，但都与钱融同心同德，携手前行。那些普通职工，多数人都能理解并支持改革，任劳任怨，恪尽职守，有的人甚至献出了生命。押运员李志良无暇陪护生病的母亲，顾不上去看望当兵的儿子，有一天运钞车遭遇抢劫，他被歹徒炸死。钱融的弟弟钱进和弟媳肖珊都是本行职工，钱进去省行报送材料，路上出车祸以身殉职。更让人感叹的是，他家还有五万元房贷没有还完，行里要为其减免，却被肖珊拒绝，体现了一位金融人高洁的精神境界。他们在平凡的岗位上的平凡故事，演绎的却是一段感人肺腑的“为之生为之死”的奋斗和艰辛的历程。

2006年秋天，中国工商银行A+H股成功上市。此后，工行一直保持着在金融界的领先地位，拥有中国最大的客户群，连续八年位居全球银行1000强榜首。工行的辉煌，是由千千万万工行人的奋斗换来的。这个改革进程，从泰城支行可见一斑。泰城支行的故事以“涅槃”为题，有深意藏焉。

冯衍华先生在工行工作了几十年，是改革的亲历者，他讲这些故事驾轻就熟，得心应手。他用的那些专业术语，写到的那些工作程序，让读者开阔了视野，增长了知识。他引用一些业内人士用于吐槽的段子，譬如“表面风光，内心彷徨，容颜未老，心已沧桑，成就难有，郁闷经常，比骡子累，比蚂蚁忙，比猪受气，谁让咱干金融这一行”；譬如“穿的是人模人样，看的是铁门铁窗，拿的是杯水车薪，玩的是键盘钞票，说的是您好再见，做的是点头哈腰，唱的是还我节假，等的是明日下岗”等，真切地反映了一些银行职员的心态与处境。作者还擅长心理描写与景物描写，尤其是钱融在某些特定处境之下的情景交融，增强了作品的艺术魅力。

据我所知，冯衍华先生的作品较多，其中有一部长篇小说《工会主席》，讲述的也是银行里的故事。我祝贺他的创作成就，也希望他再接再厉，以更深刻的洞察力、更高超的表现力，将故事讲得更加引人入胜，发人深思。

2021 年 5 月 29 日

（作者系中国作家协会全委会委员、山东省作家协会原副主席）

传说中的天方国，有一对神鸟，雄为凤，雌为凰。满五百岁后，集香木自焚，复从死灰中更生，从此鲜美异常，不再死。

——题记

楔　子

深秋，凤凰山层林尽染，枫叶如炬。

一辆黑色奥迪车驰过红枫林，停在了“常青林”路口。“常青林”是一处公墓。这是凤凰山的最高处，山并不高，却是小城的一个象征。相传，上古时代，这里曾是一片汪洋，当时洪水泛滥，为害一方，有一只金凤凰飞来，助大禹退了洪水。从此，金凤凰便永镇此地，落而成山，这就是凤凰山。作为一处国家级重点风景名胜区，凤凰山是美丽的，美在她的草长莺飞，美在她的山清水秀，美在她那古朴、浑厚、凝重的特殊神韵和那许多悠远而美丽的传说。

但今天，钱融可不是来游山玩水的，他是来祭奠最亲近的亲人和同事的。钱融下了车，站在路口，目视山野，神情恍惚。他手捧两束鲜花，左肩背一挎包，略微定了下神，向“常青林”走去。钱融今天穿了一身靛青色西装，内搭洁白的衬衣，系一条黑色领带，挺直的高鼻梁上架了一副黑边眼镜，镜片后面的双眸充满无比的哀伤和忧郁。他看起来英俊年轻，若不是岁月的沧桑让他鬓边黑发中夹杂了些许银丝，很难想象他已经年近半百。

五年，整整五年了，我又来看望你们了。钱融心里嘀咕着来到一座墓碑前，他先将鲜花放在一旁，从挎包里取出一把小扫帚，俯下身轻轻拂去供桌上的灰尘，然后拿了一束鲜花摆上了供桌。之后他对着墓碑，凝视了许久。墓碑上刻着“钱进之墓”。他手抚墓碑，眼中已有泪涌出。站立了一会儿后，他抬头望了望天色，冲着墓碑深深地鞠了三个躬，又转身来到另一座墓碑前。这座墓碑像一株挺拔的松树，凄婉肃立。这是李志良安息之地。他献上鲜花后，同样是久久地默然肃立了一会儿。仿佛就在昨天，他们还一块儿工作，一块儿生活，一块儿欢笑，还一块儿来凤凰山游玩，那笑声似乎还在大山里荡漾。他仿佛走进了一个梦里。

夕阳西下，绚烂的晚霞染红了天。一阵秋风袭来，火红的枫叶在秋风中绽放着。它一年两季地绿，到了秋天却倾尽全身的血液化作了这无边的红色。这景色如同一首诗，更似一支渐行渐远的歌，连同那让他永远不能忘怀的往事一起涌上钱融的心头。

第一章

2004 年 8 月初，是齐州市最燥热的时节。已是多日无雨，烈日如火一般直射大地，柏油路面被烈日晒得软软的。道路两旁，高大的法桐树叶子都软软地低垂着，一只懒洋洋的蝉在树梢上有气无力地聒噪着，一切都显得了无生机。这种燥热让人难以忍受，人们无不期盼着一场细雨凉风的早日来临。

齐州市工商银行的行长工作会议刚刚结束。会议的中心议题就是支行的“三定”和撤并低效网点改革，重点是定编、定岗、定员的“三定”改革。区、县支行的行长以及分管人事工作的副行长们陆续步出市工行 21 层的大楼。

就在一天前，市行周政行长和分行办公室主任钱融做了一次长长的谈话，这是一次改变钱融命运的谈话。一见面周行长就开门见山地说，要他接替黎臣，担任泰城支行行长一职，并且要求他在第二天分行工作会议后立即到任。黎行长在泰城支行任行长已整五年，这次调市行是正常的干部交流需要。但一切来得那么突然，钱融根本没有思想准备，愣愣地坐在那里。

周行长看出了钱融的心思，给他倒了杯茶，说：“大道理不讲了，派你去泰城支行是分行党委的决定，泰城有困难，人事改

周行长看出了钱融的心思，给他倒了杯茶，说："大道理不讲了，派你去泰城支行是分行党委的决定，泰城有困难，人事改革不说，单那宗不良资产就把泰城的考核长期拖在了全市倒数的位子上。挑来选去，考虑你在泰城干过副行长，熟悉那里的工作，又有分行这两年的锻炼，相信能胜任的。"

革不说，单那宗不良资产就把泰城的考核长期拖在了全市倒数的位子上。挑来选去，考虑你在泰城干过副行长，熟悉那里的工作，又有分行这两年的锻炼，相信能胜任的。”周行长喝了口水，顿了顿，意味深长地说：“我们这样一个从计划经济时期走过来的大行，内在机制和员工思想观念还存在很多痼疾，要走股改之路，创世界一流商业银行，困难是不言而喻的。可是，时代赋予了我们这一代人最庄严的使命，无论有多困难，都要去完成它。”

谈话结束后，钱融脑子里乱成了一团麻，总也理不出个头绪。泰城支行的工作环境可不比他现在工作的办公室，而且还是全市的落后行。可一想到周行长那期盼的眼神，他又感到了一种神圣的责任感压在肩头。

泰城区三面环山，一水穿城，是一座自然风光秀丽的山城。小城因泰河愈加灵秀，泰河因小城更加丰润。泰河是有生命的，丰水季节，滔滔泰河，河面波浪翻涌，急流滚滚。多少年来，汹涌泰河一路东去，淘尽多少故事。泰城人口约六十万，曾经以生产陶瓷、琉璃闻名于世，被誉为中国五大瓷都之一。新石器早期就有了陶瓷制作，万年岁月的火与土，陶瓷业的薪火传承，铸就了这座小城丰厚的文化底蕴和悠久的历史文化。她也曾是一个以钢铁、机械制造业等重工业生产而闻名全国的重要工业城市。那是一段多么风光的历史，那是一个多么闻名的泰城啊。她曾经是那么的骄傲，但也正是这种固有的骄傲和近乎半封闭的地域文化特性，使她在市场经济大潮面前开始无所适从。二十世纪八十年代至九十年代中期，面临国家经济转型和市场经济发展，许多大中型企业相继破产，仅下岗工人就有两万余人，这给当地金融业发展带来了前所未有的困难。半年前，钱融就听说黎臣要去交流，黎臣家在外市，为了干好工作，家安在了泰城，苦苦干了五年整，消化处置了大多数不良资产，但还是留下了一个老虎尾巴的硬骨头。黎臣来的时候顶着一头黝黝黑发，现如今已是“前秃光明”了。钱融对可能的继任者排过队，却压根儿没想到会落在他的头上。

正是中午时分，黎臣行长和张军副行长散了会后急急奔向轿车，司机小刘正开了空调在车里等候。“黎行长，在市行吃饭吗？”小刘问道。“回去吃。”黎臣说完，拨通了支行办公室主任梅霞的手机：“我们正从市里往回返，准备点水饺，并通知其他班子成员和全体中层干部，下午一上班在会议室召开会议。”

小刘听了，悄悄地回头看了一眼神情严肃的黎行长，对接下来的事也猜出了一二分。早就传闻行长要变动，可没想到是在今天。他跟了黎行长五年，此时，却是别有一番滋味在心头。小刘启动轿车，疾驰驶向高速路。

泰城支行会议室里，人声嘈杂，由于都早已知道了人事变动的情况，大家七嘴八舌地议论着。但也有人根本无所谓，眉飞色舞地谈论着昨晚电视剧里的故事情节。当周行长、黎行长、钱融和其他班子成员走进会场时，大家才静了下来，目光齐刷刷地投向了钱融，有的充满期待，有的流露惶惑，有的莫名震惊。周政行长刚刚宣布完分行党委的任命，钱融便看到坐在台下前排的老同学梅霞第一个带头鼓起了掌。钱融的目光和她对视了足足五秒钟，算是表达对这位老同学的谢意。看到梅霞脸上溢出的真诚微笑，那修整得一丝不乱的短发，以及她沉稳优雅、干练大方的姿态，钱融一时竟走了神。梅霞和钱融同岁，尽管已入不惑，她的脸上却完全没有岁月的影子，风韵灼灼，魅力依旧。梅霞的发型，也只因了钱融当年的一句话。那是在入行培训班结束时的聚会晚宴上，他们坐在同桌，当端起酒杯互相敬酒时，钱融端详着梅霞。梅霞红了脸，温情脉脉地说：“看啥？有啥好看的。”钱融竟一时语塞，轻声道：“梅霞，你今天的发型真好看。”梅霞瞪大了眼睛：“真的吗？那我以后就定这个发型了。”没承想，二十多年来她的发型就真的没再变过。掌声将钱融拉回会场，他内心暗暗地滋生了一丝丝甜蜜。他前一天精心准备了就职演说，但当面对台下那么熟悉的部下和同事时，又一时不知说什么，只是谦恭地做了表态并感谢大家的信任和支持。

第二章

对钱融来说，没有什么比和黎臣交接来得更简单。黎臣将一张尚未签字的任务分配表和一沓文件交给了钱融，一同交付的还有其他需要交代的支行情况表，总共两张，其中有的也早已交代给了梅霞。周行长对钱融说：“行里的安排和任务都交给你了，泰城支行和二百多人也都交给你了，未来任重而道远。一切都要服从工作需要。长话短说吧，我们还要赶回分行。”说完，黎行长跟周行长便动身往回赶。

送走了周行长和黎行长，梅霞又安排车和张军副行长陪同钱融去拜访了区人民银行、银监局领导以及分管金融的副区长。

回行的路上，钱融坐在车里，将身子靠在座椅上，微微眯着眼睛，既在思考着分行会议的贯彻，又在考虑着繁重的业务指标。自从和周行长谈了话，这两天他就没睡过囫囵觉。这位刚过不惑之年，身材魁梧、体格健壮的汉子，此时，却充满一种疲惫感。

这时，车内响起了蒋大为的《敢问路在何方》，歌曲激昂、高亢，声音苍劲，富有弹性，似战马出壕，具有冲垮一切的气势，锐不可当。钱融随着歌曲节奏的起伏，手上打着节拍，不知怎么地，联想到了唐僧师徒遭遇八十一难的取经之路。他感到肩上的担子沉甸甸的。

钱融、张军和梅霞赶回行时，已接近下班的时间。

“钱行长，小别胜新婚啊。今天是周末，您又是第一天上任，还不早一点儿回家和嫂子团聚？”梅霞半开玩笑地说。她的眼神游走不定，氤氲迷离，那视线似乎是凝视他，又似乎在用心地品味着什么。一瞬间，钱融心底泛起微微的涟漪，空气中似乎漾起了一种别样的情怀和风韵，颇耐人寻味。

钱融微微一笑：“哪有那心思啊，这满脑子的事。不过我还真忘记了是周末，一会儿安排点便饭，通知全体班子成员开会，研究一下如何贯彻分行会议精神。”他沉吟片刻后又说：“我可是在全体中层会上表了态的，我们的工作要经得起领导的检验，经得起员工的检验，经得起实践的检验。更要对得起领导，对得起员工，对得起自己的良心。我们没有退路，只能背水一战。”说完，钱融在心里暗暗地骂自己不是东西，自己是来干什么的，可不是来风花雪月的。自己应当扛起一份责任，站着就是一堵墙，能挡风遮雨。躺下就是一座桥，能铺平道路。想到这儿，钱融的心里平静了许多。

钱融开完会回到家时已是晚上十点钟，上中学的女儿萍萍刚下了自习课回家。孙莉正在看电视，见他进了门，半娇嗔半讽刺地说：“我的大行长要以行为家了，脑袋上有了这顶乌纱帽，不大可也不小，那些个霞啊燕的，咱可不能当彩旗在外面摇啊。”

钱融瞟了孙莉一眼，从她的眼神和酸溜溜的话语里猜透了她的心思。他慢条斯理道：“嗨，我们可是革命同学加革命同事啊。”

钱融和梅霞同学多年，从童年时期就认识了。走出校门，他们是唱着“年轻的朋友来相会”一块踏入银行工作的。有一段时间，他们之间还真就萌生了丝丝缕缕的爱恋之情。然而，他们之间更多的其实还是兄妹情。后来，缘分使然，钱融与孙莉走到了一起，梅霞则嫁给了一位军人。1988 年两人又一块入了党，到了钱融当副行长那年，梅霞当了办公室主任。1996 年春，梅霞的丈夫徐森从部队转业分配去了省城政府某机关任职，徐森动员梅霞也调到省城工作，梅霞却不愿离开生活、工作了多年的小城。泰城有着她的童年往事和青春岁月，有着她多少甜蜜的梦，她的根在泰城。最后，为了孩子的学习，徐森便将孩子的户口迁到了省城，而梅霞则是每两周，或一个月的去一次省城。

第三章

第二天，就在支行开会研究分行会议贯彻意见时，办公室文档员朱月走进会议室，说：“钱行长，有人来行投诉，闹着要见行长。”钱融忙放下手中的文件，对秘书孔云飞说：“云飞，去把人叫来。”

一会儿，来人走进会议室，是位四十岁左右的男子，中等身材，面部微黑。只见他环视了一遭，带着满脸的怒气而又目中无人地说：“哪位是行长？”

“请坐吧，我就是，有话慢慢说。”钱融说着让孔云飞为男子送上一杯茶。

来人愤愤地说道：“我可不是来喝茶的。”

孔云飞拖过一把椅子，让他坐。男子冷冷地看了孔云飞一眼，并不理睬，站在那里便嚷开了：“刚才我在你们楼下营业厅交电费，我先去了三号柜，一名男柜员很不耐烦地接过款，见是百元票，说自己柜上没零钱找，要我拿零钱。我轻声说你们银行没零钱吗？他倒来了劲，斜着个眼，蛮横地说，你不办就去四号柜。说完，还一扬手把凭证扔了出来。你看那做派简直就是一个社会上的小流氓！我忍气吞声地来到四号柜，柜员看了我的卡，耷拉着个脸说你住供电局宿舍啊，咋不直接去供电局交费，边说边心不在焉地敲键盘。结果又说死机了，把我推到六号柜。我想既然死机了，就自认倒霉，憋着气又到六号柜。六号柜是一位女同志，还露着灿烂的微笑，这回总好了吧，没承想，人长得漂亮，说话却噎死人。问我，其他行也能办，你咋就偏到我们这里。我忍无可忍，拍打着柜台说，你这是什么态度，我来这里办不行吗？这时，你们的一位值班干部听到吵嚷声才赶过来帮我收下了电费。一笔业务，推了三个柜，窝了一肚子气，行长，你们就是这样服务的吗？”

等中年男子一口气儿说完，钱融已明白了是怎么回事。男子的一席话，像一枚钢针扎在钱融的心头。他从茶几上拿过一包烟，熟练地弹出一支递给中年男子，自己也抽出一支点燃了，轻轻地吐出一口烟雾，说：“我作为行长首先感谢你对我们的信赖，在这里我也为我行的服务郑重地向你道歉。”平时钱融是极少抽烟的，除非遇上像眼前这样不愉快的事情。他略一思忖，认为今天这事肯定是柜员的错，因为他注意到了一个细节，男子在诉说时，嘴角都有些微微地抖动。不是气到极处，谁会浪费时间来争辩这些事。按照分行的服务考核办法，对客户的投诉，核实后要给予客户 50 元奖励。钱融从口袋里掏出 50 元，对男子温和地说道：“这事我们一定严肃处理，同时，对你的意见，我真诚地接受并给予奖励。之后我们会让那三名服务员上门给你道歉。”

“道歉就不用了，再说我可不是为了这 50 元，就是心里气不过。你们工商银行是大行，俺们一家人的工资都在你们行发，但这种服务可真不敢恭维。行长，有你这番话，我也没啥说的了，就不打搅你们开会了。”中年男子听了钱融的一番话，气消了大半，起身要走。

钱融急忙与男子握手，再次致歉，并让孔云飞将男子一直送到大门外。然后他问张军："前台柜员的考核中与业务量挂钩的部分能占多少？"

张军说："柜员制名义上实行了，考核办法中也提出了要与业务量挂钩，但实际工作中考核起来却还是沿用了老一套的办法。因此，效益、效率包括服务没有什么实质性改变。"

原来，自从前年总行"闹哇"系统升级成功后，营业部率先改为综合柜，一个专柜便能办理各种业务。但前台柜员在办理业务中"推、拖、拒"的现象还是时有发生。其根源就是业务量并不与个人收入挂钩，无论干多干少，到季末一样拿工资、奖金。说到底，还是分配考核机制上存在弊端。这场投诉风波更加深了钱融对这次"三定"改革重要性的认识。钱融曾详细地研究了支行的考核办法——前台柜员的工资不与业务量挂钩；业务部门的薪酬和营销业绩不匹配，甚至仅占很少一部分；人力资源分配严重不合理，客户经理严重不足，就说公司部目前总共八个人，业务涵盖小企业、票据、风险和综合岗，客户经理根本走不出去，企业的情况都摸不清，更不要说去营销……所有这些都将影响到基层行的同业竞争和发展。

等孔云飞回到会议室，副行长张军一脸严肃地说："云飞，马上找营业部李宇群主任查一下那三名柜员是谁，不愿意干趁早回家吃热乎饭去。"本来说话声就高八度的张军，此时声音更是要吵破屋顶。大家面面相觑，不敢言语。

一会儿工夫，孔云飞和李宇群气喘吁吁地跑回会议室。李宇群见大家都沉着脸，便站在会议室门前低声说道："三号柜是老行长的儿子孙德明；四号柜是一名柜员合同工，他的父亲是区委宣传部的宣传科长；六号柜是市行吴总的外甥女。”

没等李宇群说完，钱融只觉得一股热血直往头上涌。他很难想象一个服务投诉，竟然牵出那么多的社会关系。这二百多人的支行，他过去干副行长时，由于忙于业务很少去研究每位员工的社会关系。

张军听完，“腾”地一下从座位上站起来，狠吸了一口烟又用力地吐出，然后将燃着的烟蒂揿灭在烟缸里，冲着李宇群嚷道：“不管是谁的关系，柜员合同工立即退回，其他两人每人罚款1000元，全行通报批评。”

在座的几位都知道张军是个炮仗脾气，你看看我，我看看你，却没人表态，谁也不知道应该说什么好。谁知道新行长心里想的是什么？最后他们都把目光投向了钱融。

钱融见大家都不表态，掂量再三说：“对服务投诉我们不是有规章办法吗，我建议按章办事，依照办法处理，要让员工心服口服。”他稍稍停顿一下，接着说：“先别辞人了，统一罚款，通报也免了吧。正处在这个节骨眼上，处理人领导那里也不好说话，你说呢？”钱融转向张军，似征求意见，可实际是在做着最后的决定。他又抬头冲着李宇群说：“你回去让他们写出检查，要引以为戒，首先在营业部开展一次服务整顿，然后以此为例，在全行开展提升服务的教育。处罚不是目的，教育员工、真正改进服务，进而提升我行的竞争力才是最终目的。”李宇群离开后，钱融接着说：“要赢得客户好的口碑，首先要为客户提供最优质的服务。改进服务的根本在于员工的观念，尤其是干部的思想观念。因此，我们必须下决心在考核机制、用工机制等方面全力革除存在的弊端。大家对如何改进服务还有什么好的意见？”钱融和张军搭班了几年，最了解他的脾气性格，张军似张飞，看似脾气火暴，其实工作是粗中有细，对支行、对工作都有着很高的忠诚度。钱融想，我这刚上任，就对他分管的工作不留情面地指责，可能会不利于将来工作的沟通和协调。

大家讨论起服务工作，一致认为本行做得比其他不少股份制银行差，比如服装不统一，工号牌好多人没有，这几年支行的服务检查也少了。钱融在分行时就负责服务工作，对基层行的服务还是有所了解的，但没有像今天这样清楚。针对大家的意见，他说：“本来想把服务工作作为专题来研究，但既然今天提出来了，咱就一块儿解决。我提四点意见供大家讨论：一是从形式抓起。年底前全行实现统一着装，统一工号牌。二是实行双向监督。第一是学习大公司的经验，聘请“神秘人”帮助我们进行暗访监督；第二是办公室定期组织服务检查，找准问题症结。三是认真考核。纳入全行绩效千分制考核。四是落实奖罚制度。奖罚要分明。从而在全行形成有部署、有监督、有考核、有奖罚的服务工作机制。具体工作由办公室组织落实，张军行长和鲍书记负责领导，会后分头落实。适当时候，还要召开全行服务工作大会，力争到年底，让全行服务工作有个大的提升。”

其实，钱融心里最明白，刚才云飞提到的那三个人谁都不好惹。先说分行吴总，负责业务检查，都说上级行为下级行服务，但自己在分行工作了两年，可没见上级行为基层行服务多少，倒是麻烦添得挺多。上边来支行搞调研和检查工作，来的无论是当官的还是一般人员，都算是个领导，都要好好接待。若吃不好住不好，明着不说，回去就会抓你的辫子。长期以来，官僚作风愈演愈烈，银行不像是真的银行。但好在这一切都在改革着。宣传部门管新闻更是惹不起，若惹了他们，你磕头作揖都晚了。最难的是老行长的儿子——老行长对他有恩，这上任第一天，还没去拜见老师，倒先给了老师的儿子一个处分，过后怎么向老师交代？反过来，这第一板子你若打不出去，班子成员都看着你，以后的工作也难开展。想到这儿，钱融拧紧了双眉。

对钱融的意见，其他人也附和着说了几句不痛不痒的话，并没提出反对意见。钱融深深地叹了口气，说："那就这样吧。"

说完，又继续开会。钱融首先提出了自己的看法："根据分行意见精神，要用三周时间完成'三定'改革和人员分流工作。当前重点做好两项工作，一是认真落实好'三定'工作；二是内设机构合并为公司部、营业部、个金部和办公室这三部一室。特别值得一提的是，这次周行长推出了一项大胆改革，即取消支行事后监督和核算科，在分行成立'核算中心''监督中心''现金中心'，要从各支行抽调部分人员集中到市里。这项改革可以调配大量人员充实客户经理队伍，提升支行的竞争力，这是一项划时代的改革。据说分行上报的可行性报告得到了上级行的充分肯定，称其在全省乃至全国都具有重要推广意义。另外，还要在公司业务部单设两名资产风险员，负责全行的不良资产处置工作。但机构好办，难点是要让有的员工离开工作多年的地区，分流去分行工作。而且，最为难的是根据新的机构设置和现有的干部人数来看，要有七到八名中层干部落聘转岗。多年来，行里的干部只要不犯大错，无论干好干差，都是只上不下，那就是铁交椅。这项工作是我们人事改革的关键，我们要集思广益确保顺利进行。关于不良资产的处置问题，我们会另外开专题会议研究。"

钱融说完，让大家广泛讨论补充。

在大家讨论方案时，钱融把梅霞喊到他的办公室，问晚上向区长和人民银行、银监局领导汇报工作的事安排得怎样了。梅霞说：“放心，都安排好了，在泰城大厦凤凰厅。已和各位领导的秘书定好了，我们各自去。”梅霞看了钱融一眼接着说：“也算给您接风了。”钱融和梅霞对视了一眼，感到梅霞柔美的眼神里飘出了一丝温存。

钱融看到办公室里新添了盆正盛开着的君子兰和一个精致的穿衣镜，心想梅霞真细心。钱融又看了看表说：“不早了，我们先走，可不能让领导等我们。”

第四章

清晨，霞光初照，把泰城支行办公楼洁净的玻璃幕墙上镀了一层绚烂的粉色。门前四株高大的梧桐树冠都被染成了金黄色，透着一份祥和宁静。

离上班时间还有二十分钟，泰城支行院子里的宣传栏前围满了员工，大家七嘴八舌地议论着，这是秘书孔云飞刚刚更换的一期关于贯彻分行会议精神的专栏。

就在宣传栏的左边，一位白发苍苍的老人手持拐杖，戴一副老花镜，边和人打招呼，边仔细地阅读着宣传栏的内容，他就是孙德明的父亲——老行长孙国栋。当年父亲给他取名字时就是希望他能够成为国家的栋梁，他没有辜负父亲的期望，从一名普通的银行职员，成长为工商银行的行长，为国家的解放事业和新中国银行业的发展作出了自己的贡献。

钱融听说老行长来了，几乎是小跑着从办公室来到院子里。“老师您怎么来了，我这徒弟还没去看您。”钱融双手搀扶着老行长说道。

“你当了行长我就不能来啊，我不只来支行，我还去了咱们的网点，拜访了一些老客户。我就是来给你们找碴儿的，不影响

就在宣传栏的左边，一位白发苍苍的老人手持拐杖，戴一副老花镜，边和人打招呼，边仔细地阅读着宣传栏的内容，他就是孙德明的父亲——老行长孙国栋。

你的改革吧。我是对咱们有些员工的服务看不惯，尤其是我那个逆子。”钱融听出老行长话中有话，扶着老行长去了办公室。

老行长是钱融的恩师，是老行长把他从一个储蓄员培养成行长秘书，再到办公室主任。老行长对他像父亲对待儿子一样，一向从严要求，让钱融深深地体味了“一日为师，终身为父”的感觉。钱融为老行长递上一杯茶，说:“德明的事您知道了？我这刚到任，还没来得及坐下来和德明拉话。”钱融心里想，好端端的一个家庭咋就有这么个不肖之子。

“小融，你不用说，我都知道了。你可不能手软，古语说慈不领兵。若信得过你老师，你就从小明开刀，有事老师顶着。再说，往大处说是为了行里的发展，往小处说也是为了挽救他，绝不能让一颗老鼠屎坏了一锅汤。我怎么有这么个逆子啊。”老行长眼里透出一股不可遏制的怒火，他尽量压抑着自己的激动，但端杯子的手还是不自觉地哆嗦起来。

茶水溢出来，溅在茶几上，梅霞拿过抹布去擦拭，这时老行长才意识到了自己的失态。

“怨我的命不好啊，我们没有望子成龙的奢想，只想他能做一名好员工，却是令人失望。都是他妈从小娇生惯养的结果。”老行长越说越伤心，眼角竟滚落几滴混浊的泪花。

钱融对老行长的家庭情况再清楚不过了。老行长有三个孩子，上边两个女儿，都长得漂亮又好学上进，也都有个好工作。大姑娘已是齐州市人民银行的副行长，这也是最让老行长欣慰的。小儿子德明是他老来得子，生得眉清目秀，聪明伶俐，老伴儿视若掌上明珠，溺爱有加。德明打小就是个顽主，不仅搅得家里不安宁，还经常惹得邻居找上门来。为此，德明小时候没少挨打。但每到这时，老伴儿就出来护着，说他还是个孩子。老行长说，从小看苗，打小不成人，到老也是个驴驹，早晚这孩子会毁在你的手里。随着德明一天天长大，又死活不愿意学习，老行长为了他没少和老伴儿吵嘴。可他工作忙，也就疏忽了管教。结果，德明高中毕业后便再也不出门。老伴儿亦没了招儿，老行长只好让他顶替自己进了银行。后来德明娶妻生子后，又常常和社会上的一帮混混在一起酗酒打牌。有一次，他与几个小混混在一起喝酒，大闹酒店，被派出所扣了起来，尽管他未参与打群架，派出所可不管你是否动手，所有参与者一律处罚。老行长托人说情才总算将他保出来。老行长气得大病一场，差点过去。俩姐姐也苦口婆心地劝，他这才总算有了收敛。然而，他又与外面那些小混混有着本质上的不同，闹归闹，痞归痞，对老人却是极为孝顺。只要不和他那帮“小兄弟”在一起，他就又变回了自己，外表看似刚强，内心又柔弱无比。前年冬天，老行长的老伴儿生了一场大病，高烧不退，烧得迷迷糊糊，直说胡话。他坐在病床前拉着母亲的手，竟“哗哗”地流泪，一连在医院陪护三天三夜都未合眼。拉起家事，老行长一肚子的苦水倒不出来。

“小融，我是看着你成长的，你来了，对德明的管教我也看到了希望，把我这半残老人的激情也给撩动起来了。原来黎行长在任时，我也找过他，可人家毕竟是外人，不了解咱的家庭情况，又碍于面子，深了浅了的不愿管。你可要好好地替我管教他，也算我这八旬老人求你了。”老行长说着，扔了拐杖，双手抱在一起，站起来要给钱融作揖。

可能是由于心情激动，老行长站起来时，身子晃了两晃，差点儿摔倒。钱融慌忙大步上前扶住：“您老万万使不得啊，德明是我的弟弟，我会帮他的。”钱融知道，老行长年轻时为了保护好银行的账簿，左脚受过伤，留下了残疾，老了旧疾复发，走路一拐一拐的，而且离了拐杖便走不稳。

说到老行长这脚伤，与泰城支行有着密切关系。泰城支行的历史可追溯到抗日战争时期。1938 年 4 月，中国共产党胶东抗日游击第三支队在解放区建立了北海银行，12 月 1 日总行在山东掖县（今山东省莱州市）县城开业，并在蓬莱、黄县设分行。此时，第三支队已改番号为八路军山东纵队第五支队，并在蓬莱、黄县、掖县建立了抗日民主政权北海专员公署。因为整个胶东按方位分为东海、西海、北海、南海几个专区，蓬、黄、掖地处胶东北部，故名北海银行。1940 年 8 月在沂蒙山区成立了北海银行总行。抗日战争胜利后，分行移驻齐州泰城。1946 年，解放战争全面爆发。那时，刚满 16 岁的孙国栋进入北海银行总行会计队学习班，三个月后被派遣至泰城分行工作。次年 12 月，国民党进攻泰城，根据上级指示，北海银行泰城分行暂时撤进凤凰山大庙。此时的凤凰山白雪皑皑，“万径人踪灭”，前山唯一的一条进山小路早已被大雪掩埋。为了安全，他们组成了一个十二人小分队，孙国栋和同事们用麻袋装好钱币、印章和票证，带了干粮，由行长总指挥，在五名游击队战士的掩护下，选择夜间从更隐蔽的北坡进山。北山坡陡路滑，森林茂密。夜色降临，他们借着雪的反光，肩挑手提，一路砍着杂木藤条，艰难摸索前行。就在快到达山顶时，孙国栋脚下一滑摔下山坡，为了保护好票证，他死死地拽着麻袋，幸亏被一棵小树拦住，才免受大伤。等同事们将他救起后，发现他左脚受了伤，鲜血染红了麻袋。十天后，泰城第二次解放，北海银行复业。回到城里，部队派了最好的军医给他疗伤，然而，他的脚还是留下了严重的后遗症。

1948 年 12 月 1 日，北海银行与华北银行、西北农民银行合并为中国人民银行，成立了中国人民银行泰城办事处。1983 年 9 月，国务院决定由中国人民银行专门行使中央职能。1984 年底，泰城区人民银行与工商银行分设。泰城工商银行全面承担了原由中国人民银行办理的工商信贷、城镇储蓄和结算业务。中国人民银行抽调的一部分员工组成了工商银行初期的员工队伍，孙国栋任第一任行长。从这个意义上讲，中国工商银行的历史可以追溯至新中国金融业的创立与发展的红色革命金融史，直至中国近现代的整个金融发展历程。

对泰城支行来说，老行长的贡献功不可没。老行长不仅业务精、服务好，而且能双手打算盘，被称为“神算手”。二十世纪六十年代，他还被评为全国财贸系统劳动模范，进京见到了刘少奇主席，并在退休前被授予“全国金融系统优秀基层行长”的称号。

钱融一想到老行长和泰城支行，就感到了身上肩负的责任更重了。

钱融重新把老行长扶回沙发上。老行长从口袋里拿出一盘录音带，说：“我来可不仅仅是为了那个逆子，关于咱行服务的事儿我还想和你说道说道，我是真替你着急啊。”

老行长话未说完，突然传来一阵敲门声。他皱了下眉头，说：“不影响你的工作，我想说的都在这盘录音带里了。”说完，他把录音带放在了钱融的手里，取过拐杖便要辞行。

钱融见是办公室的朱月来送文件，说：“放桌上吧。”他转身扶起老行长：“那我就不留您了，您老多保重，过几天我去看您。”说完和梅霞送老行长下了楼。在回办公室的楼梯上，钱融对梅霞说：“你和张行长尽快与区财政局联系，争取在本周内安排一下见面。”

“放心吧，都按你的时间表定的，还有和几个大客户的见面也已做了安排，你就听通知吧。”梅霞按照钱融的意图和业务发展的需要，早已把行程给他安排好了。

午饭后，钱融撂下饭碗就带着孔云飞去了网点调研。东城办事处地处东郊，由于存款不足4000万元，被列入了撤并名单。下午已过一点半，钱融和孔云飞来到网点却发现还没开门营业。钱融看了下表，皱起了眉头。

云飞上前敲门，里边吼道：“敲什么敲，急着跳油锅啊！”一股浓烈呛人的烟雾随着门的打开喷涌而出，却并没见到主任靳连庆。开门的小李见是行长，怯怯地缩到了一边。

“你们主任呢？”钱融问道。谁也没想到是行长来了，办公桌上的扑克牌还没来得及收起来，午饭后的锅碗瓢盆还没收拾，一片杯盘狼藉。这哪里像银行，简直就是一个无人管理的烂摊子。眼前的一切，令钱融怒从中来。尤其看到之前开门的小李吊儿郎当的样子，钱融更是火冒三丈，若是在往日，钱融早就对他剋上了。

“行长、主任，请里面坐。”在别人整理桌子时，小李红着脸诺诺地说道。

钱融“嗯”了一声，看到里面根本进不去人，简直连狗窝都不如。只见迎面一幅业务宣传张贴画已断了一个角，却还脏兮兮地贴在墙上，办公桌左侧墙上挂着一个内裱着柜台纪律的镜框，第一条就是禁止在办公室打牌、玩游戏、会客。钱融望着镜框，哭笑不得。他拿手轻摸柜台，上面灰大得竟能留下五个指印。最令人气愤的是五个员工五种着装，有两人竟然连服务牌也未戴。霎时间，钱融感到脑袋都要炸开了。这样的网点即使有存款，还有保留的必要吗？钱融简单地询问了业务和生活情况，业务工作谁都说不全，至于生活更不用说，都摆在那里。

从东城办事处出来，钱融窝了一肚子的火，他强忍着，不再像干副行长时那么直截了当，透过这些表象，他更多了一份深层次的思索。他接连又走了几个网点，下班前还去了营业部调研，晚饭后又到了公司部调研。本来就有在支行工作的基础，又经过初步调研，钱融的脑子里已对下一步工作如何开展有了新的想法。

第五章

晚上七点整，天气异常闷热。泰城支行会议室主席台上，行长钱融、副行长张军、纪检书记鲍凯等总支一班人依次而坐，台下全行员工除保卫值班人员外全部到场。参会人员都在签到簿上签了字。会议气氛庄重严肃。

会议由鲍凯主持，首先由张军传达分行会议精神和支行贯彻意见。会议室里，两台旧空调嗡嗡地轰鸣着，好像在告诉人们它们的勤劳。但无论怎样的勤劳都很难把室内温度降下来，人们起初还是静静地用心聆听张军副行长的讲话，但随着时间的流逝，有的人觉得难以忍受，开始用报纸扇着风。

张军喝了口水，看了一眼台下，擦去脸上的汗水说："今天天气比较热，大家再辛苦一点，要认真听，这次'三定'工作和去分行三中心人员的事关系着每个人的切身利益。尤其要大家注意的是，我们对撤销网点人员的安排和增加全行客户经理的要求。"说到这里，张军又详细地介绍了具体程序。这时，一度燥热沉闷的会场上，有的人开始叽叽喳喳议论起来。会场上的温度，仿佛一下升高了许多。尽管空调还在不停歇地工作着，好多人却觉着透不过气来，像是到了人生的十字路口。他们该何去何从，大家都面临着人生的一次最艰难的抉择。

接下来，钱融宣读了总体改革方案。会场很快又静了下来，这是近年来会风最好的一次。但当宣布散会时，台下又沸腾了。破天荒要动真格的，人人都格外激动。工商银行从 1988 年提出向商业银行转轨，直到今日总算迈出实质性的一步。有的人迷惘了，有的人犹豫了，有的人无所适从了，多数人则在这阵痛中有了窃窃的惊喜——泰城真的要干起来了，一个充满竞争活力的崭新银行将要在这场变革中获得新生。

其实，在泰城区，由于地区经济环境差，谁家没个下岗工呢？近年来，有的企业破产，员工连 4800 元的失业金都未能领到手，已离厂转岗、自谋生活的大有人在。然而，金融业却不同，计划经济模式下人人端的都是金饭碗，长期以来养尊处优，工资收入高，在一个岗位上，只要不出差错，干一天下来就能轻轻松松拿工资，工作无压力。可一旦触及转岗便是晴天霹雳，特别是一部分人过中年的员工，不愿再学习，怕难适应。散会后，人们步出会场，才猛然感到了一丝丝凉风拂来。原来，不知何时，天空中飘起了细雨。久旱逢甘霖，许多人的内心抑制不住地兴奋起来，这一夜对他们来说，注定是个不眠之夜。

一夜细雨，并未带来多少凉意，次日燥热依旧。经过一天的观望思索后，有人心绪已不在工作上，他们互通着信息，了解着他人的情况。一时间，人心散乱，工作无序。毕竟一潭死水被搅动了起来。

早已过了下班时间，钱融还在办公室里翻看着一张张聘任岗位的申请表。这时，张军走了进来。

“这次申请竞聘客户经理的人不少啊，我们可得提前谋划好各个岗位的人员安排。特别是对网点的调整，要保证人员充足，网点撤并工作可先缓一步，稳妥进行。要尽量压缩二线人员，千万不可因空岗而影响了网点开门。”钱融说完，双眉凝成了个结。

钱融拿过一张画有许多标记的网点图，对张军说：“我昨天晚上几乎一宿未合眼。从申请转岗的人员看，有两个网点主任想转公司业务，也有刚分配来的大学生想转岗。对他们要特别做好工作，让大家站好最后一班岗，所有转岗人员未办理交接手续不准离岗。另外，在分步实施过程中，全体中层以上的领导干部，要分片包所，从现在起暂时取消休息日。全行的工作不能乱。”

张军似乎已猜透了钱融的心事，用力地攥紧右拳，挥动了一下，坚毅而又充满自信地说：“放心，我们应该相信支行这支队伍还是有一定素质的。”说完，张军将工作预案和一张图表交给了钱融。钱融边看边听着张军简短的介绍，信服地点了点头。钱融很赏识张军对待工作的严谨态度和吃苦耐劳的敬业精神。过去，张军一直是钱融的部下，也正是张军的这种职业态度和敬业精神，让他不仅成了钱融工作上的得力助手，也成了他生活中的挚友。

钱融看了张军一眼，说：“好了，咱先吃饭吧。”

两人走出办公室，见梅霞和孔云飞在门外等候，钱融笑笑说：“今天我请客，去水饺城吃水饺。”

吃饭间钱融的手机响了，他接听后对张军说：“是行里几个人去了我家，说有事咨询，我先走了。”说完匆匆离去。

“一顿饭都吃不安稳。什么事不能在办公室里问，还要去家中打搅。”孔云飞不满地说。

“梅霞、云飞，这次‘三定’工作涉及面广，触及大家的切身利益，你们都要多动动脑子，凡事要想到头里去，多替支行出主意，要给支行当好参谋助手，大小事都不能掉以轻心。无论面对怎样的困难，咱们都要为支行扛着，不能往上推，一定要把工作做细做好。”说完，张军长长地叹了一口气。

“放心吧，张行长，我们就是几天不睡觉不吃饭也不能耽误工作。”梅霞应着。

“可不是让你们不吃不喝地工作，要先保重身体，否则，工作也就做不好。”张军从桌子上拿过一张餐巾纸，擦着手，说：“咱也走吧。”说完便起身向外走去。

钱融回到家时，妻子孙莉正在替他招待客人，女儿已睡下。钱融见来访的除了一线网点人员，还有所主任秦友。秦友是他从小一起长大的同学。夏天，钱融刚在家中装了台立式空调，所以尽管客厅里坐满了人，室内依然舒服凉快。

“不好意思，让大家久等了。”钱融为每个人续着茶水。

“钱行长，因为这事关系着我们的未来，还有些不清楚的，想找您咨询一下。”说话的是曾和钱融在一个储蓄所工作过的储蓄员小杨。

接下来，众人你一言他一语地询问着有关竞聘客户经理和去市行三中心的事，多数人关心的是去竞聘岗位若不能如愿，自己还有没有岗的问题。钱融耐心地聆听着，他从大家的话语中听出大家对支行的改革还是积极支持的。

其他人说完后秦友才看了大家一眼，又瞅了下钱融，支支吾吾地说：“我想对钱行长说，我想……”

见秦友犹犹豫豫，在座的都心领神会，说：“好了，不再耽搁行长的时间，该问的都问了，秦主任还有事，我们先走了。”说完大家起身离去。

屋内只剩钱融与秦友面对面坐着。

两人沉默了片刻，秦友突然说：“我想辞职。”

钱融大吃一惊：“干得好好的为什么要走啊？”

钱融一时被秦友的决定给弄蒙了，想了想又说：“秦友，我们是从小一块长大的，大道理咱不必说，你想辞职的事弟妹是否同意？家中伯父、伯母是否知道？有无反对意见？”

“家里都同意，你弟妹让我自己拿主意。”秦友故作轻松地说道，脸上透露的却是难以掩饰的矛盾心理。

钱融见秦友这么果断表态，知道他对辞职的事早已做了决定，皱皱眉说：“说实话，我还是想让你留下来，我们一起干，毕竟你是老网点主任，业务熟，我这干一把手可是大姑娘上轿，正需要你和梅霞的帮助啊。”钱融忽然想起了什么，关切地问道：“想好再干点什么了吗？”

“我想去一家上市公司做会计，已联系过了，那里条件还不错。其实我也不情愿，毕竟我们在一块工作了二十年，人的一生能工作几个二十年啊。可以说，我最美好的青春年华就是在工行。无论走到哪里，我都会说是工行培养了我，造就了我。咱们是从小一块儿长大的，工作中你曾给过我许多关照和帮助。去年，我还因为工作安排的事去市行找过你，尽管没办成，但还是要感谢你。只是我感到那次行里的安排对我是不公正的，我还是有些意见，这也是我离开的原因之一吧。这事始终压在我的心底，沉重如磐石，说出来心里倒痛快了。”秦友的话深深地触动了钱融，他怎么也没想到，常常与自己在一起聚餐、说笑的秦友竟然有如此沉重的心事瞒着他。

“秦友，你我之间可不是外人，有事你应该对我开诚布公地谈。你说的那个工作上的事，其实你是有误解的，当时，支行正在搞竞聘上岗，为了你的事我还专门去找过黎行长，他非常肯定你的工作。你想竞聘去个大所，论工作能力是完全能胜任的，可突然安排你去了离城较远的小所，总支是另有考虑的。那个所各方面基础差，人员思想涣散，而你业务素质、政治素质高，想让你去管理一下。这事虽是竞聘上岗，双向选择，但是，你的任命仍然是由组织考察决定的，我想在选择面前，你作为一名共产党员的中层干部应该是有大局观念的吧。”钱融说完，也深深地感到了这几年思想工作做得不够。

“秦友，你就不再考虑考虑了？”钱融劝说道。

“不了，我心意已定，希望能尽快安排人与我交接。也请你放心，作为所主任，我会站好最后一班岗。今天来也算向你提前道个别吧。”秦友说这话时充满无限感伤。

“别这么说，到时我会和梅霞为你送行的。不是同事了还是好友嘛，以后有难处，只要我能帮上忙，我会尽力去做的。”钱融用力握了握秦友的手。

送走秦友，钱融感到许多事在脑子里搅成了一团乱麻。钱融、梅霞和秦友都是在陶镇长大的，打小一起玩，一起上学，又一起进了银行工作。在所有的好友中，没有谁比他们三人更亲近，也没有谁比他们更知根知底。但秦友突然想辞职，钱融却毫无察觉。

“你看你这行长当的，在家里都要办公，至于吗？”孙莉心疼地埋怨着。她打了一个哈欠，接着关切地说：“早点休息吧，看你疲惫的样儿。”

“你先睡吧，我再看一下明天的安排，心里总觉得没底。”刚说到这里，门铃又响了。孙莉开门一看，是钱融的弟弟钱进和他的未婚妻肖珊。

“哥、嫂子，你们很长时间没回家了，母亲挂念你们，这是给萍萍捎来的蒸包。”钱进说着将一大包蒸包递给了孙莉。孙莉接过蒸包，忙给他们让座。

“爸妈都好吗？”钱融问道。

“都很好，我跟爸妈说了，这段时间你忙，嫂子还要照顾萍萍。家里有我，你就放心吧。”钱进说。虽和肖珊早已买了房子，却因哥哥忙顾不上家，钱进隔三岔五便会回家住。

“肖珊，你和钱进都老大不小了，你们的婚事也该考虑了，今年就办了吧，也好让老人放心。”钱融一边为他们倒茶一边说。

“哥，我们的事儿不急，等过了这段时间再说吧。”肖珊轻柔地说。肖珊长得端庄秀丽，性格活泼开朗，是那种既古典又极具现代美的知识女性。

“可你们已经推迟过一次婚期了，结婚能耽误多少工作？”孙莉插话道。

“我们的年龄还不大，放心吧嫂子，我们自己会安排好的。萍萍睡了吗？”肖珊问。

“啊，明天要月考，早睡下了。”孙莉说。

“哥、嫂子，时间不早了，我们该走了，你们好好休息。”钱进和肖珊说完便起身向外走去，钱融和孙莉送他们下了楼。

望着肖珊这个未来弟妹的背影，钱融由衷地敬佩她的人品，更为钱进找了个好伴侣而高兴。想到刚才孙莉的话，钱融心里也很不是滋味。

在家里钱融是老大，下面还有弟弟钱进和妹妹钱芳。钱进和肖珊在同一年考入北方经济大学，钱进读的是法律专业，肖珊读国际金融。因为都爱好文学，两人参加了北方经济大学文学社，肖珊当选会长，钱进为秘书长。也就在那年的一次校园青春诗会上，两人之间产生了情愫，继而走到了一起。两人志趣相投，生活上也互相关心，还在同一年入党。毕业后，他们以优异的成绩双双考进了泰城工商银行。钱进被分配到公司业务部，肖珊在一线网点任主任。

去年，他们本来定好五一完婚，房子都装修好了。但当时市行组建风险资产中心，找了几个人谈话都不愿去。于是，黎行长亲自上门找到了正筹划婚事的钱进和肖珊，说："钱进，今年上级行把处置不良资产作为信贷业务的重中之重，市行要专门成立风险资产中心，对近二十年来积累的不良资产集中处置，这项工作政策性强、时间紧、任务重，行里认为你在大学学的是法律，又干过两年的信贷业务，比较适合这个岗位，你愿意接受这项工作安排吗？"

钱进听了略一思忖，与肖珊对视一眼，说道："行，您放心，只要行里认为我合适，我愿意去锻炼一下。"

"可是你们要有思想准备，这项工作不仅是日夜加班，更多的是一种压力和责任，今年恐怕留给你们私人的时间就少了。"黎行长说着。

肖珊最理解钱进的心思，说："行长，我们都还年轻，只要行里需要，就让钱进去锻炼吧。"听了肖珊的话，黎行长深为有这样一位懂事理、顾大局的员工而感到由衷的欣慰。于是钱进推迟了婚期，全身心地投入工作中去。处置不良资产进入攻坚战，很长一段时间内他为了做好各种资料报表，整夜加班加点，肖珊不仅一点埋怨也没有，还时常利用晚上和休息日帮钱进整理文件。

送走钱进和肖珊，妻子已睡下。已是夜里十一点，钱融怕影响妻子，忙关了灯，却怎么也睡不着，于是他用默默数数这个最古老的办法来培养睡意，然而越数越清醒。整整一夜，钱融都处在一种似睡非睡的朦胧状态。

第六章

天亮了。

一夜未休息好的钱融来到办公室，他揉了揉木胀胀的太阳穴，还未来得及整理办公桌，门外走廊上便传来吵吵嚷嚷的喧闹声。钱融出门，见是老宿舍区的十几位离退休老同志，说宿舍下水道堵塞，楼前污水横溢，大热天的搞得整座楼臭气熏天，已是两天不能用水了，要求行里派人维修。

钱融把老同志让进办公室，一一为大家倒茶，然后找来梅霞问是怎么回事。梅霞说："上周楼下的化粪池堵了，支行已联系环卫所抽过一车污水，这次很可能是下水道堵塞。"钱融点了点头。

"各位老师，这大热天的，还大老远跑来，打个电话就行。大家先回去，我们立即派人解决。"钱融极热情地接待着老同志并爽快地答应下来了他们的要求。这是钱融在接待来访者时的一向风格，特别是对待老同志，他说话轻柔、体谅对方，再难的事也很快就能达成共识。

"钱行长，那我们就不耽误你的时间了，你忙着。"老同志们脸上洋溢着感激之情。

“梅霞，你找面包车把老同志们送回去吧。”钱融和大家握手告别，老人们连声道着谢，随梅霞下了楼。

泰城支行共有三十多名离退休干部，是齐州市行中离退休干部最多的支行，因而许多方面都要做好服务。

梅霞送客归来后，钱融叮嘱她说：“梅霞，老干部是我们的财富，上级行一再强调要关心老干部生活。我们入行时，他们正值中年，手把手教我们业务，工行的今天有他们的贡献。做好老干部工作不仅充分体现了党的政策和温暖，更关系到全行的稳定。方方面面，我们都要跑到前面，不要让人找到我们才去做啊。”说着，钱融长舒一口气，“叫上云飞，咱到老宿舍区看一下。”

这是一座建于二十世纪八十年代初的旧楼，地处城中心，有两个单元，共二十四户。支行新建宿舍楼后，本来老同志可以参与新楼分配，可是，老同志图方便，就都没搬新楼。这里的其他楼是搬迁户，没有物业管理，长期以来支行办公室还要来收水电费，而且楼内跑冒滴漏严重，每月水电费都超额，行里要补贴一些。街道居委会本来要集中管理，但因物业费收费标准问题，始终不能达成一致。

他们到了楼下，只见污水遍地，人们放了砖石跳着过，污水散发的臭气直刺钱融的鼻子。梅霞指了指路对面正在修楼前路的那座旧楼说：“这两座楼共用一条下水道，肯定是对面修路时堵了，要从头上疏通。目前，那座旧楼根本就没人管。”钱融会意地点了下头，走到路对面，查看了下水道的方向。

“修好大体要多长时间，花费多少钱？”钱融问梅霞。

“上周我来看时，让办公室大体搞了下预算，若重新铺设管道，约一万元左右吧。时间要看找工人的情况。”梅霞说。

正在这时，楼上住户看见了钱融一行人，都纷纷走了下来。一会儿工夫，男女老少围了二十几个人。

“行长，何时能解决呀？我们可是三天未用水了。”一个胖女人声嘶力竭地吼道。

钱融同梅霞耳语了几句，转向大家说：“放心吧，两天内修好，大家就不要再找了，行里说到做到。”钱融又对梅霞说：“就按要求迅速去办理吧，两天内完工，绝不能让大家再找到行里去。”梅霞皱皱眉头，却没有反驳，她深知钱行长对待工作的认真态度。随后，梅霞留下来处理下水道的事，钱融与孔云飞便回行里去了。

“三定”工作和竞聘选岗申请报名时间已结束。下午，钱融在办公室里踱着步，他一边思索着下一步的工作，一边在办公桌正面墙上贴着的那张“改革时间进程表”上小心翼翼地打着勾。每结束一项工作，哪怕是极细小的一件事，他都认真地在表上做记录，并看看下一环节的安排是否完善，再进行注解和补充。做完这些工作，他看了下表，已过了下班时间，心想平常忙于工作很少与钱进他们吃顿饭，今天总算有点时间，便抓起电话打给钱进：“今天下班后你和肖珊到家里吃饭吧，我让你嫂子做几个菜。”

“哥，今天就不去了，下班后，肖珊她们所里业务考试，恐怕要挺晚，我们在外边随便吃点就行。”钱进说道。

肖珊是在下班后紧接着进行网上考试的，今年以来，这样的业务考试在网点经常举办，对她们来说早已习以为常。晚上八点钟，肖珊才结束考试。钱进为肖珊和所里其他参加考试的同事送去了盒饭。简单用餐后，钱进接了肖珊回家。

泰城初秋的夜晚，灯火辉煌，车水马龙。一丝凉爽开始驱散白天的燥热，沸腾了一天的都市，夜生活才刚刚开始。

肖珊轻轻地挽着钱进沿着泰河河畔漫步。此时的肖珊，着一袭淡蓝色的套裙，端庄大方，丰满柔美，脸上笑吟吟的，尤其她那双大眼睛，清澈明亮又沉静若水，溢满柔情。无论是她的相貌、服饰还是她的气质举止都让她显得那样卓然超群。他们的漫步引来了路人的注目和回望，这让钱进心中荡漾着自豪感和幸福的满足感。他们呢喃细语，款款深情，融融爱意把空气也糅合得那么温馨。这两个年轻人一旦依偎到了一起，工作一天的疲倦便荡然无存。

清清的泰河水在阑珊的灯影里缓缓东流，婆娑的岸柳如一幕幕挂帘舞动。远望街灯，像串串明亮的音符跳荡着、闪烁着。临街酒吧射出的红暗相间的彩光里充满了欢歌笑语，时而高亢嘹亮，时而柔曼舒缓，让人陶醉。

“多美好的夜色啊，珊珊，我已很久没这样陪你散步了，为了我，咱们的婚期一拖再拖，真对不住你。”钱进紧紧地揽住肖珊，俯在她的耳旁轻轻地说道。

“看你说的，这不能怪你，最近行里事多，过段时间结婚也不迟啊，我又不是老了。再说这‘三定’工作和全员竞聘，所里人员也不稳定，咱要是去结婚，我还不放心呢。”肖珊抬头望着钱进，眨了眨那双调皮的大眼睛。

“珊珊，你真好。好多事你总依着我，我真想马上把你娶过来。哎，你知道当初我追你，是因为啥？”钱进故作神秘地问道。

“为啥？”肖珊像在听别人的爱情故事一样听着钱进的诉说。

“因为你的微笑。你知道在大学里，男生们都称你为微笑天使，未言先笑，这是你的魅力所在，和你在一起，好像生活永远是微笑、阳光和快乐，永远没有忧愁和烦恼。是你的微笑勾去了我的魂啊。”钱进说道。肖珊的老家在苏南，为了爱情，她大学毕业便和钱进来了泰城，平常忙于工作很少回老家。“珊珊，还记得在大学里我对你说过，我们小城最具特色的是饮食，我向你许诺我会陪你尝遍各种风味小吃，可我还没有兑现诺言。”钱进说完，一种愧疚感涌上心头。

肖珊感觉到了钱进瞬间的心理变化，说：“有位诗人说过，生活像一杯美酒，要细细品尝。我们的美好生活才刚刚开始啊。”肖珊的温柔，使钱进感到全身心都被幸福包围着。

肖珊也沉浸在热恋的幸福之中。在肖珊的心中，钱进是个有事业心和责任感而又富有同情心和正义感的男人，和他在一起，生活是美好的。她似乎看到了未来，一切都才刚刚开始，美好的生活正等着他们去创造。

不知不觉两人来到泰河河畔的陶然桥边，与城里相比，这里显得格外幽静，钱进凭栏远眺，心情激荡不已。肖珊凝视古桥，说：“还记得我刚来小城时，也是在这座古桥上，也是这样一个美好的夜晚，你给我朗诵了徐志摩的《再别康桥》吗？”

“怎么不记得，准确地说应该是我们两人共同朗诵，那个夏夜让人刻骨铭心。当时我触景生情朗诵起《再别康桥》，你说你喜欢。于是，我们每人一段动情地朗诵起来。东流的泰河成了我们的配乐曲，心与诗融进了那美好的夜的意境。”钱进说着，紧紧地拥抱了肖珊。

“轻轻的我走了，正如我轻轻的来……”你一句，我一句，他们又朗诵起那首心仪的美好诗篇来。多么美丽的诗句啊，多么美妙的夜晚啊，多么美好的青春啊。肖珊还未朗诵完最后一句，钱进已紧紧地与她吻在了一起……

第七章

要不是周一召开总支成员碰头会，钱融很想躺下来好好地睡一大觉。可是，他连打个盹儿的时间也没有。连日来，工作日程排得满满的，钱融很早就到了办公室，对一天的工作进行了细致安排。碰头会结束后，十点钟，梅霞来到他的办公室。钱融向她问了孔云飞的一些情况。

这次有三名保卫人员参加客户经理的竞聘，自从去年保卫科合并到办公室后，保卫人员不足，却没有增加。梅霞考虑到保卫岗位在银行中的特殊性，对其实行半军事化管理。然而若是再走三个人，带来的人荒会让梅霞大伤脑筋。

"能不能再给我增加两名保卫？"梅霞还没等人员变动就去找钱融。

"梅霞，这次改革你最清楚，一下子调整那么多人，网点一时又撤不掉，咱只能就米做饭。人一时还没有，再说，银行守押走向社会已提上议事日程，困难自己克服吧。"钱融无奈地说道。

"可是，巧妇难为无米之炊啊。保卫岗位一直缺员，都一年多了也没解决。在全行唯独他们一年三百六十五天地连轴转，又要值夜班。其他岗位能搞个聚餐、野游什么的，保卫人员可从来未能凑齐过，加班成了家常便饭，大家可都有意见啊。就说李志良已是半年没休过一天了，家中还有卧病在床的老母亲，他在家是孝子，在班上又是老大哥。啥叫任劳任怨，有的人能任劳，却很难做到任怨，李志良咬着牙顶班，硬是不说一个悔字。”梅霞带着些许抱怨，更多的是向钱融诉苦。梅霞抬头看了钱融一眼，接着说：“我怕这次改革后，这支队伍更不好带，大家都看到客户经理将来有产品奖，绩效多，谁不想多拿收入。”

钱融对梅霞的真诚和直率很赞赏，更为她的坚忍而感到佩服，一位女同志管理着一帮老爷们儿，也着实难为她了。这帮老爷们儿还就是佩服梅霞，在行里的干部民意测评中，梅霞总是第一，用他们的话说，人家梅主任行得正，走得直，管得有理。因此，办公室的各项工作可以说是顺风顺水的。上周她就找钱融，要借这次全员竞聘的机会去干业务，甚至说去业务部门竞聘副职也行。可钱融这头板斧子还没打开，正需要她的帮助。想到这，钱融也交心地说：“梅霞，你说的情况我非常清楚，回过头来看看，全行哪个岗位不缺人？自前几年行里实行内退政策，人一下子走了那么多，这业务上谁不是天天加班啊。网点上他们一天都快干对时了。我们的业务发展这么快，金融业竞争这么激烈，再像过去那么按部就班，四平八稳地工作和生活，只能被淘汰。越到这时，越需要我们的干部冲在前面，为大家作出表率，带领大家去积极地克服困难。”说到这里，钱融顿了一下，“云飞不是有持枪证吗，我在市行办公室时，经常去检查保卫工作，也办了持枪证，非常时期，就要有非常时期的办法，关键时我们也可以顶岗。保卫工作无小事，既要坚持制度，又不能耽误工作，让云飞合理安排好班次，办公室要带好头。”

梅霞没有再说什么，只是默默地与钱融对视了一眼，便悄悄地走出了他的办公室。

梅霞前脚出门，靳连庆后脚便走了进来。自从上次钱融和孔云飞去了他们办事处后，靳连庆就一直想着能单独见见钱融解释一下。“上次你去办事处，我正在企业。中间我来找过你，见你都忙。”靳连庆想解释，可一时又不知说啥好。

“咱是老同学、老同事了，有些话如果你不介意，我就直说。”钱融平静地说。

“你尽管说。”靳连庆自知理亏，默默地低着头，猜不出钱融要对他说什么。

“连庆，咱这人事改革，全员要竞岗，中层干部要重新洗牌，你的东城办事处以目前这样的管理水平和业绩，你还够资格去竞聘吗？”靳连庆没料到，自己这第一次与钱融单独谈话，本想争个官，钱融给他的却是一个不软不硬的问号。

靳连庆唯唯诺诺地说：“我的工作是出了点问题，我正在整改。你就看在我多年老中层的份上，多多帮忙，我想竞聘主管。”

钱融说：“好啊，我支持你，我也希望你能竞得上。可是竞争是残酷的，什么事都有可能发生，你也要一颗红心两种准备。”两人的谈话，在不愉快中结束。

转眼又到了周末。下午刚上班，梅霞便来到钱融的办公室。钱融坐在办公桌前，正用手摁着肚子，他胃疼的毛病又犯了。梅霞见状焦急地说：“去医院看看吧。”

见梅霞进来，钱融急忙装出若无其事的样子，端起茶杯，大口地喝水，说：“没事，昨晚喝了点冰镇啤酒，太凉，胃不太舒服，喝点热水就好了。”

“你都这样了，晚上财政局还安排吗？”梅霞不忍心再让他受罪，她知道钱融虽然在宴席前总是咬牙说少喝，可一旦开始，就不是他了。人家喝大了会悄悄地将酒往水杯里倒，或洒在手绢上，他只会往肚里倒，他奉行的是酒品看人品，酒量小，你可以醉，但你不能欺骗朋友。也就凭着他这热诚和他那不成文的原则，在泰城交下了许多政界和企业界的朋友。

“不变，和人约好的事咋能随便改呢？”他不容梅霞辩解地说。他见梅霞迟疑不动，接着说：“通知张行长和各机构部主任、客户经理，下班后，咱们一起去。”

晚上的宴会，钱融和张行长一行人提前等候在凤凰厅。六点三十分，几位局长和科长们赶到。因都是熟人，相互问好后，大家依次落座。梅霞见都坐妥了，便招呼服务生开菜。

钱融首先开场道：“燕局长、齐局长及各位领导，我重返老家，今天在这里略备薄宴，一来算是向局长大人报到，二来也是重续友情，这第三也是更重要的，是对各位领导多年来的关照表示衷心的感谢。”钱融见已上了第一个热菜，在座的诸人酒也已斟满，转头望了望燕局长接着说：“按咱泰城的规矩，这第一杯七上八下九最大，我带六个，张行长带三个咱干一杯。”

燕局长比钱融大两岁，在区里是年轻干部，早已有传言说要提他做副区长，他一向被誉为是有魄力、能干事、会干事、干大事的干部。钱融刚要端杯，燕局长拦住说：“我也说两句，首先欢迎钱行长回家，再就是要感谢工行的盛情。好了，不多说，开始吧。”燕局长说完，钱融开始带酒，一连带了六个。服务生斟酒的间隙，钱融和燕局长诉说了这两年来的情况和这次回来的困难。燕局长爽快地说，在泰城有事尽管说。钱融正要端杯再敬酒，梅霞禁不住向他看了一眼。巧得很，恰好钱融也斜眼过来看她。钱融看出梅霞的眸子里透着一种温存和关爱，多年的共事，他们早已养成了默契，钱融知道梅霞要给他挡酒，不禁心头一阵热乎。梅霞始终保持着很端庄的姿态，慢慢地从椅子上站了起来，双手端起酒杯，礼貌地说："各位领导，我也带一次，咱来个十全十美，我喝的是红酒，我都干了大家随意喝。"

这时，全桌人好像忽然发现了她的存在。燕局长见梅霞一口干了，说："美女主任干了，咱这白酒也得下一半。"

热菜一个接一个陆续地上着，钱融与梅霞瞬间交流了一下目光。随即说："咱听燕局长的，这杯红酒我也干了。"

接下来，是相互敬酒，大家你一杯，我一杯，喝到耳热处，都开始掏心窝地表豪情壮志。

酒宴直到晚上十点钟才结束。钱融强撑着送走了客人，司机小刘去送他。临上车前，梅霞叮嘱他说："回家多喝水啊。"钱融轻轻地握了一下她的手，随即上了车。

第八章

八月中旬，泰城支行“三定”及全员竞聘上岗工作拉开了大幕。一时间，这一工作成了全行议论的焦点，无论是在工作时还是茶余饭后，人们都在猜想着干部中谁能上、谁能下，员工中谁能转岗。也有的人认为猜也没用，这么多年了，改来革去的，还不就这么过来了吗？俗话说，朝里有人好为官，哪还能逃过那些人情世故，竞聘不过是走过场，掩人耳目罢了，还不是光打雷不下雨？再说，行里的领导干部，只要不犯错误，见哪个下来了？不都是一年一年地干到退休吗？

然而，张军行长在全行大会上宣读了竞聘方案后，许多人开始坐不住了。按这次定编的要求，中层干部限定了名额，部门打破了以往的正副职格局，要选出五名主管和十六名主办。这就意味着现有的三十名中层中必须有九人落聘，另外，够条件的员工也可参与本次竞聘上岗。有些中层紧紧盯住了那五个主管的位子，并加紧活动了起来。有的人四下打听，看谁报了哪个岗，尤其是主管岗，他们这种行为甚至影响到了工作。

竞聘上岗的第一环节是考试，支行事先下发了复习题，主要以总行的业务知识问答为考试范围，考试成绩占竞聘总成绩的百分之三十。为了保密，行长钱融、副行长张军、鲍凯和办公室文档员朱月负责出题，梅霞、孔云飞及参与竞聘人员都进行了回避。

晚上钱融办公室里的灯彻夜亮着。他和张军从复习题中按填空、选择、简答、论述四种题型选出试题，并配上了标准答案。当他们把完整试卷交给朱月时已是午夜。

钱融伸了伸胳膊，走到窗前推开窗子，满城的灯火一齐扑进了办公室。一幢幢楼房上的霓虹灯闪闪烁烁，交相辉映。只见楼下东去的泰河穿城而过，把美丽的小城一分为二，小城这特有的自然风光曾被园林专家称为“北方的小江南”。泰河河畔路灯下，还有三三两两的夜饮者。工行的办公大楼在泰城中心，与区委、区政府相邻，地处小城的中心位置。小城美丽的夜景令他格外振奋。

“钱行长吃碗面吧。”张军和鲍凯把“加班专利”端到桌上，三人相视一笑，全没了睡意，大口地吃起面来。凌晨四点，他们才校对完试卷，复印封存好放进了保险柜。待张军和鲍凯走后，钱融刚躺到沙发上准备休息一会儿，一想到明天的事又难以入睡，便起来坐回了办公桌旁。

次日，上午八点钟，报名主管的中层人员在会议室进行了考试。分行巡视员进行了督考。

晚上钱融拖着疲惫的身子回到了家。孙莉埋怨道：“啥大事，还要在外住宿。”说完，她又说起了弟弟来家找他的事。“还买来了一大堆的东西，都给放那儿了。”钱融看了看堆在书桌前的各类物品，不满地说：“他这是做啥，我们这次竞聘是公开、公平、公正，是不能有任何私心的，整个过程也都在市行的严密监督下进行，我作为一把手更要以身作则。”

“你也甭发那么大的脾气，就是亲戚来看我，也犯不了你们的纪律吧。给人办不了就别去找那些借口。”孙莉见他生气的样子，没好气儿地数落道。

说归说，孙莉还是去厨房为钱融煮了西红柿鸡蛋面条。饭后，钱融闷闷地走进了书房。他胡乱地翻着书，但根本看不下去。其实，这个弟弟是妻子娘家的叔伯兄弟，叫孙亮，论年龄钱融大他几天。现在干部都讲知识化、年轻化，孙亮只有高中文凭，但他的工作是无可挑剔的，为人老实能干，进银行二十多年一直在营业室管库岗位上，工作起来没有休息日、节假日，前年还被聘为科级检查员。银行大年初二就得上班，每次都是他值班。泰城偏偏有大年初二看老丈人的习俗，若不去甚至晚一天，人家都会笑话。每回初二去老丈人家，他总是匆匆打个照面就走，媳妇埋怨他就不能换一天休，他唉声叹气地说：“没办法，谁叫咱是‘官’呢。”甚至有时别人要替他，他也不让，他认为当官就要凡事跑在前头，就要比别人多奉献。因此，无论业务加班、节日值班都是别人休息回家团圆，他去顶班，长年累月，毫无怨言。在这一点上，全行无人能说出他的不是，钱融更是看好他。并且他在工作上有一股执拗的钻劲，一旦安排他去干一件事，若是干不好，他日夜不睡觉也要研究明白。平常，他没有其他爱好，就是行里、家里两点一线。钱融认为凭他的吃苦耐劳，若调到营销岗上肯定是把好手。有一年在推荐立功人员时，行总支一班人全票通过他荣立全省二等功，这也是建行以来，泰城支行的唯一一个二等功。

孙亮的为人处事，像过电影一样在钱融眼前闪过，凭他过去的工作业绩为人处事应该没问题。可他的事迹只能说明过去。如今金融同业竞争日趋激烈，银行到底是要求员工偏重忠诚、服从，还是敬业呢？其实这些要求都是银行想要的，然而还有一个核心的“要求”，那就是要靠业绩说话。而业绩的取得靠的就是业务技能。这不仅是银行对员工的要求，更是在行业内竞争的必备条件。孙亮在内部管理上也算有一套，可他的客户资源却极少，几乎是月月完不成存款任务，挂钩工资还没拿全过。在存款第一、效益为先的考核机制下，又有谁还会想着他那金光闪闪的二等功奖牌呢？这几年，青年人上得快，偏偏他那个检查员的岗位又取消了，前年他和媳妇找到钱融想要调一下工作，换个部门干副手，说这个位置除了几个保卫人员、解款员外，几乎无人了解他。钱融当时刚分管人事工作，怕影响不好，便没有安排，结果一拖就是两年，为此还遭到妻子的抱怨，说：“人家都说一人当官，鸡犬升天，亲戚朋友跟着沾光。你倒好，自从跟了你，为了你们行里的那些事儿，我在家成了你的家庭秘书，不是给你接待来访，就是听人家骂娘，可对亲戚你却没有尽亲戚的情分。”钱融自知对不住内弟，也不去理会妻子的唠叨。

想到这，钱融给孙亮打了电话，上来就说：“咱是自家人，你还跑啥，你的事你姐姐都跟我说了。平时你的表现好，大家会去给你争荣誉。可这次还有中层测评、员工测评，就只能看你的努力了。但无论怎样的结果你都要正确对待啊。”钱融考虑到这次的难度，话也未敢说满。

“测评应该没问题，全行谁不知道我是一个以行为家的人啊，行里的联欢会上大家不都在夸我诚实能干吗。”孙亮似乎蛮有把握地说。

“这是你自己的想法，别人到底怎么看，你知道个一二吗？就是那几个位子，还要下来九个，你自己多努力吧。”钱融说完便挂了电话。这么多年来，无论是行长还是中层干部，都只有上的，只要不犯大错误是不会下的，直到退休。人们似乎早已习惯了这种官本位制，因此多数人认为只要你挤进了干部队伍，就进了保险柜，就可以当一辈子官了，即使干得再平庸也不会被撤下。

钱融刚放下电话，妻子推门进来，说：“对了，昨天晚上你没在家，大姨还和葛伟来家放了个卡，说给孩子买点东西。萍萍的老师还替叶琪送来了一张购物卡。”说着她把东西放在了桌子上。

在人事上，钱融对社会上的请客送礼、拉关系说情极其反感。有一年，他参加全市竞聘，笔试环节他自认为凭自己的知识水平会拔得头筹。谁料却遭暗算，稀里糊涂地名落孙山了。笔试成绩根本就未公开，一肚子的怨气也就无从排解。后来才知是“孙山”有硬关系，走了“礼道”。从那时起，他便发誓，如果自己组织竞聘，定要透明公开，绝不能让类似的“冤案”重演。

“明天你最好替我一一送回去，人事的事不是一人说了算，谁也不能对外承诺，这是纪律，谁违规，就处罚谁。全行几百双眼睛在看着，人事改革这第一步改不好，就无法建立新的人事用工机制。再说，这不是一般的同事间帮忙。就是同事间有事帮个忙的，咱也不能收人家的礼啊。”钱融竭力控制着情绪，放缓口气说：“好了，你休息吧，我还有个材料要修改。”钱融刚拿起材料忽然又想起了什么，说：“靳连庆也来过吗？”“这不，他送来的。”孙莉将一大堆东西放到了钱融面前，说：“别急着给人退了，都是亲戚里道的，等事儿过了再退也不晚。”

钱融陷入了沉思。靳连庆论能力还可以，自身素质也过得去。但他干中层已有多年了，长期在偏远的城东办事处，领导着七个人，业务上迟迟打不开局面，对公业务仅有十几个中小企业，效益又一般，存款也上不去，贷款企业每月都欠息，储蓄存款更是月月完不成任务，这样的业绩人人都看在眼里。尤其是他在管理上有所欠缺，自由散漫，更是惹得众人不满。上次在办公室就想多说他几句，可又怕他误解。这次靠公平竞争恐怕是难上加难啊。这也是令钱融最头痛的事。

上周去市行开会，中间休息时，市行仇行长来到他的身边，笑呵呵地让他会后来自己的办公室一下。当时，钱融就猜到可能与支行的人事改革有关，可又一时猜不出仇行长要给哪位大仙说话。常言道，谁知道哪块云彩有雨啊。钱融走进仇行长办公室的时候，仇行长正站在窗台前的一座根雕旁兴致勃勃地赏玩。收藏根雕是仇行长的业余爱好，说是业余，可据说他的藏品在齐州市根雕收藏界早已是首屈一指。但他却从不参与这协会、那协会组织的展览和评奖，既不显山，也不露水。人们能见到的只有他办公室里的几件。仇行长属狗，对眼前这座“哮天犬”的根雕就格外地珍视。只见那“犬”两耳竖直，怒目圆睁，栩栩如生，仿佛主人一声令下，便会咆哮而去。仇行长轻轻抚摸着“啸天犬”的耳朵，也不正眼儿瞧钱融，说，钱融你来看看我这木头咋样？钱融走到近前，小心地说，这哪里是木头，分明是只有着鲜活生命的神犬嘛。仇行长，您这齐州根雕王的称号，实至名归啊。仇行长得意地笑了，拉了钱融的手，来到沙发旁坐下。茶几上是套古朴典雅的红木茶具，一把玲珑的紫砂壶显示着主人品位的高雅。

仇行长取过一包正山小种沏上，对钱融说，钱融，分行党委派你去泰城，可是寄予了厚望，我是投了赞成票的。这用人啊，也似根雕赏玩，你说它是名犬，就贵若黄金，你说它是块木头，就一文不值。我不敢以赏玩专家自居，不过，我看好的“木头”总不会有错吧。钱融听出仇行长是话中有话。在分行时，仇行长不分管钱融，除了工作上的事，他们私下里几乎没聊过。钱融明白，这次仇行长叫他来，可不是来赏玩根雕的，而是“项庄舞剑”。泰城支行作为齐州分行人事改革的首批试点行，钱融改革的事，早已在全市传得沸沸扬扬，“山雨欲来风满楼”啊。钱融正有些走神，仇行长又和蔼地说，在支行工作还顺利吧？钱融说，还过得去。仇行长会意地点点头说，那就好。我今天找你来就是随便聊聊。突然，仇行长像是想起了什么，望着钱融的眼睛问道，靳连庆干得咋样？钱融被这突如其来的话给问蒙住了，略一思忖，说，挺好的。仇行长点头道，真是挺好吗？那就好，那就好。话题忽然从赏玩转到人上来，让钱融有些恍然。见再无他事，钱融便提出辞别。仇行长拍了拍钱融的肩，拉着钱融的手像嘱托晚辈一样说，好好干，你还年轻，大有希望啊。用着我时，尽管言语。

从仇行长办公室出来，钱融的思绪乱成了一锅粥。就在回泰城的路上，他还接了分行欧行长的电话，让他关照一下靳连庆。回到办公室钱融跟梅霞闲聊，问到靳连庆和仇行长的事。梅霞说：“你可别小看了咱那老同学，他跟仇行长走得可近了。对了，仇行长办公室里的那只‘名犬’就出自靳主任之手。”钱融“啊”的大叫一声，自言自语道：“明白了。”梅霞说：“看你一惊一乍的，你明白什么了？”钱融只是拍大腿，却没有回答梅霞，反问道："梅霞，你说咱这人事改革，该不该照顾个别硬关系？"梅霞疑惑地问："你今天是咋了？这可不是你的性格。干副职时，你就放言，若是有一天你说了算，一定六亲不认，任人唯贤。咋，在这节骨眼上动摇了？"钱融又只说："明白了。"梅霞说："你又明白啥了？你今天有什么事吗？"钱融摇摇头心想，自己大会小会讲，这次人事改革要公平、公正、公开，所以就是天王老子说情，也不变。他在心里叹道，老同学啊，别怪我无情，就只能看你自己了。竞聘中，若是对你有一丁点不公，我会出来说话；若是公平，你落聘了，我也绝不更改。这样做的后果，钱融心里明白，对上，一次会得罪两个行领导，必将会影响他今后的仕途；对下，又会得罪一些老同学，将来会付出代价的。但他决心已定，便不会再改变。哪怕自己仕途受损，也要按自己的想法做一回。因为，自己没有错。

这天，到了晚上十一点多，还有人往钱融家里打电话，有的是上级行领导，有的是区里的领导，也有自己入行时的老师和亲友。基本都是关于竞聘几个主管岗位，想要他多关照。他应付着各个电话，又都十分坚决地向来电话的人阐明了这次人事改革的公开性、公正性。这一夜，钱融失眠了。泰城支行像一棵大树，人事改革将其摇动得枝干都飘摇了起来。

第九章

大清早，钱融就来到行里，准备好了人事改革时间安排表，同时又准备着上午的中层会。

到了八点钟，上班的铃声已响过，泰城支行还有三三两两的员工陆续走进大门。所有这些，钱融和张军都看在眼里。

九点钟，支行会议室里坐满了中层干部。会议室里很是喧闹，一会儿这个手机响，一会儿那个又被人喊出去，有的还在交头接耳地谈论着什么。此时大家都没注意，主席台一侧多了台录放机和电视机。

钱融神态严肃，脸上凝重的表情中透出一种少有的威严。他用锐利的目光扫视了一下会场，清清嗓子说："现在开会，全体起立！"

全体中层人员被他那严肃而有力的话语弄蒙了。这么多年来，开中层会这还是第一次举行起立仪式，大家全然不知行长要干什么。

整个会场顿时鸦雀无声。

"唱国歌。"钱融对梅霞说。梅霞打开了录放机。

顿时激越昂扬的国歌声响彻会场。

唱毕落座后，钱融依然严肃：“我们确实已经到了最危险的时刻。先说纪律，一个中层会上参会人员出出进进，这个打电话，那个有人找，这样的中层队伍怎样去带好员工？再说指标，三季度还有一个月的时间，存款目前在四行占比列第三位，不良资产处置没有一个项目落实，利润与市行指标比仅完成50%。指标完不成，我们的工资、奖金都将成为泡影。业务指标说到这里，下面我重点说人事改革的事。我们有些中层干部不去积极面对，而是我行我素，看不到工行日益快速发展的形势，在那里说些不凉不热的话，不是积极地带领员工去完成指标，强化管理，而是作壁上观，自己不干，还指手画脚地去指责干的人。特别是在我们的干部中，长期养成的“干部终身制观念”，习惯了端金饭碗，坐铁交椅，工作上敷衍搪塞、不负责任，对行里指标、部门指标及辖区情况一问三不知，当一天和尚撞一天钟，混同于一般员工。更有甚者，还不如一名普通员工的爱行爱岗意识强烈。人事制度改革就是要打破这种旧体制，就是要让能者上、平者让、庸者下，就是要能进能出。如今我们一再强调服务，有的人仍然对制度置若罔闻，竟然在柜台上与客户争吵起来。你扪心自问，人家来银行是来和你吵架的吗？若是你的家人来，你的朋友来，你也这样把人气走吗？”钱融努力克制着自己的情绪，“对不起，我说话有点激动。可严峻的现实就摆在我们面前。”钱融从包里拿出一盘录音带，对梅霞说：“梅主任请放一下让大家听听。”

在梅霞放录音带的空档，钱融说：“这是老行长拖着一条伤病腿，跑了三天得来的真实反馈，我们每回去客户中征求意见，得到的都是一片赞美声，人家那是不信任你。你们听听客户是怎么对老行长说的吧。”

主席台上的录音机响了起来，是老行长在区老龄委的走访。先是一些老同志向老行长问好，老行长说明了来意，大家你一言我一语地扯了起来，全是对工行的意见。有位老人说：我今年已经76岁了，腿又不好，去你们一路所交费，三次才交上，还受了一肚子气。老人说着录音机里传出了啜泣声，听到有人在劝，却怎么都劝不住。之后老行长还走访了凤凰苑社区，大家也从不同方面提了各自的意见。录音全长有半个小时。

关闭录音机，钱融说：“各位同事，这盘录音带我从头到尾听了三遍，每听一遍就会生出新的感触。听听老人的啜泣声，声声都如钢针扎在我的心头。不到伤心处，老人至于这样吗？当然，事情已弄清了，是一柜员合同工所为，可是我们的中层干部都到哪里去了？工商银行的声誉被丢尽了。有人说中国工商银行这六个字的无形资产价值就有10亿美元，我们对这种有损声誉的行为能无动于衷吗？我们这次改革是有决心的，不怕打击报复，更不怕来自方方面面的压力，就是要打破我行一切阻碍发展的旧体制，让工行在浴火中获得重生。如果谁在那里消极怠慢，你就不配去竞聘中层。今天的业务指标，已经下发给每人一张表，大家既要集中精力抓好改革，更要下大力气把业务搞上去。否则也就不用去竞聘了。梅主任，请再放一下录像。”钱融一番话严厉而又语重心长、掷地有声。

梅霞打开了录像机，是办公室配合“神秘人”的暗访录像。在场的参会人员看了这些不规范服务的录像，开始还有人在笑，一会儿，会场上便只剩一片沉寂。原来，在座的人的不雅举止也上了电视。看完录像，钱融说：“我们自己对照一下，我们的不足还用再说吗？提升服务水平已是刻不容缓，行里已有了整体意见，会后下发，希望大家认真学习，力争都成为模范员工。”

开完中层会，钱融回到他的办公室，张军、鲍凯、梅霞和云飞也跟了进来。钱融看了大家一眼，说：“正好，都来了。这次人事改革关系重大，是我们工行建行以来第一次这么动真的、来实的，特别是我们泰城支行社会关系复杂，人员结构老化，难度更是大。因此，在时间安排、程序制订等各个环节、细节上，都容不得半点疏漏。总的时间和程序安排由张行长把握，其他同志按分工做好动员。”钱融又将这次改革的业务应急、稳定工作和监交工作分别向各行长们进行了部署，说完，他还对当前存款和处置不良贷款几项具体事项进行了安排。

周日，张军去市行参加业务工作会议，钱融又来到行里，坐在了办公桌前——这是他的习惯。近年来，他从没有按时休过一个双休日。钱融把竞聘上岗的时间表又认认真真地核对了一遍，刚摸出烟要点燃，手机响了：“什么？有客户在山城储蓄所吵闹？好，我马上就去。”

放下电话，钱融叫上值班员小李，赶向山城储蓄所。

走进山城储蓄所，钱融见二、三号柜前排了长队，全是老年人在提退休工资。尽管大堂经理一再维持着秩序，老人还是都挤过了“一米线”。柜员紧张有序地办着业务，一号柜前却没有人，柜台内一位年轻的女员工正在无声地落泪。一位六十多岁的老妈妈和她的两个女儿、一个儿子在所内大喊大叫着：“你们贪污了我的钱，什么银行，不要脸。坑了老人的钱，你们要买药吃，买棺材啊。这次你们不赔，我们就不走！”员工肖珊见钱融进来，忙迎了上去。

钱融抬头看了老妈妈的儿子一眼，说：“我是行长，有事你慢慢说。”并示意肖珊说，“叫他们几个别再吵嚷了，坐下说。”

几个人见到钱融来了，不再叫骂。男子说：“我母亲前天来提款，提回家未动就放进了她的抽屉。今天来存，你们这位储蓄员却说是假币。”说着拿出两张百元大钞。

钱融接过来，见两张钞票号码一样，而且票面凹凸感全无，稍有金融常识的人一看便知是假。

钱融问老人：“你当时提的款别人没再动过？”老人一口咬定说没有。钱融见老人悲悲切切的样子，心想老人肯定是被人掉了包而自己不知道，绝不是一般的来找碴、闹事。

钱融叫过肖珊问：“看过录像了？”

“看过，是在一号柜取的款，录像很清楚，我们的柜员用验钞仪跑过两遍后才付的款，老太太肯定让人给调包了。”肖珊十分肯定地说。

钱融拨通了公安局经保科的电话，十分钟后，经保科值班民警魏平赶到。钱融说：“他们既然认定是从这里取的款，就让他们跟魏警员去所里看录像，录像会告诉他们一切。”

看过录像，钱融又把他那两张假币放在验钞仪上，假币走到一半便卡在那里，同时验钞仪还发出了“呜呜”的鸣叫声。男子还是不相信，可录像上又明明白白的。魏平说：“你们别在这儿吵了，先跟我去局里报上案，再追查假币来源吧。”在魏警员的一再劝说下，这一家人跟着去了分局。

钱融安慰了几个柜员几句，又对肖珊说：“最近社会上有不法分子用假币骗老人，晨会时告诉大家要警觉起来，有事及时与110联系。”说完，和值班员小李打道回府。

街上逛街购物的人熙熙攘攘。刚走到行门口，身后传来喊声：“钱行长，你可回来了。”钱融回头，见中学的老同学蒋启昌从街那头跑来。

钱融站住，问：“启昌，你来干啥？”

蒋启昌擦了擦满头汗水，笑呵呵地说：“老同学很长时间没聚了，今晚我做东，在海鲜酒家，赏个脸，准时到啊。”

钱融问他都是谁参加，蒋启昌一一报了名。又是靳连庆！钱融心里想着却没有说出口，他明白蒋启昌这是为靳连庆的事而约自己。由于前头有和仇行长的那次谈话，钱融也不好再推辞，只好答应下来。

蒋启昌如今可是大腕，原来的企业破产后他靠掌握的技术，以及行里靳连庆与葛伟为他担保贷款的20万元，招兵买马建起了个小型化工厂，效益日渐红火。因此他在业务上也就和行里的几个同学打得火热，平常与钱融却是少有来往。上中学时，蒋启昌在班里可是最不受欢迎的男生之一。他不仅学习不好，面相丑陋，还爱招惹女生。那时，梅霞是校花，蒋启昌在班上碍着钱融和秦友不敢去巴结梅霞。放了学，他便像条尾巴长长地跟在梅霞的身后。有一次，在回家的路上，他去拽梅霞的裙子，被钱融和秦友撞见，狠狠地揍了他一顿。揍得他鼻子、嘴里全是血。梅霞急忙去劝架，还掏出一块洁白的手绢帮他擦去了脸上的血迹，并央求他不要去学校里告状。蒋启昌不仅没有哭，还为梅霞替他擦血而激动不已。后来听说，那块白手绢一直陪伴他到高中毕业。打那起，蒋启昌放出狠话，今生就比着梅霞去找，不然，终身不娶。

蒋启昌在学校里是虫，走向社会却成了一条腾云驾雾的龙，他天生是个社会通，三教九流的狐朋狗友一大帮，还娶了位如花似玉的大美人。正应了那句俗话，好汉无好妻，赖汉摊花枝。说起他的起家，还与梅霞有关。蒋启昌原来所在的企业破产后，凭着他的闯劲，东借西凑地筹了笔款，巧的是他从梅霞的父亲那里学得了一门化工手艺，又在梅霞父亲的指导下竟将厂子经营得红火起来。为了感激梅霞，那天，蒋启昌大包小包地上门道谢说，梅霞，有一天用得着老蒋，肝脑涂地在所不辞。梅霞只是浅浅地一笑说，祝福老同学越来越好。钱融就感叹，眨眼间，二十年的时光溜走了。这人啊，活在世上，没有十全十美的。上帝是公平的，不会把幸福或苦难同时给一个人。

傍晚时分，钱融赶到海鲜酒家，见客人大都到了，行里的靳连庆和葛伟也在。冷盘已摆上餐桌。蒋启昌把钱融请到了主宾座上，招呼大家入座之后，举起酒杯说："今天到这里来的都是同学，在一块儿叙叙旧，大家尽管敞开聊，放开吃喝。"

大家彼此熟悉，也就不再客气。钱融除了公务，平常一向不动酒，一是怕喝多了有损形象，二是怕酒后失言，招来不必要的麻烦。因此，无论什么场合他都以鲜奶代替酒。主、副陪带过酒后，大家便推杯换盏地吃喝起来。

靳连庆喷着浓重的酒气凑近钱融，说："钱行长，我们是老同学，这次竞聘你可要多帮忙。平常受你关照不少，我先敬你一杯。"说着自己喝了一大杯白酒。这一杯下去，靳连庆说话有点激动起来。"钱行长，论资格，我在基层已有二十年，论业绩我也是这两年轮岗后才落在了后面。有这次机会，我觉得也该弄个主管了吧。"

"靳连庆应该上，没问题吧，行长？"大家跟着起哄，靳连庆更是兴奋地说:“为感谢弟兄们帮忙,我再敬大家一杯。”那神态俨然已竞聘上了主管。

推杯换盏中,钱融又一次陷入了矛盾。钱融深知靳连庆的为人,他长期工作在基层,业绩不好也不坏,管理能力上也不是很突出,不惹事,也不是那种经常在行里抛头露面、领奖挂花的人。而他要争的那个岗位唐辉已在位三年了,且年年超额完成任务,还受过市行的嘉奖。领导口碑好、群众威信高,此次竞聘,唐辉也是志在必得。钱融想,若是考虑自己的前程,就强推靳连庆,凭唐辉的性格也不会搅起风浪。但是,员工的眼睛是雪亮的。如果那样,这次雷声大的人事改革又会被员工说成是领导内定了,从而会被全盘否定。自己在泰城往后的工作会更难。若是唐辉上,必然会给他带来别样的苦楚。钱融不敢再往下想。

葛伟凑近钱融说:“老同学,我们一向不错吧,这次无论如何你可要拉兄弟一把。”说完,他端起酒杯一饮而尽。钱融见大家喝得差不多了,便起身告辞,蒋启昌则派车把其他人都送回了家。

第十章

全员竞聘上岗考试是在附近的一所小学里进行的，由校方老师监考，完全按学校的考试要求，一切都还顺利。晚上钱融带领办公室秘书加班加点，很快便出了成绩。

第二天，中层测评和答辩，市行派监督组到现场督查。答辩人员当场抽签，确定顺序，工作开展得井然有序。梅霞、孔云飞和办公室人员把竞聘人的四项得分进行了综合，参与整个过程的工作人员都实行了亲属回避。出结果后，支行总支一班人进行了分析汇总，然后于次日上午十点钟才公布结果。梅霞竞得办公室主管，孔云飞竞得办公室副主任，靳连庆竞聘主管落聘，后竞得主办岗位。原中层干部中有九人竞聘主办落聘，另有三名具有全日制本科学历的员工竞聘为主办。葛伟、叶琪和孙亮竞聘主办均落聘了。任命通知上午就发了下去。

中午时分，行里刚开完总支会，靳连庆和葛伟便找到了张军副行长，在办公室里大声地吵闹了起来，声称此次竞聘上岗不公正，并列出了一大串的理由。张军沉下脸来，尽量压低嗓音说："你们也别激动，这次竞聘，所有过程市行督导组全部参加，所以你们所讲的不公平是不存在的。我们在一起共事多年，你们在中层位置上也干了多年，我相信这点素质还是有的，应该信任组织的考核和选拔。”在张军副行长的再三劝说和解释下，他们才悻悻地离去。

下午一上班，他们两人带着浓浓的酒意又来到钱融的办公室。进门靳连庆就把办公室的门反锁了，说：“老同学，你也真够意思啊，不就是那点事吗？就你自命清高，你做得可以啊。”

“连庆，你说这话就不对了。首先，我是无功不受禄，咱在一块这么多年了，你应该了解我的为人。其次，全员竞聘自始至终，无论对谁我都是公平公正的。”钱融听了靳连庆的一通牢骚，并无和他对簿公堂的意思，而是一边给他们倒水，一边用极其平静的口吻劝说着。

“我们认为这次竞聘不公正。”他们两人仍大声嚷嚷道。

“钱行长，咱是同学，又一块儿入行，在一起工作二十几年了，如今你当着行长不旱不涝的，就不能高抬贵手拉我们一把？退一步说，我们干上主管，难道工行就会退步？”靳连庆极不冷静地说。

钱融说：“这是两回事，如果你们认为不公正，有支行党总支，也可到市行告状，这是组织原则。这几年，我行的人事改革正朝着更加公开、透明、公正以及更加规范的道路迈进，人情、资格老都不再重要。如果能力有限、业绩不好，又不注意学习，思想观念再跟不上，那就只能被淘汰。工行快速发展的形势和任务，要求我们必须把素质高、业务能力强的优秀青年干部推上前台。再说，今后这样的竞聘每年都要搞，只要肯努力，人人都有机会。”

靳连庆见木已成舟，忽然怪声怪气地嚷道：“我要辞职，不干所主任了。”

钱融听后，一改平静的态度，火爆地回应道：“好啊，作为一级组织，有组织程序，只要你交了辞职报告，支行总支会做出决定的。但是，在没有经总支批准前，你必须按行里的统一部署到岗，没有讨价还价的余地。如果还有想不通的，抽机会我找你们沟通，若没别的事，请回吧，我不希望因此影响了工作。”说完钱融起身做出送客的架势。

见状，靳连庆用轻蔑的口吻说：“好吧，我们看不到工行未来的前景，你走你的阳关道，我过我的独木桥，咱们走着瞧。”说完气呼呼地摔门而去。

靳连庆和葛伟几个人已没心思工作，整个下午都凑在一起品评是非，发泄私愤，每人的情绪都很激动。

送走他们，钱融临时组织了一个短会，把张军和其他高层干部叫到了他的办公室，说：“大家要充分认识这次人事改革的难度，这么多年来，我们这是第一次动真的、来实的。因此，我们总支一班人要落实好各自的分工，一是要迅速做好人员的交接工作，绝不能空岗；二是要抓紧分头做好落聘人员的思想工作，既要保持全行的稳定，又要加快业务的发展，确保季末完成各项指标。”

其实，靳连庆的为人在钱融的心目中，一直以来应该说是坦诚、实在的。他在工作上虽是个炮筒子，可总是实话实说、观点鲜明。当有的人在违心地歌功颂德时，他从不隐瞒自己的观点。有一年，钱融和他在一个储蓄所里，遇上一大个子男子因存折换折，嫌女储蓄员办得慢，耽误了他赶路，嘴里不干不净地骂。女储蓄员哭着给他办完业务。当时，在场的同事只是去劝说，唯独靳连庆看不下去，气愤地走出通勤门，冲着大个子愤愤不平地说："对不起，请你放尊重些，嘴里干净点儿。"男子斜睨着他，还在骂咧咧的："我就骂了，与你有什么关系？"没想到，这话激起了在场客户的不满，都指责他不该骂人，有话好好说。靳连庆实在按捺不住心头火，说："你再骂，我真揍你。"高个儿男子被靳连庆的威严所震慑，拿起存折灰溜溜地离去了。过后，主任说他不该顶撞客户，要他就服务问题写检查，说遇事要以理服人，得理让人，文明服务。他说："主任，在场的客户都看不下去了，大庭广众之下，骂一位女同志，他还算是个男人吗？俗话说，树要皮，人要脸。人活着为了什么？脸面啊！"这件事尽管他当时想不通，不过事后还是在周会上做了检查。

作为"三定"工作的第一步，中层干部竞聘上岗工作结束后，钱融组织召开了新聘干部集体谈话，支行班子成员和全体新聘干部参加。钱融说："首先，我对大家走上新聘岗位表示衷心的祝贺，相信大家会在更高的职位上作出新的更大的贡献。在这里我提三点看法与大家进行交流，一是大家竞聘的成功归功于组织和你的团队。大家能够走上新的岗位得益于工商银行改革发展与成功，得益于领导和同志们的关心、爱护与支持，也得益于大家自身所做的不懈努力。二是新聘任职既是对各位过去工作的充分肯定，也对大家提出了更高的要求。大家应该从工行改革发展大局出发，以新岗位应具备的能力、素质、胸怀、眼光，来要求自己、改变自己、丰富自己、发展自己，尽快适应角色的转变。三是希望大家在新的岗位上做出更大的贡献，继续推动工商银行的改革创新。"

在广泛交流思想的基础上，钱融要求大家要多一些感恩，多一些责任，多一些爱心，要做一个具有职业精神、专业才华与管理能力的人，要学做一个善于学习、创新求变、有所作为的人。新聘任的同志听后纷纷表示要严格要求自己，努力工作，不辜负领导和同志们的厚望。

会上，钱融还就这次竞聘上岗考试中发现的问题进行了剖析。他指出，由于新业务不断推出，很多员工不适应快速发展的新形势。为此，钱融提出由办公室负责，在支行建立周末大讲堂，从行领导开始做兼职讲师，每周利用晚上的时间组织一次业务培训，重点是培训新业务、新知识、新技能。同时，在办公楼走廊建立文化长廊，定期评选学习标兵、服务标兵、营销标兵和内控标兵，将他们的事迹和图片上墙，在全行形成浓厚的奋发争先、积极向上、你争我赶的文化氛围，真正建立一个学习型银行。

第十一章

已是处暑，泰城进入一年中最酷热的时段，老百姓称之为“秋老虎”。这种燥热窒息令人透不过气来。

行里都已下班了，钱融还坐在办公室里，泡了包方便面吃着。这个月来，他经常是以方便面充饥。他一边整理着办公桌上的各种资料，一边想着晚上要去叶琪和内弟家谈话的事。忽然，手机响了，是父亲的电话。父亲几乎没给他打过电话，钱融预感到家里可能有大事发生。果然，一接通便听到父亲说：“你母亲病得厉害，要立即住院。大融你别急，你妹妹、妹夫和孙莉都在，120 一会儿就到。”

钱融拿电话的手颤抖着，说：“好，我马上去医院。”放下电话，他和张军说了情况，又对梅霞和孔云飞交代了一些急办的事，然后便叫了司机小刘，喊上钱进匆忙向医院赶去。

钱融已两个月未回父母家了，平常多是弟弟钱进和妻子孙莉去看望老人。过节时，钱融与妻子、孩子回家，母亲总是提前一天就准备好了酒饭。母亲做着炸春卷、豆腐箱，像年轻时为他纳鞋底那样仔细。他和钱进想去帮忙，母亲总是两手一挡，说“甭动，去和你爸说会儿话吧”。无论春节还是中秋，一家人总是欢欢喜喜地团聚在一起。这样的日子里，钱融从来未想过母亲已是近七十岁的人了。

母亲是在清晨发的病，家人催她去医院，她却推辞。父亲要给钱融和钱进去电话，她说啥都不让，唯恐耽误了他们的工作，只吃了几片止痛药，咬了牙挨着。到下午，她已呕吐不止，疼痛难忍，父亲才告诉了钱芳和孙莉。

到了医院，钱融看到父亲、妹夫和孙莉都坐在急诊室门口的连椅上，心里咯噔一下。这么多年来，钱融第一次在医院与家人碰头，心中生出一股不安。父亲微眯着眼，孙莉和妹夫坐在父亲身边闷闷不语。

“母亲怎么样？”钱融尽管心里很紧张，还是急迫地问道。

“妹妹在里面，大夫只让留一人，还在做检查。”孙莉见钱融到了，忙站了起来，说起了母亲的病情。

母亲做了全面检查，直到晚上八点钟才确诊为急性阑尾炎且已感染，需立即做手术。

此时，钱融慌了神儿。望着老母亲因病而变得蜡黄的脸色和凌乱花白的头发，钱融躲在病房外，难过得直流泪。他找来医院的王院长和主任医师询问母亲的情况，王院长劝道：“没事的，只是个小手术。”钱融道着谢，却还是心神不安。

送走王院长，钱融抹去眼角的泪，回到母亲身边说：“别紧张，小手术，很快就好。”

“大融你别急，我不要紧的。”母亲见他里里外外跑得满头大汗，虚弱地安慰他。钱融被恐惧、焦虑、自责纠缠着，脑子一片空白。

晚上十点钟，钱融对孙莉说：“萍萍自己在家害怕，这里有我们，你先回去吧。你一块儿把父亲送回家，明天一早我给你们打电话。”孙莉搀扶起年迈的父亲，去病床前看了母亲一眼，便赶回家去了。

午夜，钱融和钱进看着母亲被推进了手术室。夜已沉，窗外，一团漆黑。

钱融焦躁不安地等待着。

两个半小时后，手术室门开了。“手术很顺利。”听医生说了这句话，钱融心中那块石头才落了地。

母亲醒来时，已是阳光初照。钱进和钱芳守在母亲病床前，钱融给父亲他们去电话说：“手术很顺利，放心吧。这里有钱进他们，今天行里有很多事要做，我直接去行里了，晚上可能回家晚一点。”

没等钱融说完，孙莉就抱怨说：“这几天你就不能少出去吗？母亲在医院里，你还在外面跑，行里那么多领导，就你的事多吗？”

“怎么？有事吗？”钱融听出妻子话里有话。其实，前段时间，他常常是过了半夜才回家，妻子也没说什么，今天是怎么了？可接下来是一阵沉默。“孙莉，你讲话，出什么事了？”钱融急切地问道。

“没事，你忙吧。”孙莉说完便挂了电话。

钱融一下子怔在那里，但因为还有那么多的事等着他去做，也容不得他过多地去思考。他拖着困倦而疲惫的身子回到了行里。

这天下午下班后，他又没有回家吃饭。支行召开总支会，研究布置全员竞聘上岗的事，张军在会上对整体方案做了全面汇报。

晚饭后，支行宿舍区大院里灯火辉煌，石桌旁坐满了人，有的在纳凉聊天，有的在打牌、下棋，孩子们则在院内跑来跑去地玩捉迷藏。支行的女子健美操队正在欢快的乐曲中排练着新操，一帮老太太在围着观摩。不知谁家的屋里还不时地飘来悠扬的琴声。

钱融从行里回到宿舍区已近九点钟，他没有直接回家，而是踏着这琴声向三号楼走去。

他敲开了内弟孙亮家的门。孙亮一家人正在看电视，见是钱融，孙亮没好气地说："你来做啥？"钱融不知所措地笑了笑，窘迫地站在那里，弟妹见状忙给他让座。钱融从孙亮的言语和表情上感受到孙亮落聘后极不理解的抱怨情绪。这在他的意料之中，若是想看笑脸、听好听的，今天他也不会来。

"孙亮，咱是一家人，也不用拐弯抹角的，我来就是想和你随便拉拉家常。你的工作是人人都认可的，但竞聘就是这样。再说落聘又不是犯了错误，今后每年都搞一次，只要努力，还是能再上的。"钱融很委婉地说。

"哥，咱不说别的，我跟了他这十几年，可没耽误他一天工作。每逢过节走娘家，他都值班。大年初二，谁不走丈人家，他就没有一回在俺娘家待上过十分钟，都是去看看就走。孩子小时候，我一人带着，家里人都说他泡在你们行里了，没想到落了这个下场，真替他冤。他没脸出门，更没脸见人啊！"弟妹越说情绪越激动。

"弟妹，孙亮的情况我是了解的，其实在竞岗前，他曾多次让我给他参谋，报哪个岗更合适，但由于受专业限制，他报的岗位有六人竞聘。他的工作是无可挑剔的，可竞聘是残酷的，不可能六人都上吧？落聘的结果谁都不愿看到，然而这是不可逆转的事实。至于他今后的工作，组织上会给他调整到合适的岗位上。”他们说话的工夫，陆陆续续有许多和孙亮共事多年的同事来家里看他。大家都知道他心小、脸皮薄，劝他要宽心。孙亮望着满屋的人，感到一股暖流传遍全身，激动的泪水几欲夺眶而出。他不知说啥好，一个劲地给人们让着烟续着茶。

钱融见人多起来，忙和孙亮打个招呼，出门又去了中学同学叶琪家。

叶琪住在三号楼的二单元四楼，他一个人正在家看电视。钱融热情地打招呼："怎么自己在家啊？"

“你弟妹和孩子回娘家去了。”叶琪一边给钱融端茶水一边说道。作为老同学，钱融深知叶琪的为人，二十世纪九十年代初，他就被聘为支行副科级检查辅导员。为人坦诚，踏实能干，缺点是不善言谈和交往。这次竞聘演讲答辩得分中，他的中层评议分是所有答辩人中最低的。

钱融开门见山地说道："你可不能被这次落聘击倒，无论改革怎么发展，竞争怎么激烈，业务素质是第一位的。你有你的业务优势，绝不能气馁。改革就是要能上能下，落聘并不可怕，关键要调整好心态。你还有电脑基础，不干中层，去竞聘客户经理还是有优势的，相信未来也会有大作为的。”

叶琪听了钱融的话，脸上极其平静，似乎一切都未发生一样。叶琪起身为钱融茶杯里续了一些热水，茶杯里飘出淡淡的清香。“喝水吧，茶不太好。”叶琪像往常一样让着钱融。钱融对叶琪的态度很放心，诚恳地说："我们工商银行的改革喊了这么多年了，这次人事改革才算是迈出了实质性的一步，因此对人们的思想触动很大。但工行要股改上市，改革的路还很漫长。我们都有二十几年的工行工作经历，应该说，我们看到了工行的希望之光。”说到入行二十多年，叶琪也颇有感触，他们走进银行大门时都才刚过十八周岁，是那样的充满豪情、充满幻想、充满希望。他们曾经用诗一般的意境去憧憬未来，畅想新生活：“再过二十年，我们来相会，伟大的祖国，该有多么美，天也新，地也新，春光更明媚，城市乡村处处增光辉。”可以说他们的青春激情和热血都倾注在了工行的事业上。

二十世纪八十年代初，钱融和叶琪被分配到泰城支行南关储蓄所。那是一座旧式临街古楼，高高的青石台阶，古朴的花格窗棂，楼板是木制的。因二楼是住家，原来从内室上楼的楼梯口已封住，二楼主人从院内架起了新楼梯。那时储蓄所两旁，多是经营土产、杂品、日用百货的小店铺和小吃店。最有名的是街北的通宵馄饨铺。他家的招牌菜有鸡丝馄饨、油酥火烧，几角钱就能吃得舒舒服服。他们当时的所主任叫滕海涛，已年过半百，每到月底就带着他们加班，把全所的明细账和总账通打核对一遍，常常会忙到深夜。对好账后，滕主任总要请他们去吃顿夜宵——小城著名的“杏仁茶”。第一次吃时他们都认为这简直是一种奢侈，它可不是一般清茶，而是以杏仁、江米为主料做成的稀粥，喝来黏稠味厚。钱融和叶琪就这样在南关储蓄所度过了一年的青春时光，由此也促成了他们如兄弟般的友谊。如今南关储蓄所门口的胡同、小巷早已改建为高楼，滕老师也早已作古，但那段生活和工作经历却恍若发生在昨天。

回首往事，钱融感到了世事变化如此之快，恰似东去的泰河，岁月不居，光阴似箭。他又和叶琪谈了许多生活上的琐事，叶琪说：“听说你的老母亲做了手术，我还没去探望。”

钱融说：“一个小手术，过几天就回家休养了。现在大家都这么忙，就别跑了。”钱融说完又询问了叶琪家中老人的身体和生活情况，交谈间二人仿佛回到了往日的时光。

钱融回到家时已是晚上十一点钟了。他一进门见妻子孙莉还坐在客厅的沙发上，既没看电视也没看书，双目放空。

“咋还没休息？”钱融疑惑地问。

“等你嘛，这么晚了，也不知道给家里来个电话。”孙莉埋怨着，还是问了钱融吃不吃东西。钱融“嗯”了一声，孙莉便起身去厨房为钱融下了包方便面，并打上了两个鸡蛋。孙莉看着钱融吃面，欲言又止。她的神情却没有逃过钱融的眼睛。“有什么事吗？”钱融问道。

“没事，你回来晚了人家不放心。”孙莉看着钱融狼吞虎咽地把面条吃完，见他最近一段时间因为天天熬夜，眼里充溢血丝，本来就瘦削的脸又消瘦了许多。她眼圈红了，沉默了一会儿，说：“这两天你回来得晚，有人来电话说让你小心点，说是你出的坏主意，竞聘上岗，害了好多人。工作上的事，不是有组织吗？就你这脾气，咋就得罪了那么多人啊，听了这些话，真叫人揪心。”孙莉哽咽了，差点哭出声来。

屋里的空气变得异常沉闷。

钱融久久无言，不知该怎么安慰妻子。他起身整理了碗筷，对妻子说：“别怕，工作上的事肯定得罪人，但这种人是极个别的。身正不怕影子斜，我行得端，走得正，不怕谁掀起风浪。相信随着时间的推移，他们对工行的改革也是能逐渐理解的。去睡吧，明天还要上班，放心，我不会有事的。”两天前，钱融曾接到一个显示是“未知”的神秘电话，要他好自为之，对方说完便挂了电话。当时，钱融正在开会，便没有理会，联想起孙莉说的陌生人来电，难道……

窗外，寂静又漆黑，秋虫也早已困倦地睡去了。钱融却是心事浩茫，难以入眠。

第二天，钱融一上班，就吩咐梅霞：“通知一下靳连庆和葛伟，半小时后，我在小会议室和他俩谈话。”钱融想，若在办公室谈话，你来我往的，不仅影响交心，对他们二人也不好。在小会议室，关上门，他们可以无话不说，自己甚至可以听听靳连庆的牢骚。俗话说，了解才能理解，理解才能谅解，谅解才能化解。

钱融几乎和他们两人同时到了会议室。他抽出两支烟，递给靳连庆和葛伟，自己也点燃了一支，语气极其平缓地说道：“你们对待这次落聘都要有正确的态度，思想上可不能背上包袱啊。实行竞聘上岗、全员参与、双向选择、全程公开的人事改革制度，是工商银行建立现代商业银行制度的必然要求。我们这次改革影响的不仅是我行中层，就是全市各支行的行级干部也有近十名落聘，能上能下、竞争择优的用人机制已经在全行建立起来。一次落聘，不能说就没有机会了，今后，行里每年要拿出一定的空缺岗位用于竞聘上岗。一方面为这次落聘人员提供一次重新上岗的机会，另一方面也要通过竞聘上岗工作，进一步完善我行的用工机制。无论你们在哪个岗位上都不能放弃努力啊！你们的工作，组织上还是有数的，总支一班人都清清楚楚。”

靳连庆和葛伟默默地听着钱融的谈话，脸上看似平静，内心却是万般的不服气。

钱融望着二人，沉默了一会儿，不无感慨地说："你们是行里的老中层了，即使竞不上主管，竞聘了主办，还是行里的中层。我们的改革才刚刚开始，这么多年来，工商银行在旧体制下艰难地负重前行着，你们认为再这么走下去还行吗？远的不说，就说泰城其他几家银行都在红红火火地改革，如果我们还固守着旧的模式，用不了一年，恐怕我们这个行都要撤销。这不是危言耸听啊，若你们有什么意见，可以随时和我交流。"

等钱融说完，靳连庆还是提出了对这次竞聘的意见，将不满的情绪全都表露在了脸上。最后二人还是愤愤不平地离开了会议室。钱融再次深切地感受到了这次竞聘给行内带来的强力冲击，这二人还是想不通，带着这样的情绪去工作也不会有好业绩。看来基层行的改革还有许多工作要做啊。

这天上午，钱进来到钱融的办公室，说："哥，母亲上午出院，你有空去吗？"

钱融看了钱进一眼，说："我知道了，你嫂子已去医院了，钱进你跑一趟吧，我还有个会，晚上我回家去看母亲。"母亲住院两周，钱融忙于行里的事，仅在医院里陪了一夜，平常只能与钱进通电话或是向孙莉询问母亲康复的情况。为此，钱融的内心感到无比愧疚。

晚上，钱融回到家中，钱进、肖珊和孙莉都在。见母亲气色挺好，他很高兴。他还特意买了一大堆母亲爱吃的水果，说："娘，多吃些水果，对身体恢复有好处。"

"大融，下月初是你姥姥的八十九岁生日，这段时间我住院，听你舅舅说，她直念叨咱。你打小就住姥姥家，再忙也得抽点时间去给姥姥过个生日吧。”母亲说着，眼里已盈满泪水。

钱融知道姥姥的病已很重，恐怕很难撑过年去，便说：“娘，您放心，我一定去。您要好好休息，注意营养，需要啥跟我和钱进说一声。”

“我没事的，你放心吧。”母亲说。父亲又问了萍萍学习的情况，听到萍萍月考进了全年级的前十名，十分高兴。一家人已经很久没有这样聚在一起长谈了，母亲也很是高兴，饭也吃得特别多。

又是周末，作为“三定”工作的中层竞聘上岗总算告一段落。根据行里的安排，接下来9月初将开始全员竞聘上岗——更难的工作等待着钱融。连日的忙忙碌碌，让钱融没有察觉季节已在悄悄更迭。傍晚，小城已透出明显的凉意。

下班以后，钱融从行里出来，匆匆走在大街上。这个周末他一定要回家吃饭，因为今天是女儿的生日。孙莉准备了一桌菜，正等待着他回家共同为女儿过生日。

傍晚，习习秋风丝丝缕缕地吹拂在钱融的身上，清清爽爽沁入心里。钱融为女儿买了她最爱吃的水果，嘴里哼着“祝你生日快乐”的曲子，脚下生风地疾行。

在这喧闹的大街上，钱融感到了踏进人间烟火和世俗的真实，听着小贩的吆喝声，穿行于熙熙攘攘的人流中，踩着形形色色的脚印前行，令人感觉到了这座小城的生机和活力，感觉到了小城的喘息和流动的血液，感到了全身心的轻松和愉悦。他甚至喜欢站在一旁聆听逛市场的人们和小贩们的讨价还价，仿佛这才真正活回了自己。一抬眼，他看到前面五步开外有个卖葫芦丝的人，正呜呜咽咽地吹着那首《月光下的凤尾竹》，旁若无人优哉游哉地走着。钱融想，看那老者一身布衣穿着，生活上应当并不富裕，然而他肯定是幸福的，因为从他那不浮不躁的吹奏中可以听出他对人生的自信和淡定。人的一生谁都会遇到许多棘手的问题，若你能微笑着面对，在困难和挫折面前仍能保持无畏的精神，那么你便是幸福的。就好比这卖葫芦丝的，每天穿行于大街小巷，半天不见得卖出一支，他重复着这简单枯燥的活计却甘之如饴。或许这就是幸福吧。钱融紧赶几步，聆听老者的演奏。这曲子他熟悉，有段时间，行里几位离、退休的老人也买了葫芦丝跟着区里文化馆的老师学，多是学的这首曲子。那会儿，每天清晨，都会在宿舍区听到十几支葫芦丝的合奏。

钱融一边走，一边享受着这没有工作的轻松和愉悦。当他行至步行街中段时，忽然前面传来一阵混乱声，随即是一位女子的“哎哟”声和自行车拖倒在地的猛烈撞击声。钱融加快脚步赶上去，见是孙德明的妻子刘晓云被一骑摩托车载人的愣头小子撞倒了。

“咋样，伤得重吗？”钱融跑上前，将手里的水果放到路牙石上，扶起她问着伤情。

“腿不敢动。”刘晓云见是钱行长，脸上挂满疼痛又委屈的泪花。“我正常走着，他们从后面硬是把我给撞倒了。”

“你们把摩托车放下，快打的先把伤者送到医院。”钱融上前用力拽住了那个愣头小子，见他嘴里还喷着酒气，后座上那位还算清醒。他们见人越来越多，也不好推脱。钱融立即给孙德明打电话，但电话关机。一会儿交警赶到了，钱融叫上在一旁围观的行里的小李和小王一同陪刘晓云去了医院。刚进急诊室，女儿萍萍来了电话：“爸，家里就等你了，咋还不回来？”“萍萍，爸有点事，你们吃着，我一会儿就回来。”待刘晓云处置完伤情，钱融和大家又把她送回了家。

钱融回到家时已是晚上九点钟。进了家门，只见一桌的菜只被动了两个，中间生日蛋糕上的粉红蜡烛还在等待点燃。钱萍依在妈妈身边噘着个小嘴闷不作声。孙莉苦着一张脸说：“行里离开你就转不动了？孩子盼着你能早点回家，你还是一个电话把我们娘俩儿给撂在了一边。”抱怨声里已带出平常少有的气愤。钱融自知对不住妻子和女儿，来不及去洗手，连忙坐下，嘴里一边忙着解释刘晓云的事，一边不停地向她娘俩儿道歉。他用他那洪亮的男高音为女儿唱起生日歌，在歌声中点燃了生日蜡烛。萍萍破涕为笑，孙莉拿手拧了钱融一把，说，还是你的闺女啊，刚才还咬了牙说不理你，一首歌就变心了。钱融得意地说，女儿是父亲前世的情人嘛。女儿站起来吹灭蜡烛的那一瞬间，钱融发现女儿真的长大了，这些年来，自己忙于工作，还真没有好好陪陪她娘俩儿。这时，钱融才想起还为女儿买了一大兜水果，然而却怎么也想不起来扔到哪里去了。

第十二章

全员竞聘上岗，打破了原有的格局，从储蓄所、分理处到营业部，各岗位都进行了定岗定编。其实，营业部会计和出纳的职责随着“闹哇”系统的开通和计算机不断升级，早已具有了综合柜员的性质。

竞聘在程序上省去了演讲答辩，只保留了考试、全员测评和考评小组测评，而考试仅占据 20% 的权重，全员测评占 50% 的权重，因此，全员测评显得尤为重要。

钱融正认真地复核着测评表的姓名时，孔云飞进来了。钱融问：“有事吗？”

“钱行长，这几天我看你忙，也没来得及向你汇报，下面对这次全员测评反应较大，说有人在拉选票，已提前几天就开始宴请了。”孔云飞直截了当地说道。

工作再忙，下面的这些事情钱融又怎能一无所知呢？许多嘲讽的话语甚至说得更为难听，风风雨雨的早就灌满了他的耳朵。况且有些中层干部也被拉着去为他人拉选票了。“云飞，岗位都摆在那里，谁能上岗，谁转岗，哪个岗位更适合谁干，我想人人心里有杆秤。再说，竞聘总得有个结果，这个结果就必须有个标准让大家作为依据，目前这种测评在理论上是公平、公正、合理的。另外，员工竞聘上岗后会实施动态管理，即使上了岗，若无业绩，同样会被调整下去的。”钱融理解孔云飞的疑惑，他叹了口气，继续说道：“前天，靳连庆还来我的办公室，拉开他的直筒子就开始放炮，说，银行现在不去抓存款、收利息、抢客户资源，整天挑起群众斗群众，弄得人人心神不宁，没有人去工作，而是都在挖空心思地拉关系、争选票，工作上有了错也无人管，怕得罪人而背后遭人算计，好好的人际关系都成了敌人。靳连庆说这话，我是很不客气地回了他一通，告诉他改革就是要付出代价，任何改革都没有十全十美的，若仍四平八稳地走着老路，全员仍旧不疼不痒地上班、下班，人人没有紧迫感、压力感，工行的路只会越走越窄。我坚信，对于改革，支持者还是占大多数的，那些在背后拉拉扯扯企图阻挠改革的总是极个别的。因为他们能力差才去拉选票，才赖在那里不想去别处工作，才去阻挠改革。”钱融看了孔云飞一眼，放缓语气说：“至于改革中出现的问题，我们有纪律约束。这就要党员领导干部带头，决不能让歪风邪气在支行抬头。”

“钱行长，过去你也曾管过人事工作，我们听到、看到、想到的就是这些，想来也不用我多说。我这也是想提醒领导在中层会和全行会上要严肃地强调纪律。”说完，孔云飞脸上带着疑虑告辞了。

孔云飞走后，钱融思绪万千。自己没黑没白地干，即使每一道程序都能被严格地执行下去，云飞所说的这种情况又怎能杜绝呢？本身泰城支行的人员，除了近两年招考来的几个大学生，已是起码干了二十多年的老员工了，人员关系更是错综复杂，七大姑八大姨的。这样的格局，更使人事改革难度进一步加大。但越是这样，就越要走改革之路，唯有改革，才能把人们固有的惰性和裙带关系网打破，把人们的旧意识革除，建立起一种新型的考核机制和人际关系。从而达到人人都会去想工作、争业绩，而不是靠侥幸的关系网的结果。想到这儿，钱融更是感到如一团乱麻萦绕心头。

由于营业网点人员星期天也正常上班，全员测评安排在了晚上七点钟开始。六点五十分，人们都已来到支行会议室，每两人一间隔，部门之间交叉安排座位。

“哥，我有事跟你说。”钱进走到钱融跟前说。

“什么事？”钱融问道。

“今天姥姥的生日你咋没去？上午我去市行送材料，打你的手机也联系不上。我和肖珊是中午赶去的，母亲没见到你，挺不高兴的，我说行里搞全员测评，母亲才没再说什么。”

未等钱进说完，钱融自责道：“钱进，我是真离不开，你看今天这么多事，我能走吗？早晨我让你嫂子去了。”

“嫂子单位也留住她加班了，没能赶去。”钱进说。

“那过后你再和我去一趟吧。”钱融见人已到齐，便让钱进回到了座位上，自己则和张军、鲍凯走到主席台前。张军宣布全员测评开始，他拿出测评须知，逐条逐项地进行了宣读。宣读完毕，孔云飞把测评表分发给大家。钱融拿着一张表，又强调指出：“希望大家都要认真对待测评，要根据员工的述职、业绩及平常表现，公平、公正、严肃认真地为其打分。表上印有全行员工的名字，后面是优秀、良好、合格、不合格四栏，你觉得谁属于哪一档，就在那一个栏里打上一个恰当的分数，若在两栏里打分或者打钩者均视为废票。”

接下来，按抽签顺序，由员工述职，每人三分钟。钱融深知，不怨孔云飞有疑虑，这样的无记名投票，你根本无法掌控他人的想法，唯有靠投票人自己的良心和对工商银行事业的忠诚度。员工的述职在不间断地进行着。述职人的声音清晰可辨。钱融环视会场，看得出绝大多数员工都在认真听讲和思索，在做着公正的评判。在泰城同业之间，工商银行的员工队伍整体素质是排在前列的，是忠诚于工行的。但也不乏例外，俗话说，十个手指头还不一样齐呢。在今天的测评中，就有佯佯不睬的，还有极个别的心怀鬼胎，企图利用自己手中的一票搞些小动作。

测评工作进行了近四个小时，结束后，人们从会议室走出来，全都轻松地说说笑笑。

没过多久，测评和综合考评的结果出来了，后三名分别是路江晖、丁旭和孙德明。他们竞聘的岗位被别人竞得，按规定他们三人只好转岗，三个月后考核合格后再上岗。三人转岗前有一段学习时间，绩效工资只发待岗工资，这是钱融最头痛的。

钱融吩咐相关负责的同志：“结果是出来了，我也尊重这个意见，可还有许多工作要去做。这么多年来这是第一次在员工中实行待岗，他们一时肯定难以接受，我们要耐心细致地对他们做思想工作，党、政、工、团要齐抓共管，搞好配合，要从政治上、工作上、生活上特别地关心这三位同志，争取帮助他们早日考核合格上岗。”

下午，钱融和检查辅导员小陈来到了山城储蓄所为路江晖办理稽核交接。

储蓄所里三个柜口排了长长的队，都是来取款的老人，所主任肖珊在忙忙碌碌地做着导储。她见钱融进所，忙打开通勤门将他们让进柜台内，说：“哎，每月都是如此，两千多户劳保工资，打上卡就来取，有的十元钱也不留，服务一旦跟不上，他们就这里告、那里找的，不但没有一分钱的中间业务收入，存款留存率也几乎为零。”钱融听出肖珊对代发劳保工资这项工作还不理解。钱融最清楚，刚开始这项工作是放在其他行，因他行网点少，给老人提款带来很多不便，于是又转回到了工行。中间就业务收费曾与劳保处谈过几次，只是考虑到劳保处有五千万元的对公存款在工行，因此至今也没谈成，每月只好这么对付着。钱融看到在肖珊的办公桌上有一张指标完成图，是全所每人的完成情况，包括存款、理财金账户、教育储蓄、中间业务收入、国债、牡丹卡、网上银行等十几项。“其实，江晖的各项指标完成的并不是最差的，只是他考试没考好，才落在了最后。”肖珊指着路江晖的那一栏对钱融说道。钱融什么话也没说，只是默默地点着头。

路江晖见到钱融他们，便知道要找他办交接。看到外面拥挤的人群，路江晖眼里几乎是满含着泪水，说：“钱行长，我再给他们办完这几笔。”

“不忙，江晖你沉住气。”钱融说完又去查看了安全保卫、用电设施等方面的情况，这已成了钱融的习惯。干副行长时，只要有时间他就到网点去检查安全保卫，且大会小会的讲，干银行“三防一保”要天天抓、时时抓，一刻也不放松，特别在通勤门和用电安全上，若是让他抓住有纰漏，无论是谁，决不留情面。

柜面上的客户渐渐少了，小陈为路江晖办了交接，收了他的柜员权限卡。办完交接，接款的押运车已到所门口，大家结了账，准备下班。

钱融叫过路江晖和肖珊说:“我还有好多话想和你们说说,我们一块吃晚饭吧。”说完,又打电话叫来了梅霞和孔云飞。

黄昏,下起了蒙蒙秋雨,雨丝细得若雾,整个天空灰蒙蒙的撕扯不开。梅霞找了家小酒馆,坐了下来。

还未等钱融开口,路江晖已哭出声,说:“我回家无法跟妻子和儿子交代啊。”钱融第一次见到这个身高一米八的男子汉这么放声痛哭。

“江晖别这样,你的情况我是清楚的,这次岗位竞聘,从头至尾你都参与了,咱是公开、公正的。测评得分你并不低,关键是考试得分太少,拉开了档次,这也是教训啊。”

“我知道,都怪自己不重视,考试前一天跟人忙公事,第二天脑子像一盆糨糊。可这待岗,总是不好向家里交代啊,咱泰城支行历史上就没有过。”路江晖止住哭声说。

“江晖,你的基础并不差,我认为,一是要端正态度,正确认识这次改革,对待下岗认识要到位;二是要以此为教训,刻苦学习业务,充实自己,适应发展,争取三个月后在全行的考核中取得好成绩,早日上岗;三是待岗并不是支行抛弃了你,而是会更加从政治上、生活上、工作上关心你,你无论在哪些方面有困难都可以找组织。待岗不是你脱离了这个‘家’,而是这个‘家’要重塑一个更加适应岗位、善于学习、勇于竞争的优秀员工。”

钱融的一番话语使路江晖深受感动,肖珊也把路江晖在所里的工作情况给领导们做了汇报,路江晖很受鼓励,下决心要尽快赶上去。菜很快上齐了,大家为路江晖倒满酒,尽量说着宽心话。

晚饭后,他们又踏着泥泞的道路一块儿去了路江晖家,他的妻子在家。钱融先谈了行里的工作情况，还未说到路江晖的事，他的妻子主动说道：“钱行长，我都知道了，其实论说这待岗，也不是你们银行一家，光咱这泰城就有多少企业的职工下岗失业啊，我们单位已有三个月不发工资，不用说下岗了，恐怕企业很快就要破产了。只是我们家庭确实很困难啊。”

“行里知道你们的情况，我来也是代表支行，你放心，有困难行里会想方设法帮助解决的，要相信组织，更要相信江晖，三个月后我坚信他会合格上岗的。”钱融耐心地做着工作，又与她聊了许多家庭琐事。

从路江晖家出来，秋雨还在飘着，肖珊走近钱融说：“哥，小路家确实挺困难，他老父亲长年有病，原单位破产，又没有医疗保险，仅能从劳保处领几百元的劳保工资。家里就全靠小路补贴，从这月起每个月只发他几百元，家里可怎么过呢？”

“肖珊，明天想着和我去江晖他父母家一趟。”钱融抬头望了下天空说。

雨密起来，一丝丝，一线线，飘落在钱融的脸上，飘落在他的心上。真正意义上的第一场秋雨到来了，他第一次感到了秋天所袭来的那一丝清凉。

第十三章

这天下班后，丁旭几乎是一路哭着跑回家，一头扎进房间，倒在床上，抱着枕头，呜呜地哭泣。

平常行里的事，她也不太和家人说。丈夫陈庆河见她这般模样，不知在外发生了什么事。

陈庆河几次敲房间的门叫她吃饭，也把桌上的饭菜热了又热，可她就是不出来，只是瓮声瓮气地说了句在外面吃过了，便又没了动静。其实她不仅没有吃饭，连水也没喝一口。她对着镜子，望着里面的自己，觉得自己是这个世界上最不幸的人。明天她将怎样面对曾经那么熟悉的人和事？家人、同事、领导，甚至那些客户都会看不起她，世界怎么对她那么的残忍，她究竟做错了什么？

天渐渐黑下来，陈庆河推门进了房间，见妻子半卧在床上，目光呆滞地在愣神，就说："小旭，你有什么事不能和我说说吗？"丁旭望着这个自己最可信赖的人，本来已平静下来的她，又禁不住抽泣着说了自己下岗的事。陈庆河并不惊慌，而是耐心地安慰她，他知道此时愈是跟着发牢骚便愈会增加小旭的烦恼。其实，陈庆河对所谓下岗是早已习以为常了。他之前在泰城机械厂工作，由于厂里经营不善，在家待岗了半年多，这半年才去了一个私营小企业打工过日子。

他用心地劝着妻子，不知过了多久，丁旭才疲倦地睡下。

张军副行长的车被人拦在行门口，钱融听闻忙放下手头工作去看个究竟。走进见是丁旭一家拦在车前，有股好像要把车掀翻的架势。钱融忙迎上前，拉住丁旭的姐夫钱伟的手打招呼。在老家他们两家是邻居，而且属同宗同祖。

“张行长，今天你不说出个道理来，就甭想走出这个大门。”丁旭的父亲怒气冲天地吼叫着，丁旭的丈夫、母亲和姐夫也都七嘴八舌地冲张行长嚷着。

“你们想干什么？请让开，我和你们没什么好说的，我要去区里开会，市、区领导都在等着。”张军上前去拉扯丁旭的父亲。

“咋，你还想打人吗？你打我这老婆子吧。”丁旭的母亲用头去撞张军，“今天没个答复谁都甭想走。”

“伟哥，让张行长先去开会，丁旭的事我们上楼去说吧。大叔、大婶，你们都冷静一点，我会给你们一个满意的答复。”钱融上前一步拉开张军，一边去搀扶两位老人，一边与钱伟去握手。

“其实，我们就是不明白，小旭平常工作那么好，咋就没岗了？”丁旭的母亲说。

钱伟说：“爸、妈，既然钱行长来了，就让张行长去开会，我们上楼听听钱行长怎么说吧。”说完，一家人才让开路，跟随钱融上了楼。

等大家都坐下来，钱融让孔云飞给他们沏上茶。钱融首先对丁旭的工作从正面给予了肯定，讲了她入行以来做出的贡献和成绩；其次对全国上下银行施行改革的目的、意义，用极其温和的语气抓主要的给他们做了解释；最后又把支行这次全员竞聘上岗的所有操作和程序用通俗的语言讲给他们听。钱融说：“钱伟哥，你也是区里的部门领导，我们这次竞聘上岗是全面公开的，也是公平的。至于丁旭这次待岗，并不是说她就没了前途、没了希望，全市有65人待岗，只要努力，很快就会再上岗的。组织上对她很关心，正安排要去进行家访的，这不还没去，你们先来了。对你们的到来，我表示欢迎，只有沟通，才能理解，才会把工作做得更好啊。”丁旭的家人听后，表示了理解，又提了些要求，钱融都一一记下。

“既然我们都清楚了，领导又那么关心小旭，我们就回去吧。”钱伟感谢了钱融后，扶起两位老人，离去了。

临近下班，钱融对孔云飞说：“通知肖珊，一会儿去路江晖的父母家。”又特别嘱咐云飞给老人称上三斤豆腐，老人喜欢吃。都说马尾拴豆腐提不起来，泰城的豆腐却能用秤钩称。老人更喜欢它“都富”和“陡富”的寓意。

俗话说，一场秋雨一场寒。下过一场雨，秋日午后的太阳便失去了热意，发黄的法桐叶在秋风中开始飘落。天空空旷而湛蓝，一队大雁排成“人”字形，奋力地往南飞。大雁多么自由啊。钱融想，其实人物同理，它们有着自己自由的天空，却也有不同的艰辛，为了生存每年都在迁徙。大雁们在头雁的带领下，有规律地扇动翅膀，而每一只大雁都是队列中的一员，谁的掉队都将影响飞行进度。钱融这样想着向陶镇走去。

路江晖的父母住在陶镇，和钱融父母的家恰在陶镇的一东一西。这是一处尚未改造的老居民区。

陶镇不仅有千年的窑火和千年的古窑址、旧作坊，还有留传千年的碎瓷片以及老窑工们不断传承下来的动人故事。

自古以来，中国就以博大精深的陶瓷文化闻名于世，欧洲人认识中国是从陶瓷开始的，英文“china”的含义，就包含了中国和陶瓷两层意思。而作为号称中国五大瓷区之一的泰城，更是以传奇般的艺术风姿，写下了我国陶瓷艺术中最为辉煌的篇章。

从陶镇的东头一直走到陶镇的西头，随处都可以看到瓷片和笼片，随便往大街小巷一走，细心品味，就会察觉这里民风的古朴和习俗的老旧。随便搬开一块石头，或者挖一锨土，可能就会发现上千年的瓷片。从瓷片上可以看出一个故事，从土坑里可以想出一串故事。

路江晖的父母都是泰城陶瓷厂的退休工人，泰城陶瓷厂这艘曾经叱咤全国的“大舟”在市场经济商潮中却搁浅了。随之而来的是工人下岗、工厂破产、退休工人医疗费无处报销。大的陶瓷厂破产了，一些新的独资及合资陶瓷厂又纷纷建立。

钱融、肖珊和孔云飞走过曲曲折折的匣钵路，紧贴着匣钵墙，脚下是堆积的陶瓷碎片，不远处，零星可见顶部长满荒草的废弃古圆窑卧伏在那里。拐进一个用匣钵围成的小院落，推开一道木栅栏门，就是路江晖的出生地了。听说来了客人，路江晖的母亲从屋里迎了出来。只见屋里的家具陈旧而简易，老式的八仙桌、挑山脊、三圆腿大床、破旧的椅子，仅有的家具一览无遗。听江晖说他父亲患有严重眼疾，多次去省城看病，花了不少钱也不见好，家中至今也没有电视机，更显贫寒。

“路叔，我们来看您了。”钱融说着，让肖珊和孔云飞把一包物品放在了八仙桌上，又把豆腐放在了挑山脊上。

“大融你还买这么多东西。老头子，大融给你带来了一块豆腐。”路江晖的母亲说。

“这是我们钱行长和肖主任。”孔云飞上前搀扶着路江晖的父亲指着钱融和肖珊说。

路江晖的父亲似乎并未看清他们，而是凭着声音，迎上去拉了钱融的手，说：“大融吗？你们工作那么忙还来看我，还想着我爱吃豆腐，真得谢谢你啊。听说，我们小晖没少让你们操心啊。”

“江晖很好，您放心。你们还好吧？”钱融问。

“老了，腿脚不利索，血压高、冠心病，退了休是一身病啊。单位里早已不报销药费，这不就靠小晖那几个钱。大融，你和小晖一块儿长大，我们是多年的邻居，小晖你可多说着他点，不能让他走错了路。”路江晖的父亲叮嘱着钱融。

路江晖的母亲看上去身体还算硬朗。他还有两个姐姐，也都是陶瓷厂的工人，如今都已下岗，在私营小厂里给人打工，一个月 400 元的工资，都带着孩子，也就是维持着生活。

“路叔您好好养病，日子总会越来越好。您的家庭有困难，我是代表行里来看您的。”说着，钱融将 500 元慰问金递给了老人，“钱不多，就补贴一下生活吧。”

老人连声道谢：“大融，你父母身体也不好，你还来看我。替我向你父母问好啊。”说着眼里已含了泪花。

见时间已不早，他们向老人道了别。来到院里，肖珊看到院子西头有一座废弃的古窑，窑门已安了个木门，做了家里的仓库。肖珊感到十分新鲜，钱融说：“陶镇有好多这样的仓库，古窑曾经是一代老窑工的情结。”

走出江晖家，钱融见肖珊好奇，便给她讲起了陶镇的古窑。泰城陶瓷厂的辉煌都早已成了历史，古圆窑是陶镇的终点，但又像压轴戏一样引人入胜。它卧伏在那里，那样的安详，那样的平静。但古圆窑是不会消失的。更重要的是老窑工们那种刚直、向上的思想所凝结而成的“窑神”——窑工之精神，是不会成为“古迹”的，它将永远留在人们的生活中。

钱融娓娓道来，不仅让生长在江南水乡的肖珊听得入了迷，就连才子孔云飞也被钱融那极具文采的叙述所折服。

从老人家里走出来，居民区不知谁家的电视里传来《让世界充满爱》这首歌曲：“这世界在变换，唯有渴望不能改……”听着歌曲，孔云飞苦笑着：“让世界充满爱，唯有渴望不能改，我们的渴望是什么呢？”

钱融瞟了孔云飞一眼说：“云飞，怎么你这智囊团的人员，也对我们的改革没有信心吗？”

“钱行长，我不是那意思，你们听到的少，在下面的议论可多了。在泰城，工、农、中、建、交五大银行，目前可能就我们是改革的最先峰，收入却在最底峰，员工们都称我们是‘两峰’银行。你是没听社会上怎么说工行的，‘穿的是人模人样，看的是铁门铁窗，拿的是杯水车薪，玩的是键盘钞票，说的是您好再见，做的是点头哈腰，唱的是还我节假，等的是明日下岗’。今天改，明天革的，大家缺乏一种归属感和安全感。”孔云飞无可奈何地说道。

孔云飞一番话语引来钱融的深思。近几年，银行在指标要求上力度进一步加大，要能够股改上市，必须大力处置不良资产。不良率要想低于2%，就要消化历史财务包袱，计划经济时期积

来到院里，肖珊看到院子西头有一座废弃的古窑，窑门已安了个木门，做了家里的仓库。肖珊感到十分新鲜，钱融说：“陶镇有好多这样的仓库，古窑曾经是一代老窑工的情结。”

累下来的那些包袱要用这几年来消化，唯有靠多挣的利润来补充。有人曾形象地称这一代人好像是从解放战争过来的军人，刚看到和平，又遇上“抗美援朝”。是军人就要付出，甚至是付出生命。但这种转轨又是那么快，没有任何铺垫。人员在减少，业务量却成倍增加。员工长期加班加点，却领不到一分钱的加班工资。完不成指标，不仅拿不到奖金，而且工资里的挂钩部分也拿不回来。思想工作再没跟上，只谈讲政治、完成指标，长期以来的“五必谈”“五必访”都抛得无影无踪。这怎能让全行充满爱，大家又怎么会不抱怨呢？孔云飞的一番话，给钱融和所有基层领导干部提出了一个严肃而重大的课题。

“钱行长，前面就到你们老家了，伯母出院一周了，回家去看看伯母吧，不知她出院后身体恢复得咋样了？”孔云飞望着钱融提醒道。

“今天就不去了，行里还有好多事等着去办。”说完没容孔云飞再说什么，钱融便匆匆往回赶。

傍晚，直到华灯初上，钱融才离开办公室。刚出门，天空又飘起细雨来，雨丝不大，钱融顶着这雾一样的雨向家赶去。

为了工作方便，出门他有专车，但只要不是公务，他都坚持步行上下班。钱融分管办公室时，行里大小车辆归他调配，他却从没有坐车上下班的习惯，几年来都是如此，无论多晚都步行，逢人还乐呵呵地说:“安步当车。”背后有人说他是注意干部形象，员工说他作风朴实，司机们则说他体贴人、关心人。对于这些背后的说道，他从来不做解释。他有个朴素的想法，办公室坐了一天，步行正好当锻炼。他就是想找一找生活的真实感觉，反正行里离家也不远，沿途能一边看风景，一边了解市场行情，有时还能和行里的员工走一路，聊一路，更有利于自己了解情况。

细雨中的夜晚，步行街上行人稀少。不经意间，钱融感到了季节转换竟如此之快，在凉凉的雨丝中，他不由地缩了缩脖子。街两边店铺的霓虹灯光映射在大理石地面上，色彩斑斓。走到街口时，钱融见孙德明与两个青年男子歪歪斜斜地横在路中央，身上酒气冲天，不知是在哪里喝了酒，还没清醒。

“是钱行长，弟兄们，这就是我说的钱行长。”孙德明看到钱融一个愣怔，随即嘴里含糊不清地说。

“噢，我们见识见识，一起再去喝一瓶吧。”孙德明身边的一高一矮两个青年人围住了钱融，与钱融拉扯起来。

“你们都喝多了，还是抓紧和德明回家吧。”钱融挣脱他们的拉扯，表情温和地说。

“不行，今天必须喝，你要给弟兄们说明白，为啥让德明下岗？你这是太岁头上动土！”一人边说边用力去拧钱融的胳膊。

一听这无赖的口吻，钱融奋力挣脱那人的控制：“今天你们喝多了，有话明天到我的办公室去说。”钱融见两人歪瓜裂枣的样子，根本没把他们放在眼里。

“哟，你还动手，我陪你练练。”高个儿青年趁钱融不备一拳打在钱融的脸上，一股热乎乎的鲜血涌了出来。

钱融知道他们都喝了酒，自己不能和这帮无赖纠缠，边躲闪边说：“孙德明，打人是犯法的，你快让他们住手！不然，出了事情你要负责。”

话音未落，矮个儿男子已将钱融重重地摔倒在大理石地面上。钱融一个急劲儿站了起来，高个儿青年歪歪斜斜地挥舞拳头照着钱融头部打来。这时，钱融已有了准备，并不急着躲闪，而是等他靠近时，往右轻轻一个侧闪，顺手一拽，高个儿青年早已收不住脚，像一个装满重物的麻袋，疾速地向前俯冲，然后头朝下死死地摔倒在路牙石上。钱融这才活动了下右臂，感到一阵剧烈的疼痛，“啊”地大叫一声。

“好个小白脸，敢打我大哥。”矮个儿男子见高个儿摔倒在地，嘴里不干不净地骂着，从地上抄起一块砖头要拼命似的冲了上来。孙德明见钱融满脸是血，白衬衣上也溅满血迹，酒意顿时吓醒了一半，抡起右掌冲着矮个儿男子一掌劈下去，咆哮般大嚎一声：“住手！妈的，你找死啊。”矮个子被他这突如其来的一掌劈倒在地。这时，高个儿男子正从地上爬起来，也已是满脸血污，见孙德明像雄狮般暴怒的样子，趔趔趄趄地惊呆在一旁。

“看什么，还不赶快送医院。”孙德明命令着两名男子。

“滚，都给我滚，不用你管。”钱融完全失去了往日的儒雅，大声吼道。他抬手想给家里打电话，右臂却抬不起来，且又是一阵剜心地疼痛，只好用左手拿出手机向家里打了电话。不到十分钟，孙莉、梅霞和孔云飞赶到。孙莉见钱融浑身是血，焦急地话也说不利索。钱融艰难地动了动手臂，说：“别问了，去医院。”

到了医院经诊断，钱融右臂韧带受伤。包扎后，他们便回了家。晚上，大家都听说了钱融受伤的事，张军和鲍凯到家里看望他。

“你安心养伤，这次要对孙德明严肃处理，绝不能让这些歪风邪气抬头。”张军说道。

“算了，孙德明是喝醉了酒，再说，他也当场认了错。”钱融边说边下床，来到客厅与大家坐在沙发上。

没过一会儿，行里员工也纷纷到家里来看望钱融，这让钱融非常感激，他由衷地感到了一种集体的温暖。孙莉热情地迎送着一拨一拨的客人，似乎看出了钱融脸上所流露出的满足感，不满地说：“你干的这个行长，整日不顾家不说，还要挨打，你就别再硬撑了。”

“你这叫什么话，俗话说在其位谋其政，先不说事业、使命，可总还有个责任吧。”钱融辩解着。

“行了，就你的责任重，我们娘俩儿也不需要你照顾，你自己照顾好自己就是我们的福。”窗外细雨还在下着，已由先前的雾一样的细雨下成了淅淅沥沥的小雨，像剪不断、理还乱的思绪。钱融想这会儿可能不会再有人来了，才走向卧室。谁知门铃又响了，孙莉忙去开门，见冒雨前来的是孙德明的妻子和母亲，还提了两箱礼物。老人进门就说：“真对不起，我养了这不争气的儿子，让大融受罪了。”

钱融忙迎出来说：“下着雨，你们还来看我。就别说德明了，一是他喝了酒，二是他可能对我们这次人事改革认识上还不够，是我们的工作没做到家啊。”

老人看了钱融的伤，落下泪来，知道自己儿子闯了大祸，啜泣着说：“他是不知天高地厚，咱这宿舍区里，人家都在戳你老师的脊梁骨，说那个逆子伤天害理，你老师都没脸出门。上次晓云的事可多亏了你，他竟恩将仇报。大融你受了疼，我们给你道歉，咋处罚俺也认，你老师在家正打骂他，看在你老师的面子上，你可千万不能砸了他的饭碗啊。”说完，老人的眼泪哗哗地流了下来。

“大姨，你这是哪里的话，怎么能开除他呢？经过教育，德明还是我们的好同事嘛。过几天我就去看他。”钱融安慰着她们。

“听了你这话，我们可就踏实了。来时，听人说要开除德明，我们不知怎么办才好。”老人说着让孙德明的妻子刘晓云拿出1000元放到了茶几上。

钱融说：“钱你收起来吧，孩子正上学，家里要用钱，只要德明知道错，能改正就好。”孙莉本来还是心怀怨恨的，但见了这家人的诚心，平时本就是一副热心肠的她便把一切仇恨抛到了脑后，为老人端茶递水。

“不早了，钱行长歇着，我们回吧。”老人说完，便和儿媳一同告辞了。

送走了客人，钱融就想，这人与人之间，往往会从一些生活中的突发事件上相互沟通和理解起来的。论说自己这伤按法律已足够让孙德明进去十五天，处分和开除那也是行里说了算。但钱融感受到的是孙德明身上那种还没有被约束的自然真实。在看到自己受伤的一刹那，孙德明不是吼叫着重重地扇了那人一掌吗？在生活和工作方面，孙德明可能有一些不好的表现，但可以看出他本性不坏，说不定调教好了，还会成为工作上的能手。

人啊，一代接一代，每一代都不可能把自己的理想强加给下一代。老师之所以不能和儿子沟通，就是他们爷俩儿从思想上存在代沟。全员竞聘前，钱融去看过孙老师，正好德明也在家，他就提出要竞聘公司客户经理。钱融再三劝他不要去，并善意提醒他前台工作更适合他。可孙德明当着老行长的面就和钱融抬起杠来，说客户经理挣钱多，有面子，可以和一些企业大老板平起平坐。当时，老行长听了他的一通胡话，气不打一处来，耳光狠狠地就扇了上去。钱融忙去劝架，最后闹得不欢而散。

其实，孙德明是话糙理不糙。人活着就要有面子，大了说叫尊严，多挣钱也不错，这也算是他的“理想”吧。这人生，说简单就简单，每天吃饱喝足一个倒，美美地睡一大觉，至于其他爱谁是谁。但说不轻松又十分的不轻松，一个人无论你是高干，还是普通老百姓，大大小小的都有个自己的理想和目标，有了目标，无论做什么就都不轻松了。

钱融忽然想起自己刚入行时，每次行里召开全行大会，听行长在主席台上念稿子，总会不经意地就走了神，想着，若是有一天，行长念自己写的稿子该多幸福啊。为了满足这个小小的理想或妄想，甚至说那么点虚荣心，他找来关于写作的书籍，拼命地学起来，还自费攻读了汉语言文学的本科。本来他就有语文基础，功夫不负有心人，终于干上了秘书工作，后来还到市行做了一年的秘书。真到了行里举办学习班，让他去讲为什么写作，违心地说着那些冠冕堂皇的大道理，他觉得连自己都骗不了，更别说还去骗别人。钱融在心里暗笑自己的虚伪。算了，不想了，明天还有那么多的事要做，甚至还会有诸如此类的违心话要讲。但就好比这营销工作，讲大道理没用，每项产品都有明确的标价在那里，多营销就多拿钱，每个人都多拿了钱，全行的任务也就完成了。生活原本就这么简单。

钱融刚想去休息，电话又铃响了，是父亲的电话：“大融，听说你受了伤，自己要多注意，工作上的事要多和大家商量，一个人浑身是铁能捻几根钉啊？俗话说心急不开壶，凡事都要慢慢来。”

“爸，我没事，您放心吧，我会照顾好自己，明天就上班了。妈最近好吧？”钱融说着，心里有些酸楚，自己没空照顾父母不说，还让他们二老担心了。

“家里没事，你妈也好多了，你们就安心工作吧。”

放下电话，钱融感到心中一阵空落落的。

第二天，钱融就正常上班了。

秋雨在夜里早已停歇，晨光里泰城支行的办公大楼经雨水的冲洗，愈加显得洁净耀眼。

员工们正陆陆续续走向大楼。“三定”后，一种新的工作秩序正在泰城支行构建着。钱融、张军和鲍凯将每个部室、网点的对接员工的岗位职责和任务指标落实到位，一种新的考核机制和运行机制被构建起来。员工们心中人人有目标，人人有梦想，有人甚至已办贷款买了汽车用来跑业务，工作节奏和生活节奏像一个陀螺，一经抽打，便自由地旋转起来。

钱融走到楼梯间时，遇上新竞聘上岗的营业部稽核员王昌。钱融喊住了他。

王昌抬头看见了钱融，急忙走过来说：“钱行长，您没休息一天就上班了啊！”

“今天还有几个主办岗位要交接，还有许多事等着呢！”钱融说。

“钱行长，我也正想向您汇报，我们已对两个部门和一个储蓄所主任进行了监交，一切都很顺利，新上任的也都到了岗。”王昌说。

钱融说：“小王，剩余的几个岗位今天要抓紧到位啊。”王昌应了一声，便拿着钱融给的时间表向楼上走去。

张军和鲍凯见钱融上了班都和他打招呼问候。

这时，孔云飞迎面走过来说：“钱行长，您休几天班不会影响工作的。”

“云飞，你来得正好，这是这几天的人事改革日程安排表，你马上给其他领导和各主管送去，这一周要搞好总结。”钱融向孔云飞部署着工作。

孔云飞接过一叠日程表，抬头看着钱融说：“钱行长，这段时间您瘦多了，身体要紧，可得悠着点啊。”

“烦心的事多了一点，不过很快就会过去。”钱融微笑着对孔云飞说，话语里透出一种坚韧和自信。“噢，对了，云飞，这几天我一直考虑这样一个问题，我们这次人事改革，是建行以来无论在广度、力度还是深度上都是最为深刻的一次，绝不能简单了事，要从长远来看，里面肯定会有许多值得我们认真关注和思索的东西。比如说员工对竞聘上岗的认知度、对改革中发觉的不足等。我简单地搞了个调查表，你再完善一下，然后迅速在全行做一个全面细致的调研，只有摸清了情况，才不至于使改革失去根基。”钱融说完，将一份关于人事改革中员工思想状况的调查表交给了孔云飞。

孔云飞认真地看了一遍，深有感触地说：“钱行长，您站的层次就是高，这些问题下面都已有苗头，我却没能认识到它会给改革带来影响。放心吧，这几天我一定拿出个满意的调查报告来。”

“哎，云飞，我可不是让你去拼身体，既要休息好，也要给行里拿出个高质量的材料来。我等你的好消息。”钱融用信任的眼光看着孔云飞。

孔云飞不住地点着头，转身离去。

孔云飞大学毕业后，比钱进早两年考进了泰城支行，才来时被分配到了山城储蓄所干储蓄员。一年后，在一次由钱融组织的“全行爱行敬业”演讲会上脱颖而出，以不容置疑的优异成绩，夺得了第一名。事后，钱融又单独把他叫到办公室，就秘书工作、金融管理、人生观、价值观等问题与他来了几次长谈。看准他是个好苗子，钱融就向支行总支提议，让孔云飞任秘书，随后还介绍他入了党。几年的秘书工作，云飞在齐州市行的秘书班子里逐渐崭露头角，写出了一些让省、市行都叫好的材料。

钱融正在办公室里踱着步，回忆着孔云飞的事，梅霞走了进来。

“梅霞，我正要找你，目前网点人员交接变动大，思想不稳定，越是这样，保卫工作就越要抓紧，我们一起下去检查督促一下。”

“我和张行长前天刚下去转了一圈。你的手臂有伤，就在家休息吧。”梅霞看着他包扎的右臂说。

钱融活动了一下说：“看，没事的。”他还要再动动，梅霞忙制止说：“都当大行长了，还像个孩子，好好儿的吧。”梅霞最终还是听了他的，一个下午都和钱融在网点调研。

晚上回到家，妻子孙莉已做好饭。一家人刚想坐下吃饭，门铃急急响起。是六楼保卫人员刘刚的儿子东东：“伯伯，我爸和我妈打架，饭桌都掀翻了，您去看看吧。”

钱融见哭成泪人儿的东东，放下饭碗道：“东东别怕，有伯伯在。走，咱去看看。”说着领着东东上了楼。

刘刚家的电视里还在放着电视剧，客厅里一片狼藉，刘刚的妻子在里屋床上呜呜地哭泣，刘刚则坐在沙发上狠劲地抽着烟。

“刘刚，你行啊，下了班在家吵架，孩子也不要了。”钱融冲着刘刚吼道。

刘刚的妻子听见是钱行长，从里屋走出来，止住哭声，委屈地诉说："钱行长，我们这日子是没法过了，儿子要上重点初中，需要交 2000 元的学费，让他拿钱却拿不出来。他要炒股我不拦，一个男人，看准了的事去干也不是坏事。可他用了那十万元的贷款还不够，又背着我把家里仅存的两万元都投进了股市。今年这股市一个劲儿地下跌，已赔了八万元，就靠我们那几个工资，这日子还咋过啊。"刘刚的妻子说着，已是满脸的无奈和绝望。

钱融从话里明白了他们夫妻吵架的原委，长长叹了口气："弟妹，行里不许员工炒股，可我听说这几年行里好多员工都偷偷地贷款进了股市，真不知刘刚赔了那么多。刚放贷款那会儿，股市还好，谁能料到会到今天这一步啊。"钱融一边说，一边拉起刘刚，"快去收拾好了"。见刘刚低着头在拾碗碟残片。钱融说："刘刚，你也老大不小了，最浅显的道理咋还不懂啊。这家不是讲理的，而是讲情的；不是冷漠的战场，而是幸福的港湾。一个男人在家里无论对错，都要大度、宽容和谅解。"

说完，他又劝慰起刘刚的妻子："弟妹，是我们的工作没做好。这段时间行里搞人事改革，业务指标又那么重，找员工谈心少了，组织上也对不住你们啊。"

"钱行长，这不怨行里，只怨他贪心太重，没长眼。可总不能我一提钱的事他就动手打人吧。"刘刚的妻子听了钱融的话已平静下来，"一个家庭，谁还没个三灾五难的，过日子不就是商量着来吗？他的脾气可是越来越坏了。"

这时，刘刚已收拾好摔碎的一地残片。

"刘刚，这就是你的不对了，有困难可以跟行里说。再说咱楼上楼下的，能帮忙的还是要帮的。"

“钱行长，我知道是我的不对，可是当时也是想着多挣两个钱，没想到赔得这么惨。我没啥说的，都是我的错。”刘刚低着头，像犯了错的孩子。他妻子听了他的话也不再哭了。望着这一家人，钱融想，这正应了那句话——幸福的家庭都是相似的，不幸的家庭各有各的不幸。

“刘刚，孩子学费差多少先去我家拿，以后的事慢慢再说吧。”钱融说着拉起刘刚，又嘱咐他的妻子：“弟妹，你也别再生气了，事已至此，埋怨也没用，困难总会过去的。”

第十四章

黄昏时分，秋季的小城落日熔金，薄暮冥冥。

到了下班时间，泰城支行的员工们陆续离行。警卫值班室里，梅霞和保卫人员都还未走，大家凑着钱正准备去看望李志良的母亲。

“主任，也让我随个份子吧。”刘刚对梅霞说。

“刘刚你和大家一起去就是了，你家里困难就不用随份子了。”

正说着，钱融走了进来。“梅霞，你们这是干吗呢？”

“李志良的母亲住进了医院，我们正准备去看她。自从行里改革以来，有两名保卫人员去了客户经理岗，又新调来一名，工作总有个磨合，志良做起师傅，就没歇过一天。其实有段时间，志良回家后都没停下学习，尤其是对新产品的钻研，他那水平，比有的客户经理都强。志良也曾想去竞聘客户经理，但考虑到保卫人员刚走了两个又来了新人，就留了下来。他母亲又住进了医院，大家要替他的班，他说啥也不让，坚持白天上班，晚上去医院陪护。”梅霞说道。

“是要多关心他，我也了解他的情况，我们改革的目的，就是要让合适的人到合适的岗位上去，有机会可以让他去参加竞岗。现在他家里需要人，办公室要想办法让他休息好。走吧，我们一起去医院。”钱融说完，和大家走出了警卫室。

李志良是二十世纪八十年代末从部队转业来到泰城支行开始干保卫的，至今就没离开过，工作兢兢业业，荣誉证书领了一大摞。

李志良十八岁服兵役，当的是义务兵，在部队一干就是八年，还是先进班的班长，立过一次三等功。部队首长看他是个好苗子，想重点培养，可他学历低，就一直没有提起来。他的老家在泰城较偏远的岭头乡，还有个妹妹在家务农。当兵期间，父母便给他定下了婚事。当兵第三年，父亲患病去世了，母亲身体一直不好，家里全靠未婚妻的照顾和他在部队的津贴维持生计。为了照顾家，他服役期满后转业回到泰城，进了银行工作。婚后银行分了房子，他便把老母亲接到了城里一起住。妻子刚进城时，没有找到工作，母亲又有病，还有上学的儿子，全靠他的工资来维持一家的开销。二十世纪九十年代初，行里为方便职工，在宿舍区安了锅炉为职工供热水，以方便大家下班后回家做饭、洗刷，甚是快捷、方便。于是，去往锅炉房提热水的路上，天天都见得到李志良的身影。李志良总是穿着那一身行里发的保卫服，骑着他那辆心爱的“大金鹿”牌自行车——车子看上去可是有了年岁，前把镀铬已是锈迹斑斑，破旧得除了铃铛不响，到处都响，倒是大梁上精心裹缠了绿色塑料布，足见主人对它的爱惜。他那后座上，左右各挂了个特制的铁热水壶，私下里就招来了别人的嘀咕，说他是小市民，爱贪银行小便宜，最让人看不起。脸皮厚的路上遇见他，便嘲笑：“志良，你们家咋那么能，用不花钱的水啊。”李志良一时脸红脖子粗：“滚，滚，你咸吃萝卜淡操心，关你哪门子事，行里又没限制。”说完，连看都不看那人一眼，依旧推着他那破车子叮叮当当走自己的路。说的人自觉无趣，亦不再理会。不管别人咋说，别人提一壶，李志良一次提两壶，而且不一会儿他又会回来提第二次。那时，钱融干办公室主任，年底走访困难户，走进他的家门才知他的难处。都这个年代了，一家人还用着李志良结婚时的十四寸黑白电视机，家里的两个沙发，坐下去能感觉到沙发的骨架，扶手也已露出了白花花的丝绵，可以说他家中几乎没有一件像样的家具。

李志良的工作却是没得说，在齐州市行的业务技术比赛中，无论是拆、装手枪，还是打靶，他都是第一名，为泰城支行挣了不少的荣誉。平常解款回行，在门岗值班，遇上天冷天热，别人都躲进屋里，他却傻乎乎地站在门口。有一天下午，区财政局局长的车来行里，硬要往里闯，他一步上前拦住了车，很客气地要来人下车登记。那位局长喝了酒，并不买他的账，摇下车窗玻璃，对着他生气地说：“登什么记，叫你们行长来。”李志良说：“对不起，这是行里的规定。”这下把局长惹火了，下了车，气势汹汹地指着李志良吼道：“让开，一个看大门的你算老几？”这时，正赶上钱融来了，见是局长，和李志良说了，才让车进了行。办公室周末工作会上，领导要他就拦局长车的事做自我批评，他却认死理，到底也没认这个错。有人说他倔，得罪了行长没他的好果子吃。他满不在乎地说，错就是错，行长也是人。从那以后，行长嫌他不灵活，得罪了行里大客户，便不再让他站门岗，但钱融却对他有了新的认识。

一九九五年夏天，泰城遭暴雨，街道上成了一片汪洋。当时，支行接报说南关储蓄所被淹。正是解款的时候，暴雨还在肆虐地下着，行里考虑李志良患有关节炎，想找人替他。可他说，我怎能在危难时退缩呢？说完便换上防弹服上了车。南关储蓄所地处低洼，大水淹了门，运钞车只好远远地停在地势较高的地方。运钞车离储蓄所几十米远，水深齐腰，雨势也更加猛烈，雨水打在脸上冰冷生疼，让人根本无法睁眼。李志良第一个跳进水里一步一步地挪到所门口，进门装好款，又用自己的雨衣将款包裹好，返回了运钞车。经过这次，他的关节炎更严重了，妻子埋怨他是要工作不要命。

钱融最了解李志良，由于他工作业绩出色，曾想向行里推荐要提他干保卫科副科长，但几次和他谈话，他都以自己学历低、水平有限为由拒绝。钱融想，这人和人就是不一样，有人请客送礼削尖了脑袋往上钻，有人到手的官位却往外推，或许这就是淡泊名利吧。

泰城第一人民医院五号病房里，李志良的母亲正躺在床上打着点滴。李志良静静地坐在床边，见钱行长和大家来了，忙站起来，说：“钱行长你也来了，行里那么忙，还耽误你的时间。”

“志良，有困难要和行里说。最近我们人手是少了点，这都是暂时的，行里正调整网点布局，很快就会好起来的。这段时间让大家辛苦了。”钱融边说，边走到床前，握住李志良母亲的手。老人拉着钱融，颤巍巍地说：“行长，你们咋就那么忙啊，俺那孙子都当兵两年了，志良也没去看看他。我这都快入土的人了，他不想儿子，我还想孙子呢。”

“妈打去年就唠叨，叫我和妻子去部队一趟。平常过年过节的只是通个电话，这几天她又老念叨孙子。大夫说，这次出院后行动怕是不能自理了。”李志良低声哽咽道。

钱融转过身望着李志良，说：“老人说的是啊，等过段时间老人出了院，你休几天假，去部队看看儿子，叫老人也放心。”李志良点着头。

梅霞走到李志良的跟前，将一包钱塞给他说：“志良，大伙也帮不了多少忙，凑了点钱，当个贴补吧。”

“这咋行呢？我家暂时不缺钱，还是让大伙拿回去吧。”李志良推让着。

“志良，你就收下吧，这是大伙的一片心啊。”钱融握着他的手，将钱放进了他的口袋里。门外李志良的妻子送饭来了，见大家都站在床前，感动地不知说啥才好。

“嫂子，志良工作忙，让你受累了。”钱融对李志良的妻子说道。

“钱行长，谢谢你对老李的关照，妈这里我会照顾好的。”李志良的妻子不住地道着谢。

李志良的儿子是在前年从高中直接当了兵。说到儿子，李志良的妻子很是自豪，说：“儿子还好，在部队立了功，受到了首长的表扬。”

“是咱这家庭教育得好啊。不早了，我们走了，让老人好好休息。”说完，钱融便和大家离开了病房。

刚走出医院门，钱融便接到了钱进的电话，让他回家吃饭，说父母亲有事找他。

钱融赶到家时，已是万家灯火。一家人围坐在桌前，父母亲坐在正上首。桌面上是四个拼盘，冻粉拌芹菜、卷尖、炝三鲜和一盘硬炸肉，又刚上了个清汤海参。钱融一看这几个菜就知道是母亲精心准备的，这是按家乡的“四四”宴来布置的。

“大哥，你请坐。”肖珊礼貌地站起来给钱融让位。

“婶婶，你坐，我就愿意和你坐在一起。”钱萍撒娇地把肖珊一把拽回座位上。

“坐吧，我下班后去看了一个病号，回家晚了。”钱融说着在母亲身边坐了下来。

“大哥来了，你们先说话，我去做豆腐箱。”妹夫起身去厨房做菜。在陶镇，男人几乎都是家里的大厨，称“半把刀”，谁都能开个三桌两桌的。钱融看了钱芳一眼说：“那我可就坐享‘食’成了。”

“大融，今天叫你们来，是为了钱进和肖珊的事。听钱进说单位里最忙的时候已经过去了，我和你娘商量，国庆节把他们的婚礼给办了。”父亲的话似乎是征求意见，又似在下指令。

“我们准备了点儿钱，想还是按老风俗，请客摆宴。抽时间去把俩亲家请来，也该见见面了。”父亲说。

“爸、妈，我和钱进商量过了，你们二老身体都不好，大哥又在单位干领导，咱就打破那些陈俗旧规，只请家人简单坐坐，然后旅行结婚，去老家一趟，我也是很久没回家了。”未等钱融开口，肖珊先开口表了态。

“钱进，你的意见呢？”钱融问道。

“我同意肖珊的意见。”钱进说完不吱声了。

“婶婶，国庆节我放假，你到苏州旅行结婚也带我去啊。”钱萍抢着说。

“吃你的吧，大人的事，没你掺和的份儿。”孙莉剜了萍萍一眼，接着说，“肖珊，这婚姻大事，爸妈说的对，要好好铺排一下。”

“嫂子，我们这就是认真考虑后的决定。”肖珊正说着，妹夫已端上了豆腐箱。

钱融倒了杯啤酒，先与父母碰杯，又与妹夫和钱进碰了杯，说：“我们这个小城，很多风俗都比较守旧，移风易俗提了那么多年，都是难以推行下去。我认为肖珊的意见很好，新事新办，一家人坐坐，去老家看看，既有形式又有内容，省却了七轿八抬的，就是有点对不住肖珊。”

“大哥，我和钱进都不要那些形式。来到咱家，家人都对我这么好，别人都夸我是掉进福窝里了。”肖珊说这话时，脸上漾满红晕，也不知是因为不胜酒力还是幸福。

“大融，要不咱就这么定了，明天你替我给亲家去个电话，征求一下亲家的意见，再做安排。”父母终于被说服，连声催大家喝酒。一家人喜气洋洋，钱融也从未像今天这样高兴，多喝了好几杯。

第二天钱融便给肖珊的父母去了电话，先问了好，又把父母亲的想法和肖珊他们的意见告诉了两位老人。老人们同意结婚的安排，并拜托了钱融，说自己的女儿在家娇惯坏了，有做得不到位的地方请亲家多包涵。钱融打完电话便转告了父母亲，最后把婚事定在了国庆节。

但其实，再过几天就是季末，行里的任务指标差距较大，肖珊的存款任务还有200万元的缺口，她根本没心思去考虑结婚的事。

这天下班后，肖珊本来说好的要请泰城化工厂的财务处长，并让钱进作陪。化工厂要兑现部分奖金，有几家银行都上门攻关，钱进平时和厂里的财务处长熟悉，便想着约他晚上去给肖珊拉存款。不巧，行里又有两个企业要进入破产程序，钱进要加班整理资料，肖珊便拨通了钱融的电话：“大哥，我是肖珊，今晚我们请位存款大户吃饭，钱进要加班，你能去陪一下吗？”

“行，定在哪里到时给我打电话，我准时赶去。”钱融稍一踌躇，便答应下来。他深知市行给支行下了必须完成指标的死命令，支行又分解到了部室、处、所。肖珊所在的储蓄所任务最重，全行都在盯着他们。

肖珊的任务完成可多亏了国税局——既增加了存款，又完成了中间业务收入，还为全行完成了灵通卡任务。为了争取到这笔业务，肖珊也是费了周折。可就在各项工作都已谈妥，即将开卡时，国税局又传出消息说是分管副区长要求用区商业银行的卡。肖珊坐不住了，急忙与局长联系，得知局长去了省城，开完会后才能回来。下班后，肖珊和路江晖去水产市场买了一篓毛蟹直接去了局长家，可一小时过去了局长还没回来。这时，天突然下起雨来，他们只好躲在宿舍东头的一个自行车棚下。肖珊穿得单薄，接连打了几个喷嚏。两人的肚子也咕咕地叫起来。直到晚上十点钟，局长才回到家。局长得知他们的来意，被他们的敬业精神深深地打动，当即给了他们确定的消息。回到家，肖珊受凉有点轻微感冒，三天才好。从中旬开始，他们加开了两个柜口，三个柜同时办理开卡，圆满地完成了国税局一万两千张卡的任务。

肖珊打电话时，钱融还在行里，他给孙莉去电话说了一下，便向肖珊安排的泰城大酒店赶去。

钱融的车赶到泰城大酒店时，便有身着红色旗袍的高挑女孩前来开车门。钱融走下车，见肖珊和她的同事们正在门口等着他。

“肖珊，客人还没到吗？”钱融问道。

“还没有，刚联系过，说一会儿就到。小李你先和钱行长去餐厅吧。”肖珊的话音还没落，一辆奔驰在酒店的门前停了下来，走出车门的正是化工厂的财务处长臧处长。

肖珊忙迎上前去，落落大方地伸出右手与臧处长握手，说：“臧处长，欢迎您的光临，我介绍一下，这是钱进的大哥，钱进今天加班，就由大哥来陪了。”

“哪里，哪里，肖珊，你真有本事，还惊动了大行长，不敢当啊。”臧处长见是钱融，客气地与钱融握手。其实三天前，钱融刚去他们厂谈了项目贷款的事。泰城化工厂在泰城是利税前三名，年缴税三千万元，是泰城各行竞争的重点。钱融上任的第二天就去拜访了他们厂，他们厂的企业网上银行和员工代发工资都在工行，贷款已过亿元，还有六千万元的银行承兑汇票，国际结算业务量达五千万美元。因此，钱融和厂里领导的交往也比较频繁，且都成了朋友。

“走吧，我们坐下再慢慢叙。”钱融热情地拉着臧处长的手走在前面，肖珊和同事们紧随着步入餐厅。

酒宴很快开始了。这里的菜以海鲜为主，价格昂贵。钱融主陪，肖珊副主陪，臧处长主宾，他随行的一位女出纳员小魏坐了副主宾。钱融刚想问喝点什么酒，肖珊抢着对储蓄员小李说：“小李，上咱带来的白酒。钱行长不喝白酒，让服务员来点无醇啤酒。”肖珊早听钱进说过，这位大处长有个癖好，酒桌上非高度白酒不喝，请客非海鲜不吃。钱融没说什么，见桌面上已有两盒硬中华香烟，心想，这处长的排场不小呀。第一个菜端上来，是每人一个刺参。钱融又暗想，肖珊这花费不少啊。肖珊似乎看出了钱融的心思，低声说：“哥，你放心吃喝，咱这烟酒便宜，都是钱进带来的。”

钱融让服务员给臧处长和小魏斟满了酒，小魏是那种白白净净的花瓶一样的女人，平常自己和厂里其他领导聚，极少见她参加，给她倒白酒，她只是稍稍谦让了一下，并未回绝。钱融知道遇上了酒家，等会儿肯定是场“恶战”。

钱融端起酒杯，说：“今天，我们有缘分相聚，按当地习俗，我要带六杯酒。但我不能喝白酒，只好以三杯啤酒相陪，请大家谅解。但客人这第一杯一定要干了，算是给我个面子吧。”说完将第一杯一饮而尽。

“那可不行，钱行长，我们这是初次坐在一起，你一定要先喝六杯，不然就是看不起我了。”小魏端起钱融的酒杯招呼服务员，“给钱行长满上。”

钱融看了看臧处长，为难地说：“臧处长，我真的不能喝。”

“不行，不然就不够朋友。”小魏坚持着。

“好，我就喝六杯。”钱融一咬牙又端起酒杯喝尽。

“大家喝两次。”还未说完，身边的臧处长一口先去了一半。

六杯下肚，钱融已感到不适，但还是又倒满一杯。菜一个接一个地上着，大家边吃菜边闲聊着。肖珊看出钱融不胜酒力，站起身说：“臧处长，我就不带酒了，在领导面前，我只有敬酒的资格。”说着，她走到臧处长身边端起酒杯，“我敬处长一杯。”说完未等臧处长答应便一饮而尽。

“好，肖主任是爽快人。”说着，臧处长也一口干了。肖珊又连敬了两杯，大家也纷纷上前敬酒。不知喝了几杯，臧处长已走下座位和大家轮流喝，步履踉跄，语言含混，钱融忙把他扶回座位上。小魏倒是一杯接一杯的面不改色，沉稳如初。

“钱行长我和您喝杯白酒，肖珊主任请我，不喝酒，对不住人家吧。今天您是领导，喝了这一杯，肖珊的事，我立马去办好。”臧处长不容钱融反驳，夺过钱融的酒杯，将啤酒倒掉，满上一杯白酒。钱融见他说话都有些吐字不清了，知道已是不好阻拦。

“好，处长既然说到这里，我也舍命陪君子了。不过，待会儿我出了洋相，可别笑我。”说完他便与臧处长碰杯饮尽。喝完，钱融感到一阵头痛，差点吐了出来。他稳了稳神，大口地喝了杯茶水，又长长地吐出一口气来。全桌上的气氛被搅起来了，大家一阵掌声。

接下来，钱融记不清他们又喝了多少杯，臧处长扯开嗓子站在电视前，晃着身子开始唱那首俗不可耐的《大花轿》。那歌声在钱融的耳朵里如同噪音，电视画面上那晃动的图案几乎让钱融呕吐。他见肖珊在臧处长耳边耳语了几句，又走过来说：“哥，让小李先送您回家吧，他们要唱会儿歌。”钱融向臧处长道了别，便被小李扶起，在一阵阵的反胃痛苦中上了小车。

翌日，小魏便转来了三百万元的存款。肖珊梳理了各项指标，几乎都超额完成了，心中自是高兴。下班时，天又下起了小雨。肖珊今天也无急办的事，索性提了雨伞，步行出了所门。她已是很久没有这样轻松悠然地走走了。可能是生在南方的缘故，她更喜欢在细雨中漫步。这雨细的像风、似雾、若梦。

她漫步泰河之畔，看那柔美碧绿的泰水，观那风情万种的岸柳，恰似有豆蔻美人相伴缓行，一步一景，赏心悦目。稀疏的微雨，仍稀疏地飘着，肖珊的思绪也在这风雨中飘摇。细雨属于泰河，属于泰城。肖珊不愿惊扰这份宁静，撑着伞漫步回家了。不知何时，雨已停歇。

她漫步泰河之畔，看那柔美碧绿的泰水，观那风情万种的岸柳，恰似有豆蔻美人相伴缓行，一步一景，赏心悦目。稀疏的微雨，仍稀疏地飘着。肖珊的思绪也在这风雨中飘摇。

第十五章

吃过晚饭，天渐渐黑了下来，钱萍去了学校上晚自习。孙莉收拾好厨房，又在整理客厅，一百二十平方米的房子，也足够她忙活的。平常钱融回到家时已很晚，因此，收拾家务这事儿孙莉从不指望他。泰城女人的干净、利索、厉害在齐州闻名，从日常生活中就能体现出来。在泰城有句俗语，说泰城女人大扫除叫“擦桌擦角角，扫地扫旮旯”。墙旮旯有灰尘，要挪了桌子打扫，桌子抽屉要拉开来擦。泰城人说话少“儿”无“子”，桌子叫“桌”，哪儿叫“哪”。一方水土养一方人，正是小城这灵秀的山水，凝成了小城这特有的方言，听上去更加的干脆、利落。孙莉把家收拾到基本满意了，才去冲了个热水澡，将一头蓬松的长发吹干，又在睡衣上稍稍洒了点淡雅的茉莉花清香的香水。然后她去了卧室，整理好浅粉色窗帘，关了大灯，只留一盏壁灯，使得整个卧室幽幽暗暗的，充满了温馨的暖意。待一切准备妥当，她才坐到沙发上打开了电视。她盼着钱融早些回来，他们已好长时间没交流了。

钱融是在晚上十点十分回到家的，孙莉给他开了门，接过提包，说：“还吃点东西吗？”

钱融闻到她身上那特有的香味，一股暗流在全身涌动和膨胀。

“萍萍呢？”钱融轻轻地问道。

“今天回来早，睡下了。”孙莉从后腰抱住钱融，喃喃道：“从你回到泰城，天天就知道忙，也没了大礼拜，还不如在市里，好歹能有个星期天，不知道人家想你了吗？”这声音细若游丝，像浮在他的耳旁。

钱融转过身轻轻地抱了抱她，转了一圈，说：“喝碗杏仁茶吧。”

“你先去冲个澡，一会儿就好。”孙莉挣开他，去了厨房。

钱融刚洗完澡，孙莉便将一碗清香的杏仁茶端到钱融眼前，也许是回到家，心性渐沉渐静的缘故，看到那淡褐色的茶汤不急不躁地散发着杏仁清香，钱融想，好的饮品值得回味，好的书值得品读，正像好的女人值得去疼爱。钱融和孙莉对视着，感觉她的眼神里透着别样的妩媚。平常忙于工作，这些年来，钱融还从来没有像今天这样去静静地品读孙莉。突然的对视，让孙莉不知所措地低眉看自己的睡衣，拿手去抚弄那半系的纽扣。蓦然间，钱融感到一种不可名状的朦胧风韵弥漫在房中，一种男人的冲动和欲望被唤醒。他幸福地享用着这美味，赏读着自己的女人。

此时的宿舍区特别的安静，窗前那一排高大的白杨树在月色下婆娑摇曳，这寂静能让人听到秋风轻轻地吹拂树叶的哗啦啦响声。钱融进了卧室，孙莉紧随其后，轻轻地将卧室门反锁，钱融感到一股烈火在身体里燃烧……这时，钱融的手机“嘟”的一声响，是市行办公室发来的十月三日召开全市工作会议的通知短信，要求各行重点汇报指标完成情况。钱融一想到任务上的差距，刚刚燃烧起来的爱之火顿时被稀里哗啦地浇灭了。他弯腰去床头柜里摸了包香烟，坐起身，抽出一支点燃，闷闷地吸了一口，对孙莉说：“对不起，是个会议通知，我还要再去整理一下材料，你先睡吧。”说完便起身去了书房。孙莉被他弄得全没了情致，只好心烦意乱地侧过身培养睡意去了。

九月三十日上午，钱融召集人员开了业务调度会，在会上听取汇报得知对公存款、中间业务及灵通卡已完成指标，差距主要是储蓄存款还差 800 万元，利润差距 300 万元以及贷款营销差距较大。面对这么大的差距，钱融算来算去已是无计可施，眉头紧皱道：“顺其自然吧，大家主观上再争取一下。”尽管任务指标差距大，有一点数额还是让钱融感到欣慰——各项存款的增量总额在四行占比中位列第一位，储蓄存款更是占全行业的半壁江山。钱融说完，张军汇报了中间业务收入等指标完成情况和节假日的值班安排，说：“明天是国庆节了，办公室已印发了值班表，各网点正常营业，这几天我不外出，其他行长若有安排我可替班，中间还有两次安全检查。”

下班后，工行营业大厅一片繁忙，营业部人员正紧张地汇着报表。梅霞提早从饭店订了蒸包，供加班人员晚餐食用。钱融简单地吃了两口，便拿过损益表看了起来，生怕再有什么变化。张军召集办公室保卫人员对安全保卫工作做了部署。晚上，直到行里加班的员工都回了家，钱融、张军和梅霞他们才离行。

第二天是钱进和肖珊的婚礼，下午，钱萍放了学，孙莉便带她先回了父母家。钱融回到家，洗漱后刚躺下，突然，“哐啷”一声响，震醒了这寂静的秋夜。钱融大吼一声，一个激灵翻身起床，拉亮大灯，发现阳台的玻璃窗上被开了个黑洞，地上是块大砖头和一地的碎玻璃。钱融向外望去，窗外一片黑暗。钱融见砖头下面有张皱巴巴的纸条，上面印着两行字：你不要太绝情，小心你的狗腿。钱融犹豫了一下，拨通了梅霞的电话，此时，他还能和谁说啊。梅霞听后说："他们一定是心虚了，我一会儿通知物业保安加强夜间巡逻。"钱融说："我没事，你们尽管放心，就是感到有点冤。"第二天，梅霞一大早就带了人来为钱融换好了窗玻璃。钱融又嘱咐说，要保密，千万不要让孙莉知道，省得她一人在家时害怕。

国庆节。清晨，阳光明媚。

钱融父母家是一座比较规整的小四合院，坐北朝南，门楼位于东南角。门楼建于两级台阶之上，采用硬山屋顶，正脊和垂脊均采用泰城民居常用的由砖和瓦叠砌而成的瓦脊，正脊采用4层瓦叠砌的"砂锅套"花脊图案。正脊和垂脊上均有砖雕脊兽，挑檐石之上的墀头，刻有福寿图案或篆书"寿""福"等字。门上有额枋与雀替，且均有精美雕花纹饰。位于门下槛的门枕石，是箱形门枕石式样，檐下便是漆成暗红色的大门。门扇上垂着一对圆门环，门中心是刚贴上去的喜联：珠联璧合，凤翥鸾翔。门框上贴的对联是：入户三星辉增天市，盈门百辆喜溢华堂；横批是：喜气生辉。整座门楼简约、庄重而又不失华丽。

进门迎面是一道影壁，墙上背景图案是五只蝙蝠与荷花、圆盒，"荷"同"和（安宁、平和）"与"合（投契、融洽）"的意境，象征"五福和合"，中间是大红双喜字。影壁底部是一株屈结而上的老葡萄藤，与门楼相连蓬勃地长了一架，架上挂着串串葡萄，钱融的爷爷在世时共有两株，每年中秋都能摘两大簸箩葡萄，邻里都会吃上一串。现在存活的仅此一株了。北屋窗前有两棵古老的石榴树，大小的石榴缀满枝头，象征多子多福。院中间是棵两握粗的苹果树，红红的果实飘着甜香，意求平安。北房是老人的住所，门框上新贴的喜联是：三阳日照平安地，五福星临吉庆家，横批：五世其昌。钱进和肖珊的新房在东房，喜联是：玉种蓝田征合璧，月明沧海获双珠，横批是：花好月圆。院子里各种盆栽的花卉正艳丽地绽放着，一派喜气洋洋。所有对联都是钱融所书，书法苍劲有力，颇具风采。钱融童年随爷爷习书法，上学后勤习“欧、柳、颜、赵”，已有几分功力。

钱融的父母穿着由孙莉给他们定做的新衣服，在门前迎接着客人，音响里还放着欢快的《好日子》。

肖珊的父母是在三十日中午到的泰城，同行的还有肖珊的姑姑、叔叔、哥哥和堂哥，钱进安排他们住在了陶镇的陶苑宾馆——一是离家近，二是陶苑宾馆可是陶镇最好的宾馆。早晨，钱融和孙莉在家里张罗，肖珊和钱进去宾馆陪亲人们用过早餐后，九点钟去了家里。钱融和父母热情地将他们接进家门。

十点钟，钱进和肖珊换好新婚礼服，笑容可掬地站在门前迎接着来宾。今天的新婚庆典，按他们的要求，没有大摆宴席，银行里只请了张军副行长、鲍凯书记、梅霞、秦友、孔云飞、路江晖、公司业务部主任和肖珊储蓄所的几个姐妹，连同家里亲戚共安排了四桌酒席。婚礼开始前，大家簇拥着肖珊、钱进到石榴树前合影留念。拍完照，孔云飞提议肖珊作首石榴诗题照。肖珊望着那树火红的石榴，凝思片刻，口占一首：“光影清摇罩半厢，枝头榴子照明阳。四时庭院寻常景，秋意春情总是芳。”肖珊的诗引来众人的阵阵掌声。

上午十一点十八分，结婚庆典开始。孔云飞将肖珊和钱进拉到院中事先摆好的桌子前，桌子上用八寸拼盘摆了苹果、枣、栗子和糖各一盘。平常落落大方的肖珊被孔云飞两手一拉，倒羞羞答答起来，钱进只是傻笑。云飞又将钱进的父母、岳父、岳母请到桌前，招呼亲朋好友凑到面前，大声宣布："肖珊、钱进同志的结婚典礼现在开始，鞭炮齐鸣。"十二支满地红响了起来。

"下面进行第一项，请张行长致辞。"孔云飞大声地主持着婚礼。

张军摆了摆手，走到肖珊面前，将一个红包递给肖珊说："我谨祝愿肖珊、钱进同志白头偕老、幸福美满、事业有成。"

接下来新郎新娘向双方父母鞠躬，向来宾鞠躬。"让叔叔和婶婶谈谈恋爱过程！"不知是谁让萍萍跑到前面对孔云飞说。孩子的一句话把肖珊说红了脸，把大家都说乐了。

在大家的笑声和掌声中，钱进大大方方地走上前去，说："感谢大家今天来参加我们的婚礼，我们就表个态吧。"说着，他拿起水果递给岳父、岳母和父母，"今后，我们要更加孝敬父母。"老人满意地点着头。转回身，钱进又将一盘糖举到了张行长、梅霞和同事的面前，"上班后，我们将更加努力地工作，珍惜我们的友情，祝愿我们的生活和我们工商银行的明天更美好。"

钱进简短的话语，说的大家心里都热乎乎的，喜庆的氛围也愈加浓厚了。

"请新郎、新娘喝交杯酒。"孔云飞将一对用红头绳拴在一起的高脚杯端到肖珊和钱进面前，在众人热烈的掌声中，他们缓缓端起了酒杯。来的客人都在夸肖珊长得漂亮，更是夸钱融的父母有福气，娶了这么个如花似玉又知书达礼的儿媳妇。

"祝新郎新娘，白头偕老、甜甜蜜蜜、早生贵子！典礼到此结束，请长辈们、高朋好友们入席，请新郎、新娘入洞房。”孔云飞说着。此时，庄重热烈的《婚礼进行曲》奏响，萍萍跑上前去拽起了肖珊的结婚礼裙。众人欢欢乐乐地入席了。

看到孔云飞和年轻人的激情，张军对钱融说：“毛主席说得真对，他们是早晨八九点钟的太阳，世界是他们的。钱行长，今天行里还有许多事，市行过会儿还来人，我不在这吃饭了，你就多陪陪老人吧。”

“在这吃了再去吧，昨天没休息好，今天又一大早赶过来，注意休息啊。”钱融发自内心地感激着他的同事们。

张军笑笑：“没事，我的身子硬朗着呢。”说归说，张军那一脸的疲惫还是映在了钱融的眼里。钱融、钱进和肖珊一同把张军送到大门外，望着张军的小车渐行渐远，直到看不见了才回家。

中午时分婚宴开始，肖珊老家的来宾在北房，由钱融和父母陪客，其余在东房、西房两桌。婚宴是钱融精心安排的，特聘了陶镇最好的厨师，做的是泰城最高规格的“四四宴”，提前一天就备好了各种料，泰城叫“落桌”。今天的菜肴格外丰盛，每桌四干果：松子、腰果、花生米、开心果；四点心：西米饺、白皮酥、奶油酥条、豆沙卷；四鲜果：葡萄、香瓜、枣柿、西瓜；四拼盘：松花拼鸡丝冻粉、卷尖拼樱桃肉、佛手肉拼萝卜丝、板肚拼炝蹄筋；四大件：三鲜海参汤、锅烧肘子、豆腐箱、糖醋鲤鱼；四行件：爆炒腰花、软炸猪肝、鸡汁虾仁、琉璃里腔；四扣碗：沤底鱿鱼、红烧瓦块鱼、蛋包、烩菜。南方人喜欢饮茶，为此，钱融还专门为肖珊的父母准备了高档茉莉花茶，不寒不热，最适宜秋季饮用。接下来是敬酒，先是钱进的父母和岳父母，然后是钱融和孙莉，最后是新娘新郎。众人嘻嘻哈哈，现场非常喜庆热闹。婚宴在下午三点钟才结束，双方父母又拉了会儿家常，钱进才送他们去了宾馆休息。

第二天，按泰城风俗，一家人陪亲家吃过三日水饺，钱融、孙莉和钱进、肖珊一齐去祭了祖坟，回到家整理好包裹，小两口向夫家亲眷道了别，随父母一行乘车去了苏州。

第十六章

十月三日，钱融参加了齐州市行召开的全市区县行行长工作会议。会上，市行周行长传达了省行会议精神，部署了四季度工作。

回到泰城，钱融没有急于召开党总支会，而是先按省市行的要求，进一步修改完善了三个考核办法。十月六日，长假还未结束，钱融便召集总支一班人开会，并亮出了他精心测算后的考核办法，让大家充分讨论，再进行完善修改。经过一天的讨论和修改，最终敲定了方案，晚上梅霞、孔云飞和朱月把材料加班印了出来。

节后第一天上班，支行召开了全体主办以上人员工作会议。钱融看到有个别人似乎还沉浸在假日的气氛里，心中真是恨铁不成钢。他环视台下每位中层干部，清了清嗓子，神情严肃地说："同志们，节后第一天我们就召集这个会议，主要是部署任务和落实考核办法。这里我也重点说一下，关于存款工作，我听到很多议论，在这里我负责任地告诉大家，我们不搞全员揽存，主要任务由网点和支行客户经理承担。办公室等部门主要考核其职责履职。支行出台三个办法是对市行考核的细化分解，总支讨论了一天，今天大家都广泛讨论一下，确定后明天就开始实施。这次全行会议上，周行长有三次坐不住了，我们齐州市第三季度在全省综合排名到了后三位，与大行的称号极不相称。就是在齐州，周行长也难以抬头，市长见面不问别的，最关心的是存款增加多少，贷款多少？大家说，后三位能说得过去吗？与同行相比，改革快的都追了上来，如今是逆水行舟，不进则退，小进也是退，我们不能再沉睡了，该猛醒了。周行长在省行签了军令状，四季度要有个大飞跃，力争进入前六名。我也和周行长签了军令状。市行会议后，这几天，我夜夜睡不着，省、市行的绩效考核办法开始实施，已是箭在弦上。分数全部与收入挂钩，细化的千分制大到存款、贷款质量、利润，小到牡丹卡、消费贷款等。每多得一分，我们就会多拿一分的奖励。看看市行下达的任务指标，每一项我们都有较大的差距。大家都看出来了，自从人事改革以来，个别的人甚至今天在座的某些中层领导干部，还在那里说风凉话、泼冷水，没有达到他的目的，就抱怨，好像支行委屈了他。第四季度的任务摆在这里，我把丑话说到前头，是骡子是马拉出来遛遛，你的业绩上去了，位子、票子都给你，否则你就不配在那个职位上。”

钱融说到这里，有些激动。他停了一下，喝了口水，继续说：“我们这个办法一旦实施后，不管你是谁，有业绩就发钱，没有业绩就只保工资。我们要的就是一流的业绩，一流的工资。我们进行股份制改革，就要使激励制度更科学，激励作用更充分，就是要在全面提升人均净利润的基础上，提高人均收入。如果再实行‘大锅饭’，会严重挫伤员工的上进心，这不公平。我们将实行按岗位价值和个人贡献度综合取酬，使每个员工的收入与业绩紧密挂钩，更加充分体现其劳动价值。到时可别怨咱没把丑话说在前头，我们常常以大行自居，现在还有资本吗？我提议，从现在起，中层以上领导干部取消双休日，咬咬牙跺跺脚，也要全面完成各项指标，全面提升人均效率，到时候让大家过个好年。”

会议室里响起了一片震耳的掌声。

这个会议，拉开了第四季度大干的序幕。

钱进正和肖珊在苏州度着婚假，接到了支行的电话，根据支行要求，新一轮不良资产处置工作开始。泰城支行有七家企业被列入范围，要迅速补齐各种资料，所以需要钱进立即停止休假回行。听了行里会议的一些情况，钱进早已无心去欣赏天堂一般的苏州风光，与肖珊匆匆返回了泰城。

回到行里，钱进便立即投入工作之中，跑法院、工商局、企业，整理资料，常常加班到很晚。婚后，肖珊心疼钱进，常陪他加班，到了吃饭的时间，总是先拉钱进去吃饭再回行加班。回到家，肖珊提早为钱进打开热水器，硬是把他结婚前回家晚了不洗不刷随便一躺的“坏毛病”给改了过来。小两口工作上互相帮助，生活上关爱有加，尽管工作累一点，但日子过得却是幸福甜蜜。

时间过得飞快，全行上下忙忙碌碌中，又到了月底。这天上午，肖珊去了支行参加月末工作汇报会。储蓄员小李、小王和路江晖正在紧张办理业务。

“取款。”一个瘦高个儿青年挤到柜台前，将一个活期存折递进柜台。路江晖接过存折，觉得户名很眼熟，略一迟疑，便想起是区机关的云涛师傅——一周前他家中被盗刚办理了挂失。

“云涛，云涛。”路江晖故意大声地喊。

“啊，是我。”被叫了两遍，瘦高个儿青年才反应过来。

“提多少钱？”路江晖逼视着他。

“五千元。”青年人随口应道。

路江晖从他的言行中已判断出，此人肯定是冒领者，便取过一张凭条写了三个字递给了临柜小王。小王接过看了一眼，心领神会，悄悄地按下了110报警器。

“钱不够了，我们主任在行里开会，请您等一下，我打电话叫行里送钱过来。”说着，路江晖去了办公室。

小王见青年人焦急的样子，站起来说：“师傅，您坐下等一会儿吧，钱很快就到。”

瘦高个儿青年瞟了他们一眼，见没有异常，便装作若无其事地看着墙上的挂图。

五分钟过去了，瘦高个儿青年的脸上显露出慌乱和焦躁，说：“不等了，我还有急事，明天再来取吧。”这时，所里电话响了。“瞧，来了。”路江晖见两名警察已到了所门口，忙起身打开通勤门走出柜台。瘦高个儿青年猛地回头，一看就明白了是怎么回事，拔腿想跑，路江晖上前一步将他挡在所内。瘦高个儿青年举起拳头恶狠狠地向路江晖打去，小路迎着拳头双手用力将他拦腰抱住。两人扭打间，两名民警冲进门将瘦高个儿青年捏住了。

“民警同志，他是小偷，不能放过他。”一位中年男子从门外跑进来指着瘦高个儿青年说。他又转身对路江晖说：“小路同志，谢谢你了，受伤没有？”

“没事，云师傅，抓住小偷就好。”原来，刚才路江晖是给云师傅打了电话。看到民警已将小偷抓住，云师傅很感激。

第二天，派出所给支行送来了感谢信。经连夜审讯，储蓄所不仅协助民警破获了两起入室盗窃案，还将两个月前的假币案一举破获。支行通报表扬了路江晖，让路江晖提前进行了上岗考试，破格走上了岗位。

从月初起支行在办公楼大厅里树了块醒目的指标旬排行榜的牌子。肖珊储蓄所的任务完成量牢牢地占据着第一名的位置。钱进每次经过，都会情不自禁地瞥上一眼，为肖珊感到由衷的高兴。

星期天，钱进没去行里加班。清晨，他洗漱后对肖珊说："结婚那会儿也没来得及陪你逛逛，现在有时间，咱去凤凰山红叶谷赏红叶吧。"

"好啊，这一个月，大家没日没夜地躺在所里干，我正想和所里的同事们聚一聚，让大家松一下筋骨，也给江晖庆祝一下。咱就定在下午下班后，晚上聚餐。"听说去看红叶，肖珊快乐得简直像个孩子。

下午五点钟，肖珊和钱进赶到储蓄所，帮着小刘、小李、小王和路江晖整理好包裹准备登山。肖珊还特邀了孔云飞作为他们的摄影师。路江晖经过了那段待岗和智擒窃贼的变故，工作热情更加高涨了，生活也变得快活起来。回到了他日夜想念的岗位，他也倍加珍惜。在他看来，一个人离开了集体，生命就变得没了意义，生活也变得索然无味。在肖珊的眼里，这是一个充满青春活力的光荣集体，没有了他们，自己这个主任也就没了意义，这样的一个集体里谁都不能掉队。

五点三十分，他们准时出发了，从城里打的二十分钟来到红叶谷。此时，正值深秋，过了红叶谷山门，放眼望去，北面山坡上便是炫人眼目的红枫林了。此时在北方已是“山山黄叶飞”的时节，那漫山簇簇火焰般的红叶，尤为撩人情思，仿佛是生命的礼赞，是大自然情绪的极致。

肖珊今天是一身乳白色的李宁运动衣，脚下是耐克运动鞋，走起路来轻盈如飞，浑身上下无不透着青春的活力。

“肖珊给我们唱支歌吧。”不知谁提出了要求。

“好，我就抛砖引玉，今天每人唱一支。”肖珊说完唱起了苏联歌曲《小路》，歌声浑厚深情。他们伴着这歌声，沿着青幽如画的石阶小径向上攀登。一会儿，红枫林被路旁的野葡萄与古藤树的缭绕交错遮掩；一会儿，片片红叶又轻盈跳动着露出那艳艳的红脸在向他们微笑招手。那股热情劲儿，恰似一群纯朴的山里娃，拥挤着，兴奋而羞怯地前来迎接这些年轻人。歌声在山谷中回荡，那片片红叶好像一杯浓浓的红葡萄酒，叫人心醉。

“新郎也来一曲。”孔云飞一边为大家摄影一边鼓动着大家。平常不太爱唱歌的钱进也放开歌喉，一曲《红星照我去战斗》声震云霄。

到了孔云飞唱歌时，众人已来至半山腰的爱晚亭，云飞的《三月里的小雨》虽不合季节，但那声“山谷里的小溪哗啦啦”却正好和出了爱晚亭脚下小溪那清亮亮的演奏。大家围绕溪畔，撩起水来。溪水清澈见底，水声潺潺悦耳。

肖珊见大家兴致极高，也来了诗意。在这群年轻人里，肖珊和孔云飞最具文学素养，也最具有诗情画意。

“瞧，这红叶就像是唐宋诗词的一页笺注，它古朴、典雅、精致。宋人晏几道的‘红叶黄花秋意晚，千里念行客’就表现了用红叶染绘深秋的特殊色调，透散出无尽悲凉的秋意。元曲名家王实甫的‘晚来谁染霜林醉，总是离人泪’则抒写了爱情离合的悲欢。”肖珊说到这里，折了一枝红叶竟有几分伤感。

“肖珊，你又要抒怀了，君不见‘霜叶红于二月花’吗？”孔云飞站在一棵古树旁抬手一指：“‘看万山红遍，层林尽染’我们正是在‘指点江山’啊。”孔云飞的即兴朗诵把大家的激情鼓动起来。

“对，云飞说的对，不愧是搞文字的。我们年轻人就要激扬文字，远的不说，就说咱们所，现在就像站在山巅上。可咱不仅在支行，咱还要到市行里的最高处站立，还要去省行，大家有决心吗？”肖珊站在爱晚亭上，凭栏远眺，胸中豪情激荡，不禁诗意勃发：“停车满目丹枫染，胸有豪情越万峰。遥思前人佳句在，我歌我唱且徐行。”引来阵阵掌声。

小刘、小王是柜员合同工，都是二十世纪八十年代初期生人，已在所里干了七年，柜员合同工改革也正紧锣密鼓地准备着。肖珊深知她们的心思，说：“咱们是姐妹，你们别有顾虑，这改革，那改革，唯一的目的就是要把工作搞上去，把人员素质提上去。这几年咱行里金融新产品不断推出，就是每天学也很难跟上，我想只要你们善于学习，让自己有一身本事，就什么都不用怕。”

两人听后信服地偎依到肖珊身旁。

“肖珊，思想工作咱可不能在这里做啊。”孔云飞说着，见她们三人倚在一起的样子，灵机一动：“别动。”一张三姐妹的美人照留了下来。还没等孔云飞动身，路江晖和小李也挤到了肖珊身边，说：“云飞，再劳大驾，来个全家福。”

“照归照，版权归我所有，到年末你们要上光荣榜，奖金可要拿出一份请我啊。”孔云飞还是忘不了斗嘴。“钱进你也去合个影吧，成功的肖珊背后站着一个伟大的男人嘛！”

“云飞，可不能这么说，我们离成功还早呢。”

这些年轻人说说笑笑，让山谷都沸腾了。

傍晚时分，他们才往回赶，钱进安排了大家共进晚餐。繁忙的工作之余，他们的身心得到了片刻放松，明天等待他们的是更加繁重的工作。

第十七章

时令已到了深秋。下雨了，秋雨连绵不断。

头天一大早梅霞就告诉钱融，让他今天下班后别安排工作，给秦友送行。

那天秦友办理交接时，梅霞去了所里。梅霞说："钱融在开会，让我来送送你，改天再给你送行，到时给你电话。"秦友略带几分忧伤，对梅霞说，他此番去的那个厂还好，若需要他时尽管说，以后常联系。离开网点时秦友只带走了自己养的一盆正盛开着的吊兰。

送行宴梅霞安排在了泰城河畔的陶然居酒家。梅霞还按照钱融的意图喊了钱进、肖珊、路江晖和孔云飞同坐。钱融赶到陶然居时，梅霞已点好了菜。见路江晖没到，问道："江晖怎么没来？"

肖珊说："他去了同学家，有笔美元存款。"钱融点了点头。

陶然居是一处古朴典雅的四合院，他们临窗而坐，泰河成了西窗外的风景。选择这里，梅霞主要是看好它的特色菜和泰城古韵。雨丝浸了薄薄的寒意，细密无声地融入河面，沿河柳若淑女的长发，柔曼轻舞。几人相视而坐，几个小菜，三杯两盏淡酒，以及久久地沉默。似乎谁都怕惊扰了这烟雨凄迷的诗般意境。

千年的泰河静静地流淌，宽大的橡皮坝仿佛储满了无限的思索。此情此景，一种庄严的禅意弥漫着。在这样的黄昏细雨里，送行便多了些浓浓淡淡的忧伤。肖珊为了打破这种凝重的氛围，说："秦哥就要高就了，我为您作了首赠别诗，希望您能喜欢。"说完便朗诵起来："行行几欲别山城，回望心头潮未平。莫道秋风清入骨，潇潇不尽是依情。"

梅霞带头鼓掌，说："赠别诗格律工整，情真意切，不愧是我们的大诗人。"

此时，有种莫名的惆怅涌上秦友的心头。秦友在想，父亲已近八十岁高龄，身体越来越差，多年的老寒腿也越临近冬天越厉害。去家中看望他，如果来人不说话，他便坐在那里静静地等待，眼睛瞪得大大的，却看不清。直到来人上前拉了他的手，大声说话，他才能从声音里辨出来人身份。每次看到这种情景，秦友的心就酸酸的。母亲也疾病缠身。秦友心想，我一天到晚在外忙，能为老人做点啥？老父亲是一个平凡的退休工人，一生为孩子们操劳着盖屋、娶媳妇，把一个家支撑了起来。孩子们都长大了，一个个进了城市，而父亲却老了，得了一身的病。如今，秦友的儿子读初三，正面临着残酷的升学压力，接下来一段时间都需要常住北京……秦友也不知道，等待他的将是怎样未知的征程。

他从未像现在这样对家庭、支行和同事们依依不舍。支行，有他的青春，他的梦，他的家，这儿是他的根呀。

秦友的视线不经意地移向窗外，绵绵细雨中，美丽的泰河从容无言地流淌着。一旁的钱融似乎触摸到了他那柔软而纤细的心

陶然居是一处古朴典雅的四合院，他们临窗而坐，泰河成了西窗外的风景。选择这里，梅霞主要是看好它的特色菜和泰城古韵。雨丝浸了薄薄的寒意，细密无声地融入河面，沿河柳若淑女的长发，柔曼轻舞。几人相视而坐，几个小菜，三杯两盏淡酒，以及久久地沉默。

灵，说："去了那里你会有更广阔的发展天地，俗话说，人挪活树挪死嘛。再说，我们都还在小城，无论你到哪里，我们都是最好的兄弟。既然选择了，你总要前行。"秦友默默地点着头。

美丽的泰河，是他们所钟情的母亲河。童年时，钱融、秦友和梅霞他们那些少年玩伴们就在河里捉鱼，搏水嬉游，中流击浪。他们的青春年华正像这滔滔泰河，一去不返。花有重开日，人无再少年啊。

梅霞说："不要那么伤感好吗？搞得像要去前线一样。让我们为秦友有个好前程干一杯。"平常不喝白酒的梅霞带头端杯一饮而尽，还没放下杯，就被烈酒辣得咳嗽起来。肖珊连忙为她捶背。大家也都一饮而尽。

这时，钱进也为秦友轻轻地吟起新作的送行诗："秋雨添杯不问人，萧萧木叶动诗心。莫愁前路知音少，万里青云只伴君。"

听着友人们的诗作，暖暖的情意在秦友的心中涌动着，眼睛竟不争气地潮润起来。他心想：人到中年，自己的感情却复杂、脆弱了许多。

钱融坐在秦友的对面，还从来没有像今天这样近距离地审视对方。秦友的鱼尾纹一丝丝刻在眼角上，似乎才几天，三十年的时光便如流水而去。钱融感慨万千，这时光啊，全然不顾日月之旋转、生灵之眷恋，以固有的步态不倦地奋然前行着，到底去了何方？谁能留住这时光？谁能跑过这时光？谁又能与时光平静对话？

钱融说："人的生命如洪流，不遇暗礁和岛屿很难激起美丽的浪花。"说完，他拿出自己用最拿手的行书写的条幅赠给秦友，那是他最喜欢的两句诗——自信人生二百年，会当水击三千里。他常以此来激励自己，"人生二百年"只是一种浪漫主义的理想，

“水击三千里”他倒是愿意一直在大风大浪里搏击。他想，敢于击水中流，就不怕喝水，更不惧溺水。确定了自己的目标，无论遇上怎样的激流险滩，也不论有多少恶浪漩涡，终将会被克服。有上级行的领导，有这个团队，有自己的努力，终将会抵达那辉煌的彼岸。

秦友举起杯，微微一笑，说：“我也敬大家一杯，有诗、有文学、有你们，我的生活会更美好，我的心也会更辽阔。”

快乐是可以传染的，霎时，气氛活跃了起来。秋雨疲惫了，冷冷的清秋开始收拾着装，迎接冬日的来临。待他们出来已是夜幕降临，不知何时已雨歇天晴。明月东升，夜空如水，大家陪秦友去散步，在泰城区中心路上走走停停，停停走走。远远近近的霓虹灯，闪闪烁烁，高楼连着高楼，超市、广场、街灯，沸腾喧闹，流光溢彩，恰似一支激昂的生命之歌，动人心魄。

仰望天空，皎皎明月，高悬无声。晚风袭来，路旁树叶飒飒作响，全然没有悲凉的秋意，倒像是春风吹拂。路旁，高楼里正传来悦耳的歌声。

璀璨的灯火伸向远方，路仿佛也越来越宽……

路江晖本来要参加为秦友的送行宴，可他上午接了个电话，不得不错过了。下班后他冒雨先去超市，买了两瓶好酒，又去炸鸡店买了只烧鸡，然后撑起雨伞向住在泰城区最豪华的花园小区的同学康毅家走去。

到了之后，见康毅一家人正等着他，已备好了许多的酒菜。

“伯父、伯母好。”路江晖礼貌地向老人问好。

康毅的妻子忙去接过雨伞。“江晖你还带这么多东西来，家里父母都好吧？”康毅的父亲问道。

“家中都好，谢谢伯父。”路江晖应道。

“时间不早了，还是让小晖坐下再说吧。”康毅的母亲热情地邀他入席。

可以看出，全家人都把路江晖当座上宾，路江晖也没有客气。路江晖和康毅的友情，还要从他们读高中时说起。康毅是家中独子，高中毕业那年春天，他和路江晖放学一块回家，行至一个陡坡处，康毅的自行车闸失灵，猛窜了下去，摔下十米高的大堰，是路江晖及时截车将他送到了医院。康毅父母赶到医院时见儿子身上缠满绷带，心疼地失声痛哭起来。“好了，孩子已经没事，要不是那个小同学送得及时，你的儿子可能会因失血过多而有生命危险。他的右手臂血管破裂，是那小同学救了你孩子的命啊。”医生劝着康毅的父母。这时他们才想起路江晖，“小路，多谢你救了康毅一命啊。”康毅的父母拉着路江晖的手，不知说啥才好。从那之后，他们便把路江晖当成自家人。平常，路江晖不常去康毅家，他深知康毅家庭条件好，因为他唯一的姑姑在美国，是一位富商，曾邀康毅去美国，被他父母拦下了。不过他姑姑每年都寄些美元回来，算是对家庭的贴补，路江晖也就常约他去所里存。

“江晖你不来，明天我还想让康毅去找你，他姑姑又寄来 5 万美元，想让小毅自己做点儿生意，一时又不知做啥好，就先存在你那里，也给你顶下任务吧。”康毅的父亲说。

“伯父，这回可真帮了我大忙。”路江晖激动地站起身，为伯父、伯母斟满酒，“为感谢你们对我的帮助，我敬二老一杯。”

“江晖，快坐下。看这说到哪儿去了，一家人还谢啥。”康毅的父亲端起酒杯，高兴地与路江晖碰了一下。“孩子，你有存款任务尽管来找你康叔，他有几个同学都是个体老板，自家的事别客气。”康毅的母亲说着将一根鸡腿放到了路江晖的盘里。

路江晖被感动着。

夜色已降临，外面秋雨依旧。吃过饭，路江晖道了别。康毅要送他，他说：“别送了，出门我打车。康毅我还是要谢谢你。”这是发自肺腑的话语。

“看你咋还变得越来越老夫子了，钱放在哪里都是存，别的我也帮不上忙，你自己多保重。”康毅撑起伞将路江晖送到了小区大门外。

路江晖像完成了一项重大任务，兴奋得像个孩子，拨通了肖珊的手机：“主任，向你报喜，外币任务提前完成了。”

“是吗？我替全所人员谢谢你，过几天给你祝贺。”肖珊在电话里显得异常兴奋。挂了电话，路江晖哼着歌走进了雨幕。

第十八章

这天下班后，钱融找李宇群到他的办公室。

李宇群走进行长办公室，见科技专管员周磊坐在沙发上，手捧一大摞资料正聚精会神地读着。李宇群马上明白过来，业务测试就要开始了。

“宇群，你来了。今天叫你来就是为了‘闹哇’系统升级测试的事。市行将这一任务交给了我们泰城支行，上周我已和你谈过，这一任务没有退路。之所以交给咱，主要考虑你业务比较熟悉又有微机基础，周磊是我们全市的电脑通，只要你们通力合作，制订出切实可行的方案，就一定能干好。你们决不能辜负了领导的期望啊。”钱融说完，将一本成册的资料交给了李宇群。

“钱行长，这一周来，我考虑再三，这个任务太重了，我怕干不好啊。”李宇群接过文件，长叹一口气说。李宇群工作向来小心谨慎，这个项目在支行甚至在市行都可以说是工行建行以来最繁重而艰巨的一项科技升级改革。它不同于存款、贷款和新业务营销，接手这项工作，将意味着今后一段时间必须付出百倍的脑力和体力。再说还是在这大干的第四季度，还有那么重的任务指标，李宇群更加感到了责任重大。

钱融看出了李宇群的心思，说："宇群，这项工作绝不是你一个人去干，市行会抽调精兵强将来帮忙，还有支行党总支及你的同事们支持。选择我行是领导对我们的信任，要敢于挑战自我啊。"

李宇群与周磊交流了一下眼神，沉思一会儿，说："好吧，既然市行选择了咱们，我一定干好。"

第二天，市行科技部和测试攻关小组来到支行。下班后，李宇群在营业部召开了业务测试动员大会。

李宇群刚刚部署完任务，下面便七嘴八舌地议论起来。

有位客户经理竟大声吵吵道："又是存款，又是这卡那卡的，任务一大堆，又来了业务测试，行长就不让人喘口匀和气吗？单说这存款吧，泰城就这么巴掌大的地盘，大街小巷的银行比厕所还多，上哪里去拉存款啊？"

"是谁在那里发牢骚？这个季度任务是重了，上周办公会上我还跟钱行长顶撞了一通，测试工作要做好，存款任务也要完成。钱行长在会上讲了，我们不搞全员拉存款，但客户经理有责任，任务必须完成。"李宇群烦躁地说，"你们也别跟我发那么大的火，咱营业部客户经理是十万元的存款任务，人家公司部客户经理每人可是一百万元啊。"

李宇群端起茶杯喝了口水，定了定神接着说："牢骚归牢骚，任务必须完成。上周中层会上，发牢骚的不止我一人，会前人人气鼓鼓的似乎都有意见，可听了行长传达的省市行会议精神，一个个像泄了气的皮球。这从大处说，没有存款，没有效益，能上市吗？从小处说，省市行千分制考核，上季度就是例子，行与行之间总分差 10 分，每人收入就拉开 200 元。多增存款，多增效益，大家就会多发钱。钱多了，难道还往外推不成？

“在这里，我把丑话说到前头，说归说，叫归叫，只能在我们这营业部里。谁要在外面丢咱营业部的人，到年末双向选择，别怪我不客气。今年我们还要争个先进部室呢，从人气到任务指标、爱岗敬业上都要走在前头，这个先进可是有奖励的。一句话，我就是要让大家多发几个钱。”

李宇群看了看所有在座的员工，接着说道：“存款工作都说难，可人家赵小波已超额两倍完成了全年任务，行里还重点给予了奖励。”瞬间，大家的眼睛齐刷刷地看向赵小波。赵小波是营业部的客户经理，天天在外跑，有一批大客户朋友，任务在全行完成得最好。这时，也不知谁私下里嘀咕：“该死的赵小波，拿了钱还当先进，净给领导树榜样。”赵小波似乎听到了什么，抬身悄悄地离开了营业室。这一细节，李宇群看得真真切切，心里也更加着急，要在行里树立正气，还要做很多工作啊。

会后，营业部的几个副主任和科技员周磊立即着手准备各项测试工作。

第二天，大家全力以赴地投入升级测试当中。

白天，李宇群他们要正常上班对外营业，下班后，才能认真地测试。先是大量数据信息采集录入，然后是频繁的系统测试。营业部的员工白天要处理正常的柜面业务，热情地服务客户，保证账款正确和安全。下午下班结账后，首要任务则是做好数据备份。下班了，谁都来不及回家吃饭，因为要把白天处理的业务拿到综合业务处理系统上再从头做一遍，用于测试系统和交易功能。次日，再将正常业务报表与测试报表进行核对，确认系统处理业务的正确性。

这段时间，营业室里天天晚上灯火通明，有客户问李宇群：“你们银行出什么事了，天天晚上加班查账？”李宇群说：“我们正在上一套更方便客户的系统。”有的女员工孩子还小，几个晚上见不到妈妈，实在想妈妈了，就跟着爸爸来到银行，趴在营业室的玻璃窗外瞧妈妈加班。有一名员工感冒了，白天抽空去输液，晚上回来继续加班，还笑呵呵地说，“咱这叫两不误”。

为了测试工作的顺利完成，梅霞组织办公室人员为攻关小组送来饭菜，大家在简单用餐后，又继续投入工作之中。

刚开始，工作进展很不顺利，钱融一直靠在营业室里。已是凌晨两点，攻关小组的同事们还坐在微机前测算那堆枯燥的数字。钱融更没有睡意，他叫来营业部副主任杜珂说：“杜主任，准备些方便面，让大家补充点东西再干。”

杜珂整理了一张办公桌将大碗方便面摆好，看纯净水桶已被喝干，便取下桶，来到值班室。“杜主任你们都忙了一个晚上，还不休息啊？”值班保安被他们的工作热情所打动，“把桶放下吧，我给送过去。”说着扛起一桶水送到营业室。

凌晨两点半大家吃上了方便面，营业室灯火辉煌，不知谁说了个段子，引来哄堂大笑。这时，杜珂说，咱让钱行长说一个好不好，大家听后都鼓掌欢呼。钱融看了看这些日夜劳作的同事说：“那我就来一个脑筋急转弯。说一头牛，有几个脑袋？”众人答，一个。“几只角？”答，两只。“几只蹄子？”众人答四只。钱融接着问：“喂什么？”众皆摇头。钱融大笑道：“喂草啊，哪有牛不喂草的。”大家听了并不过瘾，说：“不算，再来一个。”于是，钱融清了清嗓子，收了笑容：“说一只龟在洗澡，蛤蟆在一旁看，龟发现了说，大哥，没见过俺这么美的吗？你看你俩眼珠子都快瞪出来了！蛤蟆说，妹子，别逗了！没看哥一身的鸡皮疙瘩吗？”钱融刚讲完，周磊吃着的面条扑哧一下喷了一桌子。梅霞正喝着水，忍不住喷了对面坐着的杜珂一身。杜珂抖着衣服说：“要水淹杜军啊。”周磊忙着去擦桌子，梅霞则捂了嘴，不好意思地起身去了另一边。

气氛热闹了起来，不知谁说，让主任也来一个。李宇群见大家兴致颇高，也不扫大家的兴，说：“一条蛇路过池塘，看见青蛙们在游泳，但有一只青蛙却穿着内裤。蛇问，你为啥穿着内裤？那只青蛙低下头，悄悄地说，妹子，我是搓澡的。”营业室里又是一阵哄笑，两人的小笑话完全打消了大家的困意，这短暂的休息让大家感到了无比的放松。为了明天的工作，凌晨三点，钱融和李宇群便催促大家停工去休息。

李宇群回到家，妻子赵玲还没有睡。对李宇群这么晚回家，赵玲早已习惯了，每月的计息日和月末午夜回家是家常便饭，赵玲从未埋怨过，每次还给他准备夜餐。可今晚回家，李宇群见赵玲躺在床上，脸色很不好看，赵玲并没有起来去给他做夜餐，而是有气无力地说：“宇群，这几天我忽然感到身子不舒服，全身无力，也不想吃饭。”

“可能是累的吧，这个家我一天也帮不上，你又伺候老人，又伺候孩子，真对不住你。等我忙过这次业务测试，无论再怎么忙，也要陪你去做全面检查。”李宇群充满愧疚地说。

赵玲所在的企业破产后，她便下了岗，已在家五年了。五年前，赵玲的母亲因车祸瘫痪在床不能自理，赵玲一天到晚就扑在这个家上。她早晨为李宇群和儿子做好早餐，再骑自行车八里路去伺候母亲，中午又赶回家给上中学的儿子做饭，天天如此。长久下来她也就无心再出去找活儿干。一家人上有老，下有小，就靠李宇群那点工资支撑着。她也想让李宇群托人给找份工作，可李宇群总说紧就紧点吧，你照顾着家我在外面工作可以安心。这几年每遇到身体不舒服她就随便吃点药应付过去，从不舍得去大医院看病。想到这，李宇群感到很难过，可眼下的工作，他又怎能一推不管呢？自从干了营业部主任，他已是五年没休过一天完整的假了。这营业部周六和周日下午，都要开两个柜收款，李宇群总要去看看才放心。家里大事小事也就全由妻子承担，妻子从无怨言，可自己从来没有关心过妻子的身体。赵玲怕影响他明天的工作，劝他不要多想，早点休息，到了次日清晨，赵玲强撑着起床做好了面条才喊李宇群起床吃饭。

一连二十几天，李宇群带领业务攻关小组，白天正常工作，晚上加班测试，次日再进行数据勾兑……这样日复一日地熬。这是营业部近年来工作最辛苦、最劳累、加班时间最长的一段日子。

大家天天加班加点，面对枯燥的数字、复杂的程序进行了反反复复的压力测试、数据移行和账务核对，几乎每天都加班到深夜两点。乏味而单调的工作，使李宇群和他的同事们都熬得一脸的困倦，体重也下降了，可大家都选择咬咬牙顶过去。有时疲惫得真想扔下一切美美地睡一大觉，可是一坐到工作台前又义无反顾地开始了艰难的新一天。经过二十几个日日夜夜的不懈努力，他们终于成功了，综合业务处理系统投产了。晚上，营业部的员工又好奇又紧张，交易——授权——成功——打印，人人瞪大了眼睛，仔仔细细地瞧着显示屏上的变化，结账平衡了！整个营业室欢呼起来，人们早已忘记了疲劳，相互祝贺着、拥抱着，痛痛快快地分享这快乐时刻。

这个夜晚，本应是李宇群人生中最快乐的一个晚上，钱融行长和市行业务部领导都来到营业室为他们祝贺，李宇群也由衷地感受到了一种事业的成就感。然而，正在这时，杜珂找到李宇群，悄悄将他拉到一旁，说："李主任，你儿子李歌已来了三次电话，刚才看到你正在汇报工作就没叫你。李歌说，嫂子躺在床上病得厉害，已是一天没有吃饭了，你快回家看看吧。"

李宇群听后，脑袋"嗡"的一下，他猛然想到什么，惊恐地站起身，向钱融和大家打了个招呼，又向杜珂交代了一下工作。钱融见他焦急的样子，问了情况，忙说："你立即回家，要沉住气，有什么事行里帮你解决。这里的事让杜珂安排吧。"说完，又叫来司机小刘送李宇群回家。

进了门，李宇群就直奔赵玲的床前，见床头柜上还放着一碗面条，儿子李歌坐在一旁。"赵玲，你咋样，快起来，咱们立即去医院。"李宇群说着就要上前去扶赵玲。

"你回来了。从昨天开始，我就突然感到胃部如针刺般疼痛，也不想吃饭，这会好点儿了。宇群，我这病已挺长时间了，老早我就有个预感，恐怕不好，看你忙就没对你说。今天很晚了，明天你若不忙，就和我去查一下吧。"赵玲慢慢地说着，"你还没吃饭吧，儿子刚刚给我下了面条，我一口也吃不下，你趁热吃了吧。"

李宇群看了看儿子，又看着那碗面条，鼻子一酸，竟忍不住掉下泪来："赵玲，是我对不住你，你病了这么长时间我也没陪你去查一下，我真是太粗心了。李歌你去学习吧，我来伺候你妈妈。"李宇群对儿子说着，起身整理了一下，又对儿子说："李歌，明天我陪你妈妈去看病，你自己买碗拉面吃吧。”

“爸爸，我没事，你就好好陪陪妈妈吧。”儿子很懂事地回书房做作业去了。

李宇群来到卧室，坐在沙发上愣愣地望着赵玲。

时针已指向十点钟，邻家的电视里正传来歌舞晚会的声音。

窗外，飘起了蒙蒙细雨。记不清这是今年的第几场秋雨了，李宇群只觉得寒意袭人。

“宇群，你也早点休息吧，这段时间你可没睡个囫囵觉啊。”赵玲望着李宇群关切地说道。

面对脸色蜡黄、病体孱弱的妻子，李宇群哪里还有心思睡觉，一种难以抑制的苦痛涌上了他的心窝。

“工作都忙好了？”赵玲问道。

“忙好了，测试比较顺利，在齐州市行我们是第一家，这里面也有你的功劳啊。钱融行长听说你病了，都要来看你。”李宇群说。

窗外，雨声沙沙，赵玲没有答话，一时使屋里更宁静了。李宇群端详着妻子，陷入了沉思中……

时光如流水，不知不觉已人到中年。

与妻子的初次见面如今想来并不遥远。

二十二年前，李宇群大学刚毕业分配到泰城支行，在山城储蓄所干储蓄员。那时他刚二十岁出头，是个风华正茂的小伙子。

那个秋天，也是这样的绵绵细雨中，储蓄所里并不忙。赵玲当时在泰城机械厂做出纳员，本来取了钱就往单位赶，偏偏下起雨来。所里的人都认识赵玲，对她说：“躲会儿雨再走吧。”赵玲站在柜台前焦急地望着迷蒙的天空，心中充满了不安和焦虑。

没想到，雨越下越大，对面店铺的房檐下挤满了躲雨的人。赵玲在柜台前来回地走着。这一切李宇群看得真真切切，感到了她焦急的心情。“您事儿急，先用我的伞吧。”李宇群走上前将一把黄色的折叠伞递给了赵玲。赵玲非常感激，又犹豫不决。李宇群猜透了她的心思：“你先用吧，我下班雨就不下了。”赵玲听闻脸上绽放出了温柔的微笑，这微笑，恰似春天的阳光，深深地打动了李宇群的心。

次日，晴空万里。雨后的小城，被洗涤得更加洁净，更加妩媚。

赵玲来送伞，正赶上储蓄所下班，于是两个青年人结伴而行。两人一路上谈了很多，从家庭、事业到理想，越谈越投缘。那天，李宇群也第一次单独邀请女生共进晚餐。从此，便开启了他们的恋情。

半年后，李宇群调到了营业部从事会计记账工作，他们接触更频繁了。后来，赵玲就成了李宇群的妻子。

雨仍在下着，李宇群也仍旧深陷回忆。

爱情应该是靠双方的付出，然而这么多年来，自己只有索取，真的是愧对赵玲、愧对这个家啊。在这个雨夜，这种痛苦不断地敲击着李宇群的心扉，让他不安，让他无法入睡……

第二天一大早，李宇群和赵玲在营业室小李、司机小刘陪同下来到泰城第一人民医院。入院进行了详细检查后，主治医生找到李宇群说：“情况很不乐观，做个活检吧。”直到下午，院主任把李宇群叫到了办公室。

“为什么不早一天来医院检查？病人的病情很严重，需立即手术。”院主任责备地说道，并将诊断书递给李宇群。

李宇群颤抖着，双手接过诊断书。诊断书上的一行小字将他震蒙了——胃癌，中晚期。

“主任，怎么会呢，你们是不是诊断错了？我妻子身体壮着呢，绝不会得这病，绝不会的！”李宇群几乎是歇斯底里地吼道，完全没了他往日的沉稳。司机小刘看到诊断书后也被这残酷的现实惊呆了，他深知这大半天的检查不会有错。

“主任，快去办住院手续，再检查一次吧，或许误诊了。”小刘强忍着痛苦劝说道。

但李宇群明白，现代化的医术又怎能误诊呢？苍天啊，你怎么这么不公，让一个好人受这种病痛的折磨。小刘扶着李宇群去为赵玲办了住院手续。下午，钱融、张军、鲍凯和梅霞及行里的同事得知后，纷纷要去医院探望。钱融对大家说：“病人需要一个好的治疗环境，特别是心理上不要给她太大的压力，人去多了会让她猜疑病情，大家还是先回去吧。”为了保守赵玲得病的秘密，钱融将大家一一劝走。

李宇群先回了行里，办理了权限卡的交接。可他身为营业部主任，又不能每天守在医院里，只好将赵玲的姐姐接过来照顾病人。

住院后第四天，赵玲做了手术。手术结束六个小时后，赵玲在李宇群的一声声呼唤中醒来。赵玲睁开她那双美丽的眼睛，看到了自己的爱人、家人及银行领导，她的嘴角露出了一丝浅浅笑意。然而，她下意识地动了动身体，看到了各种插管，瞬间心头一颤，眼泪止不住地夺眶而出。她痛苦地扭转头背向了大家。在场的人谁也没有说一句话，梅霞已开始低低啜泣。

李宇群在医院陪了三天，第四天交由赵玲的姐姐陪护，他又回行上班了。

赵玲住院期间，行领导和同事们不断到医院看望她，令李宇群深受感动。最困难的时候，是支行这个集体，是同事们和他的家人一起温暖着李宇群痛苦的心。赵玲的病情恢复得很好，半个月后便出院回家。然而，癌症的病灶却没有完全消除，赵玲开始了痛苦的定期化疗过程。

第十九章

这个秋天，天像漏了一样，秋雨在不经意间又缠缠绵绵地下了起来。泰城人叫这样的天气为“秋呱呱”。

路江晖完成外币存款任务的喜讯激起了肖珊的工作热情。刚上班，肖珊就找到钱融，要他帮忙到泰城中心小学找徐校长谈办理教育储蓄的事。徐校长正在听公开课，校办公室秘书打开了校长室的门，将他俩让进屋里，并沏了茶水。钱融是徐校长的老朋友，为了教育储蓄的事，他和肖珊已来过两次。肖珊也在校办公室秘书的帮助下在学校各班的家长会上散发了宣传单，向家长们做了介绍。徐校长的出面让各项工作进展得十分顺利。

“钱行长，你们的工作真到家，刚下课听说你们来了，我赶忙往回跑，照顾不周了。”徐校长提了雨伞急匆匆走进办公室，一边与钱融和肖珊握手，一边打着招呼。

“哪里，是我们打搅您了。”钱融诚恳地说道。

“肖主任，上次带来的申办表已有二百名学生填了，看来你的演说能力比较强，也是你的真诚打动了我们的学生家长。钱行长你们工行就是有人才啊。”徐校长说着拿起电话，叫办公室李主任将申办表送了过来。

肖珊认真地清点着申办表。钱融看了表由衷地感激老朋友的帮忙，说:“徐校长，这个周末可不要安排别的活动，我做东，答谢您的支持。”

“没什么，这教育储蓄可是利工行、利自己啊，谈不上谢。对了，我们学校几名年轻教师结婚要买房子，过段时间我还要上门为他们争取住房贷款呢。”徐校长说着，拿过一张教师的合影照片，“看，就是他们几个，都是学校的骨干，今年正送毕业班呢。”

“行啊，过几天让老师们去找我，不用您亲自出马。”钱融拿出几张名片递给徐校长，“这一周我都在家，我会帮大家办好的。”

“徐校长帮这么大的忙，我们还是要表示一下心意的。”肖珊已点完申办表，微笑着对徐校长说。

“肖珊你不用客气，谁还用不到谁，俗话说，一个好汉三个帮嘛，我可是讲究互惠互利的人，这不是已给你们行长提出难题了吗。”徐校长说完，爽朗地笑了起来。

正谈论着，钱融的手机急促地响了起来。钱融接完电话，神情冷峻，脸色也变得凝重起来。“谁的电话？”肖珊见状忙问。“是梅霞的。”钱融说。

“怎么了？”徐校长问道。

“张军行长的父亲回家时在楼梯上跌倒了，住进了医院。这个月来，支行总支把处置那笔大额不良贷款的任务全权托付给了张军，为了那笔不良贷款，张军行长和市行行长已是十多次跑省行了。他们常常是半夜才赶回，第二天整理好资料接着又去汇报。”钱融看了肖珊一眼，“都清点好了吗？”

“只等明天开存折了。”肖珊麻利地收好申办表。

“那好，徐校长，今天我们就不多叙了，改日我们再来请您。肖珊，我们一块儿去医院吧。”说完，他们与徐校长告别，乘车向泰城第一人民医院赶去。

钱融和肖珊赶到医院时，梅霞、孔云飞和营业部的几名同事及张军的亲人们都围在床前。病床上，老人已入睡，正打着点滴。

“怎么样了？”钱融焦急地问。

“平稳了，不过听大夫说，恐怕会留下后遗症，将来很难走路了。”梅霞低声对钱融说道。

钱融忙走到病床前，张军的妻子见了钱融，眼里含着泪，说：“我给张军打电话，也打不通，他早晨六点钟就出了家门，说要去省城，这会儿家里有了事，也没法联系他。”钱融安慰她说：“嫂子，不要着急，来了医院一切都会好的，你打电话时他可能在开会，我刚和张行长通了电话，他说晚上就赶回来。”安慰了张军的妻子，钱融又拉住张军母亲的手，说：“大姨，您老可要保重啊。”

张军的母亲已七十七岁，头发花白，身子还算硬朗，看了一眼病床上的老伴儿，说：“你们工作那么忙，我们这些年老的总让你们分心，真是老不中用了。”说完，竟抽泣起来。肖珊见大姨抽泣，也忍不住暗暗落泪。

“大姨、嫂子，最近行里忙，张行长没时间照顾家，是我们对不住老人啊。你们要沉住气，这里的一切有我们呢。”钱融叫过孔云飞说：“云飞，大家不要都聚在这里，这几天医院怕是离不开人，张行长事情多，晚上找个男同志替他来值班吧。”

“行，钱行长要不你们先回去吧。”云飞说。

“这怎么行，钱行长，我们已经够麻烦你们了。”张军的姐姐泪眼婆娑地说。

“大姐，听我的安排吧。况且姐夫的母亲还在病床上需要照顾，等老人病情平稳了再说吧。”

钱融见已过了中午十二点，忙让孔云飞为陪护人员去买饭，自己和肖珊才回行里去了。

秋雨依旧，让人感到了深深的寒意。

下午，雨已渐歇，天空还似雾一般。钱融刚到办公室，门卫来电话说他父亲来了。钱融来到门卫室，见到父亲说：“怎么没打个招呼，自己就来了？”

“我也没啥事，听你妹妹说有存款任务，我把家里的存折凑了凑都在这，给她顶点任务吧。”父亲说着从衣服口袋里掏出一个用手绢包的小包裹，解开来里面是一叠百元钞票和一张定期存折。父亲双眼的视力已是很弱，他拿到眼前看了看，递给了钱融。

“你们这么大年纪了，就不用再去操心了，天不好您还自己往这跑。”钱融接过存折埋怨着父亲不该在这雨天里为存款的事跑这么远的路。他深知父亲的腿不好，眼疾也不见好转，自己工作忙起来又没时间陪父亲去检查，令他深感愧疚。

这时孔云飞走了进来，打招呼，并让门卫保安倒了杯热水递给了钱融父亲。

“小孔，不麻烦了，存过钱我就回家了，抽空到家里玩。”钱融的父亲接过水杯说。

“云飞你来得正好，这张存折是父亲在老家存的，已到期，你一块儿提出来，再和这五千元一块儿存上，帮小芳一把。”钱融将存单和现金及父亲的身份证给了孔云飞。其实，钱芳作为前台柜员并没有存款任务，只是她在家时随便说了一句，老人却记在了心里。

“行，我这就去办。钱行长这可真应了那句‘一人干银行，全家都帮忙’啊，为了咱这存款任务连七十岁的老父亲都上阵了。”孔云飞说完忙去办理存款的事了。

不一会儿，孔云飞回来，将存单交给钱融的父亲，并叫来司机要送他回家。老人家说啥也不让，钱融只好将他送到了汽车站，默默地将他送上了车。直到车缓缓地离站，钱融还站在那里，阴冷潮湿的天气，令钱融感到一种莫名的心烦。

送走父亲，钱融要去参加老行长的生日宴会。从前年起，支行开始为离退休老同志过生日。办公室对老同志的生日做了认真登记，生日这天会为老人送去生日蛋糕和鲜花，表示祝福。钱融想，他来泰城干一把手，还没有和老行长吃过一次饭，今天赶上做寿，正好去汇报一下自己的工作，也可以和孙德明进一步交流沟通。下班后，他去了超市买了两瓶老师爱喝的好酒，直接去了酒店。

老行长的生日宴安排在了泰城大酒店，参加的主要是家人和亲戚。钱融成了孙家的嘉宾，老行长见了他格外高兴。宴席开始前，钱融向老师聊了回来后的工作和生活，谈到德明，钱融流露出些许歉意。老行长说：“钱融，不用说了，你的情况我都了解，小明的事，是我这当老师的对不起你，我已狠狠地批评了他，他的姐姐也找他谈了话，还好他思想总算有了转变。”

钱融说：“老师，金无足赤，人无完人，谁还不犯个错。”

正说着，孙德明过来向钱融敬茶。钱融客气地站了起来，说了声谢谢。孙德明一边给钱融续茶，一边说:“对不起行长，我一定好好表现，绝不让你们失望。”对孙德明的点滴变化，钱融暗暗替老师高兴。

第二十章

张军回到泰城时已是晚上八点钟。钱融怕他心急，远在二百公里之外，也不是一时半会儿能赶回的，便没在电话里说他父亲住院的事。

一到泰城，张军就拨通了钱融的手机，才知道父亲已住院，便直接去了医院。

病房里静悄悄的，张军的姐姐坐在病床前，孔云飞站在一边。张军来到床前，见父亲已醒来，忙急切地问："爸，您不要紧吧？"

老人的嘴角在动，却说不出话，眼里含了泪，眼睛直直地注视着张军。"爸，您这是怎么了？"望着父亲的表情，张军的胸中像堵了团棉花，胸口一阵发闷。父亲从厂里退下来后身体一直很好，虽年过七旬，却很少要人照顾。老人在泰城建汽车城的梦想一天也未放下过。刚落实政策那会儿，他几乎每天都偷偷地跑回厂里看自己的设计规划是否还有人在做。然而，时过境迁，当他听说汽车厂已关门，上千名职工下岗时，他最后一次回到他朝夕相伴的工厂，一个人孤独地蹲在工厂不远处的小山上，远远地望着冷冷清清的企业，老泪纵横。回到家，他一连五天吃不下饭，也不再出门，每天只是对着那些规划图发呆。张军的老母亲最理解他的心思，想着法子让他走出家门。一年后，有家私营企业老总找到他，说要合作研究开发生产汽车，曾经使他的梦想再一次燃烧起来。但由于不在国家支持序列，资金难落实，他苦心经营半年多被迫搁浅，这也成了他一生的心病。小时，祖父为他取名志业，就是期望他将来立志做一番事业，没想到壮志未酬。尽管如此，复兴泰城汽车工业的梦想他始终没有放弃。他坚持每天去公园晨练，还时常问张军，银行有没有支持汽车发展的新政策，这成了他的生命支柱。怎么这一病就突然不能说话了呢？

面对这突如其来的变故，张军强忍痛苦，极力让自己镇静下来，来到孔云飞面前，说："云飞，你先回去，今晚我陪老父亲，行里还有很多事。"孔云飞想让张军回家休息一晚，他最清楚处理那笔不良贷款的艰难，仅他和钱融行长、张军副行长、钱进在一起整理材料就已花了几天几夜。张军说："老人这样子，我回家也睡不着，就让我在这里吧。"孔云飞只好离开了医院。

张军送走了孔云飞，整理了一下父亲的床铺，让家人也都回了家。尽管经历了一天的奔波，他感到十分疲惫，真想倒头睡上一觉，但看到病床上的父亲，却一点睡意也没有了。他坐到床前的凳子上，就那么痴痴地望着入睡的父亲。父亲是多么不容易啊，刚要享一下清福，却病了。

在泰城没有不认识张军的父亲张志业的。他不仅在泰城是名人，也是齐州市最有名气的企业家。

泰城不仅是陶硫、煤炭之乡，机械制造业也十分发达，机电、泵业一直处在全国的前列。二十世纪八十年代初期，张志业任泰城汽车厂的厂长。他凭借着对家乡的赤诚，以及对发展家乡汽车工业的独到见解和远见卓识，在全省最早走出了与高等院校联合的发展之路，从早期生产普通客货车、挂车到开始生产双层客车。他主持设计投产的双层大客车，一经下线就投向了上海、广州市场，此后全国各地订单应接不暇。那年，他们还新上了一条生产线，市委市政府在泰城召开了隆重的庆功大会，张志业被评为全国劳动模范。对于这一切他看得很淡，他深知，中国汽车工业要腾飞，与美国、日本、德国相比还有较大的差距。在荣誉面前，他又陷入了沉思。他经过反复论证，果断地提出了在泰城建设汽车城的整体规划，并将清华大学的教授请到了泰城，走联合开发之路。他找到了市长谈征地建厂的发展规划，同时在厂内从人事机构到分配机制进行了一系列改革。刚刚开始起步的中国汽车工业，方方面面都还那么脆弱，改革必然触及人们的利益再分配，就在他的企业红红火火，即将大干一场时，有些人开始不间断地写信告他贪污腐败。很快检察院进入汽车厂，张志业停职待查。当他的合作人得知后，合作项目被迫中断。张志业急了，这位老党员怀着对党的赤诚，向组织保证说："我若有问题可以查办，但在泰城发展汽车工业没有问题，若贻误时机，我们就是对人民的犯罪。"可无论他怎样争辩，都无法动摇那些整他的人。一个月过去了，没有结果，两个月过去了无音信。大学撤掉了技术，银行也开始对项目投资产生怀疑，继而停止投资。整个技术投向了北方汽车厂。最后，因为不知从哪里弄出来 700 元的贪污"罪证"，张志业被撤了职，一个企业家就这样倒了下去。一个汽车厂在风雨飘摇中蹒跚地向前行进着，厂里生产的还是挂车和货车，但逐渐被市场所淘汰。5 年后，一个新型客车、轿车生产企业在北方汽车厂发展壮大起来，而泰城的厂子就这样没落了。这不仅是一个企业垮掉了，整个泰城的经济也受到了严重的影响，至今还有上千万元的银行贷款无法归还。

望着病床上的父亲，一种莫大的悲哀袭上张军心头。要再造一个汽车城已成为天方夜谭，机遇一旦错过就永远不会再来，剩下的只能加倍去盘活这块资产。然而，一想到那破烂的厂房、上千名下岗工人和已闲置多年的机器设备，张军感到了从未有过的压力。没想到父亲汽车城的梦想能和自己的业务紧紧地拴在了一起。在泰城，不仅是汽车厂，机电行业、陶瓷行业、军工等企业的调整任务也比较重，仍有上亿元的不良资产等待盘活、剥离，唯有如此，才能实现金融增长方式和经营模式的根本转变。

父亲还在睡梦中，窗外天色已微明。病房外的走廊上传来嘈杂的脚步声，崭新的一天又开始了。

清晨，有着多年晨练习惯的孙德明正在凤凰山下的湖畔跑步，突然，传来一阵“有人落水了，快救人”的呼救声。孙德明看到湖中有个少年正拼命地向上仰着脖子，两手胡乱打着水，“救命”还没喊出口就迅速地往下沉去。人命关天，救人要紧，孙德明飞速地跑到岸边，来不及脱去运动衣，便纵身跳入湖中，迅速游过去，牢牢地抓住少年。深秋的湖水，冰凉刺骨，孙德明托着少年奋力地向岸边游，由于他穿着运动衣阻力较大，孙德明连冻带累，感到手脚渐渐不听使唤，一连呛了几口水。他咬紧牙关，坚持，再坚持，用力地将少年往岸上推。此时，晨练的人们向这边涌来，有人找来长木棍帮忙，最终少年得救了。看到少年被救上岸，他再也没了力气，身体渐渐下沉。幸亏围观的人们手牵起手，把筋疲力尽的他拖上了岸。

当人们在议论着救人的事时，孙德明已悄悄地离开。一时间，勇士奋不顾身勇救落水少年的事迹传开了。当被救少年的父母拿了一面“舍己救人，品德高尚”的锦旗和电视台记者来到银行时，钱融才知道早晨救人的英雄竟是支行的员工。记者现场采访孙德明，他淡淡地说：“也没什么，我会水，再说谁遇上都会出手相救的。”当天晚上，泰城区电视台、区日报都报道了他的事迹。第二天，齐州市电视台、《齐州日报》也报道了他的事迹。

对于他的这种义举，齐州市行授予他“舍己救人好员工”的荣誉称号，并在全市组织开展“向孙德明同志学习”的活动。

第二十一章

转眼间，冬天的脚步近了。

宿舍区的取暖着实让钱融头疼，炭价由去年的每吨300元猛涨到500元，整个宿舍区，老老少少近300户，共两万多平方米。钱融算了下账，按政府取暖价收费用全收齐了，支行还要补贴近20万元。费用不说，偏偏锅炉又坏了几根炉条，真是雪上加霜。

这几天，钱融和鲍凯、梅霞去区里找到热力公司孙经理，要把宿舍区纳入区里供热网。

中午时分，钱融邀请孙经理及几个副经理来到宿舍区。

“孙经理，今冬我这几百户人家可要靠你温暖了。”飕飕的冷风里，钱融笑着对孙经理说道。

孙经理看了宿舍区的布局，让技术员测算供气量的情况。

“钱行长，你们的员工真幸福啊，小区不仅环境优雅，距城近，附近又只有你们一家，真是块风水宝地啊。”孙经理走在小区内灰砖铺成的通道上，不无羡慕地说。通道两旁是整齐的冬青，进了小区正对着的是一个广场，内有灯光篮球场、羽毛球场。小区居民楼前是翠绿的草坪，草坪后面的假山、凉亭和鱼池错落有致，鱼池前是一个圆圆的花圃，种植的全是牡丹花，名“牡丹园”，取工行牡丹卡之意。外人来到小区，简直像进了一座小公园。

“孙经理，经实地测算，目前我们公司增加的供热量还不能完全供应这片小区。”技术员经过半小时的实地勘察与测算后对孙经理汇报了结果。钱融听后感到一种莫大的失望。

“不瞒你说，今冬还真的要你们帮忙，我们的锅炉已修过多次，怕是不能再用了。我们小区的管理也正走向物业化，可最难的是取暖，若不是集体供暖，人家物业公司是不愿接手的，无论如何你们都要想想办法。”钱融长长地叹了口气说道。

“钱行长，你们的心情我能理解，可是技术上的事若热力达不到，即使接上，温度也不够，只能招来员工的骂。今年你们就自力更生，等明年我们公司扩容后再说吧。”孙经理向钱融解释后便离开了宿舍区。

下午一上班，钱融召集了总支会，谈了取暖问题，说：“今年我们的锅炉要继续烧，收了取暖费后，缺口要在20万元左右。缺口只有行里自筹，无论多难，也决不能让大家挨冻。尤其是离退休同志，每天都在家里，更要为他们创造一个温暖舒适的环境，不能让大家对我们这届班子失望。”

对钱融的提议，大家都赞成。鲍凯分管这项工作，又谈了具体的意见，并表态及早筹备，供暖期到来之前一定做好准备。

会后，鲍凯和梅霞便分头联系进炭和找锅炉工的事，很快便将冬季取暖的事落实了下来。

晚上七点钟，天已擦黑。钱融走出办公室，去超市买了棵大白菜，匆匆往家赶。

宿舍区里，由于物业的事尚未谈妥，几处路灯已坏，道路幽幽暗暗。家家户户都围坐在电视前，正欢欢乐乐地享受生活。钱融想着，要尽快引进物业，把宿舍区整理得敞敞亮亮的，让员工有个好的生活环境，安家才能乐业嘛。钱融穿过了大门，向自家的楼洞走去，忽然，他发现楼前影影绰绰地站着一个陌生人，楼前路边还停着一辆红色夏利出租车。那人穿米黄色风衣，戴着副宽大墨镜，像个熊猫一样。那人看见钱融走来，用左手向上推了下眼镜，然后鬼鬼祟祟地掏出手机说了几句话，便扭头一溜小跑地离开了。钱融警觉起来，这个人自己并不认识，可分明是冲着自己来的，他要干什么？脑海里刚闪过这个念头，便见夏利车里走出两个人，每人手中都拿了一截用报纸裹着的短棒，冲着钱融走来。

钱融站下喝道："你们要干什么？"

这时，钱融看清了两人拿的是铁棒，因为棒的一头还露着一截。他马上意识到遇到坏人了。他有生以来第一次遇上这种事，院里并无人经过，他只好强作镇定，想着对策。可来人并不搭话，举了短棒便打过来。

"住手，我和你们无冤无仇，有话请说到明处。"钱融迅速地躲向右边的开阔处，尽量和坏人拖延时间。好汉不吃眼前亏，他知道在宿舍区，一会儿就会有人来。

"有人和你有仇，我们拿了钱，为人做事。"两人不容钱融辩解，径直向钱融打来。

钱融想着不能和他们纠缠，大呼："来人，有坏人。"

呼救声划破了宿舍区的夜空，有人向这边跑来。但其中一人的短棒已恶狠狠地打了过来。钱融用力托起手中的大白菜抵挡，短棒打在大白菜上，将白菜打得碎烂，顺势落到了钱融的左腿上，钱融“哎呀”喊了一声。这时，一辆小车开着大灯正从门外驶来，借着灯光，钱融瞟了一眼夏利车的牌号。看到来人了，那两人跑向夏利车，钻进车一溜烟消失了。钱融站起身，活动了下腿，他的裤子已被划破，鲜血染红了裤子，但幸好仅受了点皮肉伤。他拿出一条手绢擦着血。一会儿，跑来几位同事，去搀扶钱融，并问伤得重吗，是否去医院看一下。钱融第一次在同事面前眼里含了泪，幸好天黑，别人都看不清他脸上的表情。他被同事们的关爱所感动，说：“没事，大家都回吧，是两个劫财的坏小子。”

钱融回家后，先去了书房。换下裤子，从急救包里取出一条绷带，在伤口上敷了白药，缠好后才走出书房。孙莉正在看电视，电视声音开得大，所以并没听到刚才楼下发生的一切。恐她害怕，钱融没有告诉她，吃过饭说明天有个会要赶写个材料，让孙莉先睡。来到书房，想着刚才的事，钱融还心有余悸。来人明说是替人解恨的，可自己从来没有和谁有过节啊，更不会得罪社会上的人，唯一的可能就是行里改革的事。这工作上的事也难说，泰城支行几十年的平静，让他们这一届班子给打破了，十个指头还不一样齐，有人有怨恨也就难免。不过，看得出来，他们只是想解解气，并不想把事情闹大了。由此，钱融想到，幕后那人肯定是行里的无疑。他忽然想起前段时间，孙莉说接到过陌生人的恐吓电话和向他屋里扔砖头的事，前前后后这么一想，钱融总算理出了个头绪来，这肯定是一人所为。真是明枪易躲，暗箭难防啊。他这是得罪了谁？为了工作，受这些罪，钱融又是一夜无眠。

第二天，钱融见伤口并无大碍，就去了行里。张军、鲍凯和梅霞知道了他受伤的事，都去办公室看他。“我去报警，还没王法了，一定要把坏人抓出来，绳之以法。”张军以他那特有的大嗓门儿，愤愤地说道。

“没事，我不是好好的吗？也不要那么紧张，有人就是想把水搅浑，唯恐天下不乱，不要理他。我们有那么多的事要做，可不能被这事干扰，大家都去工作吧。”钱融淡淡地说。他不想把事情搞大，那人肯定也怕了，自古以来邪不压正，再说冤冤相报何时了。真若是把幕后指使者找出来、送进监狱，对他、对支行、对幕后的人都不是件好事。何况若真是抓出来，没准儿就毁了一个家庭。

大家见钱融这么说，也就没再深究。梅霞却不走，说：“我知道，遇上这事，你的心里肯定不好受。既然遇上了，心就放宽些。还有，萍萍放学我叫营业部小赵接孩子时顺便照顾一下，他们是一个班的。即使坏人不会再有动作，但害人之心不可有，防人之心不可无啊。你尽管放心。”梅霞转身刚想离开，似乎又想到了什么，转头说：“你看清那辆车的车牌号了吗？咱不去追究他，可咱要清楚是咋回事啊。”

梅霞的话让钱融感到了莫大的宽慰，每句话也都说在了他的心上。钱融知道梅霞干办公室主任时间长，和区公安局刑警大队特别熟悉，这件事，若一旦去追查，相信很快就会有个结果。于是，钱融说了那辆车的车牌号，并嘱咐梅霞千万保密，不要让第三个人知道，“尤其要告诉公安局，咱不再追究了。被狗咬了，没必要再回敬一口啊。再说，冤冤相报何时了。干工作没有不得罪人的，不得罪个别人就会对不住大家。”钱融停顿了一下又说道："梅霞，恩格斯说马克思也许有很多敌人，但没有一个私敌。我不是以马克思自比，我还没有那么伟大，但我完全有这个自信，我也没有一个私敌。"

梅霞说："像你这样干工作的人不多了。你太善良了，人家都动手了，你还护着。按说，你这伤已构成轻伤，逮住那坏人，够判刑的了。"

第二十二章

十一月中旬，肖珊的储蓄所传来喜讯，储蓄存款余额突破五亿元，在全区金融系统成了名副其实的领头羊。这个消息让泰城支行的全体员工都振奋起来，也让钱融把最近的烦心事给抛到了脑后。一时，肖珊也成为人们议论的中心。

上午上班前，钱融、张军、梅霞和孔云飞便为肖珊他们送来了鲜花以表祝贺。头天晚上，肖珊便带领所里其他员工对储蓄所进行了精心装扮，柜台前摆了鲜花，厅里挂了火红的灯笼，像新房一样漂亮、喜庆。

“肖珊，我代表支行总支，向你们所取得存款余额突破五亿元的佳绩表示祝贺，对你们付出的辛勤劳动表示衷心的感谢。”钱融进了所门便握着前来迎接的肖珊的手，热情地祝贺道。

“感谢领导的关爱，我们所能取得这样的成绩，是行领导的指导和全行员工共同努力的结果，真诚地欢迎各位领导再次给予指导。”肖珊说完带头鼓掌，柜台里面的储蓄员们也都站起来鼓掌欢迎。

“肖珊，这是行里对你们的奖励，到时候请客可别忘了我啊。”梅霞说着将一个红包递给了肖珊，同时，孔云飞将一大束鲜花送进了肖珊的怀里。

肖珊接过红包和鲜花，掩饰不住内心的喜悦，微笑着说："一定，一定，我还要我们的梅大姐和孔大主任做主副陪呢。"

钱融看到肖珊能有今天这样的成绩也由衷地为她高兴。他走到肖珊面前，笑笑说："肖珊，还要告诉你一个好消息，支行上报你们所改造为贵宾理财中心的请示通过了，很快就开始对现有的柜台按省行统一标准进行改造，建成泰城第一个贵宾理财中心。今后个人消费信贷、银行卡业务都并入你们所。那时，你们将是泰城真正一流的名牌网点。"

这时，客户陆陆续续走进储蓄所，肖珊热情地同他们打着招呼，有的看上去与肖珊早已是老熟人了。

张军望着他的部下这种热情周到的服务，笑着对钱融他们说："咱们走吧，肖珊同志一旦投入工作，就忘记了身边的同志，咱可别耽误她的正事啊。"

肖珊忙转回头，微红着脸说："看行长说的，你们还没给我们所提意见呢。"

"肖珊，好好干吧，马上就开始对你们所装修改造，集中突击，到年底还要看你们登上全省领奖台呢。"张军说完和钱融他们走出了储蓄所。送走行领导，肖珊便即刻投入工作之中。

一周后，储蓄所装修开始了。为不影响第二天对外营业，头一天下午下班后，他们已将现金柜台和防弹玻璃拆卸，又连夜由工程人员将防弹玻璃安装到储蓄所南边的一个角上。肖珊带领大家在办公室科技人员指挥下顺利地完成了各柜员机器的迁移。

晚上，工程队便进入储蓄所开始了紧张的装修。因是短期工程，资料柜留在了储蓄所内，夜里就需要所里留人值班。肖珊让大伙都回家休息，自己夜间值班。“主任，你值夜班不方便，还是我来吧，反正我回家也没事。”路江晖想到这段时间，肖珊为了所里的事天天忙碌，不忍心再让她值班，争着要留下。

“江晖，没事，这几天钱进正好不忙，一会儿他来陪我，你就放心吧。”肖珊心存感激地说，心想，同事们对自己这么理解，工作的事就更不能推给大家。肖珊接着对路江晖说：“走吧，这段时间大家都挺辛苦的，要值班你就过几天来替我。”

“主任，你对属下可真好啊。”正在施工的人员见他们争着留下值班，很受感动。

这时，后门传来门铃声，原来是钱进送饭来了。钱进提着饭盒跟随肖珊来到储蓄所一角，肖珊接过饭盒打开来，一股诱人的饭菜香味扑面而来。肖珊深吸一口气，脸上顿时乐开了花。“啊，真香，一块吃吧。”

“这是你最爱吃的芹菜炒肉。”钱进见肖珊似个孩子，忍不住乐了起来。

“可今天你做的就是更香嘛。”肖珊娇嗔地说。

“是你过了吃饭时间饿的，快吃吧。”钱进为肖珊沏了杯茶，端到肖珊跟前，说：“肖珊，其实在咱们泰城，芹菜炒肉是百吃不厌，既是百姓家常菜，也是婚宴中‘油客席’上的菜品之一。”

肖珊望着钱进，笑笑说：“这我知道，饮食是生活中重要的一部分，可泰城的菜无论怎样著名，都没有你做的香。你这菜肴不仅有色、香、味，还有情在里面，对吧？”

“你不仅是诗人，还是位哲学家，从物质到了精神。可精神满足不了胃口，还是先填饱肚子再去讨论你的黑格尔吧。”钱进将一个散发着香气的热馒头递给了肖珊。

肖珊也不顾往日的矜持，大口大口地吃了起来。芹菜炒肉是用甜面酱炒的，肖珊只顾吃，腮上沾了点酱汤，恰似一颗痣点在了肖珊那洁白如玉的腮际。钱进正喝着茶，抬头看了“噗”的一笑，将茶水全喷了出来。“老婆啊，你是真饿了。”说完，他拿出一面背面镶了梅花的精致圆镜子，在肖珊眼前晃了晃。肖珊夺过镜子照了照，满脸通红，忙扯了手绢去擦拭，手中的馒头却未放下，手绢馒头便一起擦上了脸，钱进乐得歪进了沙发里。

营业室里，不时响着叮叮当当的锤子、凿子声，混杂着电锯声和施工人员拖动材料的嘈杂声。在这混合交响中，钱进坐在肖珊对面，专注地欣赏着她的晚餐时光。

吃完后肖珊和钱进只能坐在沙发上小憩一会儿。为确保进度，施工队分了两个班，下半夜的人员已将头班替换了下去。

时钟已过了凌晨两点，为了储蓄所装修，让自己亲爱的人来陪着值班，肖珊心里很不好受。此时，她已全无睡意，对钱进说：“为我们所，让你委屈在这噪声轰鸣中的沙发里，真是‘深夜储蓄所，到处乱糟糟’。”

钱进伸了伸腿，抬高嗓音，大声地对肖珊说：“这算什么委屈啊，圣人说得好，要成就事业‘必先劳其筋骨，饿其体肤’。我的主任太太，我也要练啊。再说，我们这也是在聆听工人师傅的劳动交响曲，算是一次难得的生活体验嘛。为了老婆，做啥我都乐意。”

肖珊深知钱进的乐天派性格，无论遇到怎样的困难，他从不畏难退缩，更不会去怨天尤人，而总是乐观、勇敢地去面对。正是他的这种品格，使肖珊深深地爱上了钱进，并坚信自己的一生交给了一位可托付的真汉子。肖珊虽然带着几分疲惫，却满含深情地说：“钱进，我们这一代工行人，不敢说能为工行成就什么，但是赶上了国有商业银行股份制改革这轰轰烈烈的大潮。虽然我们做不了大事，但在这样的历史时期总能做一些基础性工作吧。”他们每天都忙于各自的工作，已是很久没有这样交谈了，钱进听着肖珊的感慨默默地点着头。肖珊用手轻轻地抚摩着自己的腹部，脸上浮出一丝甜蜜的笑意，说：“等咱这孩子落了地，对孩子说起咱们这些曾经的岁月，也会很骄傲的。”

说到这里，肖珊的声音变得非常温柔，使钱进从心底里涌起了一阵阵难以遏制的亢奋情绪。钱进猛然站起来，双手拥着肖珊，兴奋地说：“珊珊，咱有孩子了？我要做爸爸了！从明天起，我来替你值班，你是咱家的大熊猫了。”钱进只顾着高兴，把肖珊的胳膊都弄疼了。肖珊也不怪钱进不知情——他天天靠在行里忙碌，又怎能看出肖珊这微妙的变化呢？

肖珊幸福地说：“看你那么忙，我就没告诉你。你看咱这还在腹中的孩子也知道咱工商银行要股改上市，知道母亲工作忙，懂得疼妈妈，一直没有反应。只是我这段时间吃得更多了，也特别爱吃水果。上周我去医院咨询了张护士长，她说有的孩子就是不那么反应。我又做了胎位检查，一切正常。”

钱进重新坐回到沙发上，两手支着下颌，眼睛一眨不眨地凝视着肖珊。一种特别的幸福感包围了钱进。

寒夜不能降低两个青年人的激情，他们胸中揣着一团熊熊燃烧的火焰。肖珊用最温情的眼神望着钱进，将一本《徐志摩诗集》递了过去，钱进接过诗集读了起来。

下半夜，暖气早已没了热度，肖珊将长长的鸭绒衣盖在了钱进的身上，一股熟悉的芬芳扑面而至。“你盖吧，我不冷。你可一定要保暖，你是两个人啊。”钱进为肖珊的体贴入微所感动。“我穿了毛衣，这里还有件外套。”肖珊说着取过外套搭在了自己身上。

窗外，一阵阵遒劲的寒风呼啸着吹过树梢。屋子里这一对年轻人正进入短暂而甜美的梦乡。

银行的装修持续了半个月。其间，路江晖值了五天班，钱进则替肖珊值了十天班。很快装修工程通过了验收。装修后，按总行的统一标准，整个大厅增加了理财区、大客户区和现金区。装修风格庄重、大方，无不体现了客户至上的温馨理念。泰城金融系统第一个集个人贷款、信用卡、结算、储蓄于一体的一流贵宾理财中心诞生了。

两周前，支行考虑储蓄所功能的提升，通过全行竞聘方式，增加了两名客户经理。支行原来的四名个人贷款员和两名信用卡专管员并入了贵宾理财中心，孙德明竞聘了住房信贷客户经理，贵宾理财中心员工人数由原来的八人增加到了十六人。

孙德明竞聘的事，当时行里的意见不统一，会上讨论到凌晨两点也无果，一时让钱融犯了愁：一是近段时间来，孙德明实实在在有了大的进步，考试成绩也在前头；二是毕竟是老师的儿子，他曾当了老师的面说下大话，要帮帮德明。再说，又不是中层岗位，就只是个普通的客户经理岗。于是，钱融进行冷处理，说，这个岗暂放一放，另议。第二天，他私下里个别征求意见。交谈中他感到了压力，仍有不少人持不同意见。钱融想，就孙德明过去的表现，干客户经理是不合适，但一个人不是一成不变的，这个不行，那个考察，目前人员没有新人，搞“三定”改革的目的就是要盘活人力资源。第二次会上，钱融先谈了自己的看法，说:“昨天，我都分别征求了大家的意见，还有一人意见不统一，但由于时间关系，在这里就不再讨论，就这么定下了。”钱融说完这话，梅霞见张军抬起头想说什么，却什么也没说，就微微地低下了头。鲍凯则干脆将头扭向了窗外，仿佛那个有不同意见的就是自己。梅霞在心里暗笑，她忽然想起那个故事:从前，三人进京赶考，行前找一老和尚抽签问前程。老和尚掐指神算后，伸出了一个指头。三人考试结束，都来谢恩，皆言极准。其实，一个指头恰好含了所有结果——一个考不上，一个考上，一个都考不上，一个都不落榜。梅霞嘴角上浮起一丝笑意，钱融看在眼里，端起水杯，咳嗽一声，梅霞会意地点了点头。

装修后重新开业的前一天，路江晖对肖珊说:“主任，泰城的门头开业都兴看日子，咱也去看一个。”

当时钱进正好在场，没等肖珊表态，便抢过话头说:“在泰城开业和搬家一个样，不用找别人看，我小时候就听父亲常说‘正五九月不宜东，二六十月北方空，三七十一西方难，四八十二南方凶’。咱这是北房，现在是九月，要想走，这月随便挑个三、六、九的日子放串满地红就开张。”

肖珊说:“这回就听你的，到时候来给我助威。”

择日，在市行欧行长、工会储主任、钱融行长、张军副行长和梅霞主任的祝贺声中，在六大串满地红的爆响中，泰城第一个贵宾理财中心红红火火地开张了。仪式结束，钱融站在台阶下，大声对云飞喊，叫领导下台照相。梅霞在他身旁憋不住要笑，轻轻地捏了他的胳膊一下，温情脉脉地说，大行长，不是叫领导下台，是叫领导到前排来照相。在嘻嘻哈哈的笑声中，云飞为他们留下了全家福。

鞭炮声还没落停，就见三个小伙子肩扛三个沉甸甸的袋子走了进来。其中一位来到柜台前，放下袋子，用试探的口气问：“早就听说你们的服务在泰城最好，俺这三袋子零破钱，你们收吗？”

肖珊已明白他们的来意，说：“当然可以。”

闻此言，三人脸上同时露出了笑容：“真是百闻不如一见啊，您就是肖珊主任吧，我们可是慕名而来的。”肖珊把名片递给了几人。原来，这几位是做日用百货生意的，属于小本经营，这几年收的零钱多，又一直没有兑换，攒来攒去弄了三大袋子，再去换人家又都推。今天，见肖珊他们新开张，便慕名而来。肖珊和路江晖帮着抬进柜台，倒出来一看，大家都愕然了。只见零钱又脏又破，有的甚至已发霉，气味难闻。这一幕，钱融、张军和梅霞看得一清二楚。为了让客户放心，张军立即调集人员过来帮忙清点，直到下班才清点完。就在他们清点时，三位客户非常感动，一人还去了区电视台，叫来记者为肖珊他们录了像。当收起两万元存单时，他们激动地说：“你们辛苦了，谢谢！”第二天，泰城区电视台、报纸相继报道了他们的事迹，在泰城引起了强烈反响。

从此，储蓄所的业务又掀开了崭新的一页。

第二十三章

霜降这天，格外寒冷，滴水成冰，阴风大作。

钱融正在省城开会，会议期间，他关闭了手机，午饭时收到孙莉的电话说，姥姥去世了。他知道姥姥的病挺重，却没有想到会这么快。一下子，钱融竟蒙在那里，像掉进了冰窖，心比这天气还寒冷。

按照会议日程，晚上才能到家，钱融向领导说明原委，便匆忙返回。

赶到家已是下午，灵堂设在厅房，大舅坐在灵前，不停地烧着冥纸。几个表哥跪在灵前，每当有人来祭拜，便冲来人磕头。钱融跪下去磕头，未及起身，泪水早已涌出。他心如刀绞却又欲哭无声，脸上弥漫着无尽的痛苦和悔恨。因工作的忙碌，姥姥生命中的最后一个生日他没有去，姥姥病重他没有去，现在最后一面也未能见到。这时，已哭哑了嗓子的母亲带着孙莉和肖珊来拉钱融。钱融双眼紧闭，将头扭向一边，说："你们去吧，让我单独在这待一会儿。"望着姥姥的遗像，那慈祥的笑容在他眼前，他的内心狂潮一般地翻腾着。

钱融打小在姥姥家长大，姥姥的一言一行都影响着钱融的成长，也使钱融对姥姥的爱和其他亲人相比来得更加亲近。

钱融常听母亲说，他年幼时极任性，饿了就追打着姥姥，边哭边闹。于是姥姥慌忙去做饭，小脚几乎是跑着从堂屋到厨房。又怕吃不熨帖，先煮稀饭，再去炒菜。这时，钱融总要用手拽着姥姥的衣角一步不离地跟着。从堂屋到厨房，姥姥一步一晃地忙碌着，说："儿，一会儿就好，是姥姥糊涂，不知儿饿了，我给你讲个故事吧。"于是，又讲起了"小狗汪汪咬"的老故事。姥姥总用新米和绿豆一起煮稀饭，又黏又香，吃得人舒舒服服地。

在钱融的心目中，姥姥永远是那么的善良、慈祥、可亲。几乎所有与姥姥相识的人都有这样的感受，邻里之间没有人说过她一个"不"字。姥姥有家邻居，庭院地势低，因垃圾的事经常与人闹纠纷。有一次，表哥将垃圾倒在路边，风起时，吹落到他的家里，于是招来一场大骂。当时，姥姥并不知道是表哥的偷懒所至，听说后，还是带了扫帚，迈开小脚给人清扫并赔礼道歉，那人也无话可说。此后不久到了端午节，姥姥提前包好粽子给邻居送去，还坐下来拉了很长时间的家常。之后，这里十几户人家便很少再吵过。姥姥与别人和睦相处，用善良和言行感化着他人，也浸染和启迪着钱融幼小的心灵。

钱融的思绪像脱缰的野马，驰骋到了儿时的那个冬天里。那年几乎一冬无雪，天像今天一样寒冷。临市的北边庄稼歉收，经常有人到姥姥家来讨饭。姥姥家喂养了只大黄狗，每次来生人都叫个不停。钱融贪玩，唤着狗去咬人。姥姥在屋里听到，放下手中的活儿跑出门，说："儿，不能这样，咬着人不好。"一边拿了棍子将狗赶回窝，一边将来人邀到屋里。来人是位衣衫褴褛的妇人，左手挎个竹篮，右手领个男孩。钱融也不再闹，旋即去拿了煎饼递到来人手里。妇人接过煎饼给孩子吃。姥姥见状，叹息着说："天这么冷，多遭罪啊，看把孩子冻得。"姥姥用两只大手握住了小男孩那双冻得红红的手，一会儿又把孩子领到桌前，拿出馒头塞给他，还从缸里捞出咸菜，倒了一大碗水，看着他们吃。妇人感激不尽，不住地说："俺娘俩遇见了个好婆婆啊。"

钱融三岁时，有一次，姥姥正在厨房做饭，钱融独自在屋里玩，不小心一步踩空，摔倒在地，前额上碰了道深深的伤口，血流如注。姥姥见状不知如何是好，流着泪一遍遍地唤着钱融的乳名。钱融连惊带怕，宛若一只受惊的小鸟，紧紧地拽着姥姥的衣角。舅舅赶来抱起钱融去医院，姥姥就跟在后面小跑。包扎好回家后，每当看到钱融的伤，姥姥就暗自落泪，愧疚地自责："我这老不中用的，没看好孩子。"仿佛犯了天大罪过。后来，钱融听母亲说，姥姥为了他的伤一个月里吃不下饭，睡不好觉，人消瘦了许多。即使钱融参加工作后，带着孙莉去看望姥姥，姥姥见了他额头上的疤痕，还是会对孙莉说："让儿遭了多少罪啊，为了这额头上的疤痕，以后还怕找不到个好媳妇呢。"虽是谈笑着说，但也是见了她二十几年前的那番苦心啊。钱融真不知姥姥是在怎样的自责牵挂中，熬过那段日子的。

突然一阵揪心的哭声，将钱融从那纷纭的思绪中拽回到现实。邻居几位老人与钱融的母亲哭成一团，口中还不停地念叨着，要最后来送送老姐姐。人也多了起来，为明天做公事各人按分工忙碌着。梅霞的父亲也跑前跑后忙碌着，钱融忙上前问好。

次日一大早，梅霞和秦友赶来为老人送殡。秦友还特地带来了儿子秦奇。妗子看到钱融、梅霞和秦友，想起他们三人小的时候常一起玩，姥姥十分疼爱这三个活泼可爱的孩子，就更是忍不住地落泪。姥姥家院子里有株碗口粗的苹果树，春天来了，一树粉红的花，招来一群群嗡嗡叫的小蜜蜂。夏夜，他们三个小玩伴常在树下纳凉听老人讲故事。到了秋天，结了满树红红的果实，还是酸酸的，姥姥就用枝条打落了给孩子们吃，等果子熟了总能再摘两大筐，去邻居家送。如今，他们早已都去了城里工作，平日里很难见上一面。仿佛才几天的时间，他们的孩子都那么大了。妗子把秦奇和萍萍领到屋里去喝水。钱融忧伤地来到那株苹果树下，睹树思人，那些童年的往事不时在钱融的脑海里浮沉着，最惋惜的是姥姥的最后一个生日没能给她过。钱融想着，双手去抚摩那粗壮的树干，痛苦地低下头。梅霞见了，给钱融拿了个板凳过去，说："坐下歇一会儿吧。"梅霞最了解钱融对姥姥的感情有多深，也尽量多陪他说说话，以排遣他的过分哀伤。秦友也凑了过来，他们三人默默地围坐在苹果树下。偶尔抬头看看那棵无言的老果树，钱融恍惚感到他们又回到了童年。

自古便有一条街穿过陶镇，因而有了东头、西头之说。姥姥就住在街西头的这个小院里，院里有间十几平方米的沿街老屋，当时是村委会储存公物的库房。

钱融的童年时光多半是在这里度过的。常在一起玩的伙伴便是邻居家的梅霞和秦友。

记得有一年，镇上破"四旧"，老屋便被腾出专纳"四旧"品。他们幼小的心灵虽不懂什么是"四旧"，却也懵懵懂懂感知到了什么。

一天黄昏，姥姥带了他们三人去街上玩。忽然，街头一阵混乱，人们纷纷拿着一些古旧花瓶、香炉、字画之类向老屋里交，电线杆上的大喇叭里还不时传出动员破"四旧"的口号。姥姥惊

姥姥家院子里有株碗口粗的苹果树，春天来了，举一树粉红的花，招来一群群嗡嗡叫的小蜜蜂。夏夜，他们三个小玩伴常在树下纳凉听老人讲故事。

恐万状，忙让梅霞和秦友回家，然后带了钱融往家赶。姥姥进了门，关好门窗，将书桌上的一对古花瓶藏在床下。姥爷见她惶惶不安的样子，早知道她的心病，说：“那是你的心爱之物，咱不能交。”说完，姥爷将古瓶装在匣子里，悄悄埋在了苹果树下。

不久，破“四旧”之风到了高潮，接二连三地开大会，动员挨家挨户地搜“四旧”品。姥姥白天吃不好，晚上睡不香，仿佛世人都知道她藏瓶的事。见她日益消瘦的样子，姥爷非常理解她的心情，便极不情愿地将古瓶刨出，又放回到书桌上。那夜，风特别大，呼呼地吹着，吹得苹果树哗哗啦啦地响。那夜，姥姥和姥爷谈话到很晚，很晚……

第二天，那对古瓶便作为最后一批“四旧”品送进了老屋。一夜之间，姥姥苍老了许多。

姥姥嘱咐钱融他们别再去老屋玩。可出于好奇，一次，趁姥姥接待亲戚，钱融和梅霞偷偷来到老屋，搬了凳子踩着，扒着窗子往里瞧。他们一看都惊呆了。只见地上摔碎的陶瓷、琉璃堆了一大堆，晶莹剔透。字画则一律被撕毁，砸扁的铜香炉、“受伤”的铜佛……横七竖八地躺在碎片上，却没有姥姥的花瓶。突然，小街上传来吵吵嚷嚷的声音，可能又要开批斗会，两个孩子慌忙搬起凳子跑回了家。

后来，谁也没有再提起古瓶的事。

直到粉碎“四人帮”以后，钱融才知道了那对古瓶的下落。原来是梅霞的父亲不顾个人安危“窃”回藏了起来。当时，可不敢再给姥姥拿过去，等一切都平息了以后，梅霞的父亲才送还了姥姥。因为这事，姥姥家和梅霞家也走得更近了。

中午时分，钱融和亲人们齐齐地跪在姥姥的灵前，随着起灵碗“啪”的一声碎响，顿时，悲痛的哭喊声响成一片。在大舅那长一声、短一声，高一声、低一声的“娘啊，向西方大路”的指路声中，送殡人缓缓向墓地走去。

墓地离家较远，在泰城外环城路旁的一片开阔地里。青青的麦苗锄开了一大片。山上寒风猎猎，山路没膝的荒蒿瑟瑟地抖动着。蒲公英、七七菜的花朵早已吹落，唯有茎秆还在冷冷地摇晃着。钱融走近姥姥的墓穴，心中像堵了大块棉团。

寒风中，孙莉携着萍萍随了亲人们开始回返，钱融陪母亲和舅母们还坐在坟边痛苦地哭泣。寒风带着响哨，扑簌簌地吹动着坟头上的花圈，朵朵白花被寒风吹散在旷野里，更给葬礼添了浓重的悲痛气氛……

姥姥去世后的一段日子里，钱融的心情一直很烦闷。第四季度是支行业务工作旺季，他的胃病又犯了。

晚上，钱融忙完了工作上的事就匆匆赶回家。一进门，一股浓郁的中草药味扑鼻而来。

“怎么，今天太阳从西边出来了，没加班啊？”听到钱融的进门声，正在厨房做饭的孙莉说道。

“知道你今天做好吃的，回来给捧个场。”钱融说着走进厨房。钱萍已帮孙莉将晚餐摆好，钱融端起餐桌上的甜沫，站着就喝起来，像喝着琼浆玉液。“我就知道你不能光让我喝中药吧，有这甜沫，这胃病也好了一半。”

“快坐下吃吧，你这胃病都是吃饭不熨帖落下的。我可是问了苏医生，你的饭要调理，这中药也要坚持喝段时间啊。”孙莉说着将馒头递给他，一家三口默默地吃起来。望着孙莉忙得还没摘下的围裙，尽管是三个家常菜，钱融却感到从没有过的香甜。

在这种氛围里，钱融那疲惫的身心感觉到了极度的放松，他也由衷地感激妻子对这个家的付出。“快吃饭，看我干吗？”孙莉见钱融走了神，对他说道。

“你做的甜沫真好喝，小时候姥姥也常做，尽管现在用料简单了，可味道一点儿没减。”钱融温柔地看了孙莉一眼。

这时，钱萍已吃好，站起来懒洋洋地说：“你们研究吧，我要去做作业了。”说完回了自己的书房。

“钱融，人家苏医生可说了，你这胃病与你的性格和工作起来不按时吃饭有关。尤其是你的性格，遇上芝麻大的事就睡不着觉，怕领导说，怕大家说。你就是太追求完美，这世上的事哪能做得样样让人说好呢？俗话说得好，金无足赤，人无完人嘛。还有这陪酒，你就不能悠着点儿吗？常醉酒对身体损伤大。往后在工作上和与人处事上要豁达一点，心理再坚强一点，酒要少喝一点。”孙莉拾掇着饭碗对钱融说。

“知我莫若妻，你这是‘三点’教夫啊，几句话就点破了我全部的弱点。我深知这种性格是不成熟的表现，可是从小我就养成了做事不能让人说不的脾气，哪怕自己吃再大的苦，受再大的屈，也要把事情做好。就说我们这人事改革吧，每件事都不小，我做梦都是在工作。竞聘上岗那段时间，不仅是日夜加班，睡不着觉，更多的是始终都有一种无形的压力时时刻刻压在我的心上。即使到后来结束了，一觉醒来，还会觉得像有啥工作未干好，那种压力和责任仍挥之不去。老婆啊，不是说我多么敬业、多么崇高，这是一种责任，不在其位，不谋其政。我的这种性格已浸透到骨子里去了，恐怕今生都无法改变。”钱融感激妻子对他的理解，说出来心里也痛快多了。就是这些话，在平时，钱融真想倾诉，但在单位里不好对班子成员说，更不能对着下属说。回到家又不能与父母说，父母亲年纪大，说了只能让他们不放心。唯有妻子的理解和温柔可以化解他的胸中块垒。

“可也要学会自我保护，工作必须是在健康的前提下才会有快乐。好了，难得你今天有这份心情，去歇一会儿，喝上药再休息。”孙莉将一碗新熬的中药端到了客厅。

第二十四章

泰河畔世纪广场的清晨格外热闹，晨练的人们按各自的圈子把广场进行了自然分隔：打太极的、跳交谊舞的、倒着行走的、转圈圈的……尤其新近又增加了踢毽子队，男男女女围成一个大圈，将毽子踢得老高，你来我往，既锻炼了身体，又愉悦了心情。早晨的这段时光是泰城最具生机和活力的时段，整个小城都洋溢着欢乐祥和的气氛。

李志良却没有这个心情，自从老母亲出院后，他和妻子就天天在床前护理。他每天要早起为生病的老母亲做早饭，母亲吃过饭，他才匆匆吃上一口往行里赶。这样，一来能为妻子分担一下家务，二来更是尽一份孝心。多年来，他总是第一个到岗。虽不是保卫科长，可他是共产党员，当过兵，对枪支弹药有管理经验，又格外仔细认真，主任就安排他协助做好早晨的验枪、发枪工作。

这天早晨，天阴沉沉的，让人感到烦闷。和往常一样，李志良提前十五分钟来到了办公室。他换上防弹衣，取下头盔放到桌子上，然后站在窗前，双眉微蹙，眼神漫无目的地射向窗外的一棵梧桐树上。出门前，母亲突然又说想孙子，妻子也嘟哝着，说元旦不管他去不去，自己要去部队。一句话也引起了他对儿子的思念。儿子当兵快两年了，他又何尝不想儿子？忙的时候还好说，可一到过节，妻子就天天晚上唠叨。偶尔能通个电话问个好，可过后就愈是想念。部队又不能天天打电话，妻子就张罗着去部队的事。他想，这回就依了妻子，元旦和主任说一下，休几天陪妻子去部队看儿子。想到这儿，他的心里好受了一些。

等同事们到齐后，李志良与另一位同事人打开枪柜，仔细地验枪，并分发枪支和子弹。解款途中他是车长，坐在副驾驶上，押运员小赵和两个解款员坐在后排。今天，解款车七点十分便来到了贵宾理财中心。解款车行驶到网点门前的警戒区刚停下，却突然熄火，驾驶员骂咧咧的：“这破车又使性子了，真他妈倒霉。”李志良知道，在三辆解款车里，唯独这辆最糟，大修过两次，早就该报废了。可是因费用紧张，迟迟不能换，就只能仔细地跑着。李志良看了看驾驶员说：“老王，抓紧看看是啥毛病，若不行，速与支行联系。”按规定，车停不能熄火，老王又启动了一下说：“没事，这回不是大病，一会儿就好。”老王是老驾驶员，摸车已有二十多年，李志良相信他的判断。果然不一会儿，车重新启动了。李志良根据职业习惯，警觉地向四周环视一遭。公路对面的小吃摊前吃早点的人来人往。紧挨着的是观赏鱼市场，大盆小缸的摆了长长一排。各种日用百货早市也都开了张，摊主们吆喝着招揽顾客，小城火热的一天又开始了。

李志良作为车长第一个下车警戒。忽然，他的目光停在了五十米外的一棵大树下，有三个人鬼鬼祟祟的，正目不转睛地像饿狼一样盯着解款车。不好，有情况！李志良凭着多年从事警卫工作的直觉，感到那三人是冲他们的解款车来的。这时，解款员小张已打开车门，提起款包正要下车。李志良说："小张，先别动，对面有情况。"听了李志良的话，小张把迈出去的一条腿慌乱地收了回来。就在小张正要关门而还未关上的瞬间，"轰"的一声巨响，炸药在解款车前方五米远处爆炸了。顷刻，地面飞石四溅，来早市的人们被这突如其来的爆炸惊得四下乱跑。李志良对车里大呼："快报警，关好车门，绝不能让银行资金受损失。"

李志良看到大树下的三个人在向解款车这边紧走，只见他们每人手里握着不知从哪里冒出一根用黑布裹着的短棍。李志良清醒地意识到，这三人要实施抢劫。这时，他才感到右腿一阵剧烈的疼痛，腿变得好像不是自己的一样，扑通一下瘫软倒地。他的右腿膝盖跪倒地上，鲜血顺着裤腿管哗哗地流下来——他知道自己被飞石炸伤了。李志良的双眼喷射着怒火，两手端着防爆枪，用尽全力支撑起左腿，做出一个射击的姿势，冲着向这边走来的三人发出愤怒的吼叫："都离车远一点儿！谁再向前挪动一步，我就开枪了！"李志良知道，五十米内，凭他的射击水平能百分之百命中。对面那三人被这狮子般的怒吼吓倒，怯懦地缩回到树前，不敢再向前一步。瞬间，押运员小赵疾速走下车，拿枪瞄了过去。远处围观的人多了起来，一阵阵尖锐刺耳的警笛响起，树前那三人见状收起短棍，向人群中散去。警察很快赶到，救护车和钱融他们也几乎同时赶到了现场。钱融和警察上前去扶李志良时，他却倒在了血泊里。原来他是凭着那股急劲在支撑着没有倒下，可当他看到警察和领导们赶来便再也立不稳。李志良脸色苍白地望着钱融，用极其微弱的声音断断续续地说："歹徒……秃头……左脸有二寸长的刀疤。"说完便昏了过去。救护车呼啸着，冲出人群，疾速向医院驶去，只留地面上一片零落的碎石和垃圾。揪人的喇叭声划破了泰城长空，令人心碎。

李志良的妻子得知丈夫受伤的消息，急忙赶到医院急诊室，在门口，她被钱融和梅霞拦住了。“志良呢？”她慌忙问，却没人回答。她用力拉着梅霞的手又问：“妹子，志良呢？他在哪儿？他怎么了？”面对一连串问话，所有人都痛苦地看着她，却仍没人回答。

“嫂子，你要坚强，志良他很勇敢……”钱融说着哽咽了，志良的妻子哭喊了一声，晕倒在门前。

李志良是被炸起的石子割裂了大腿动脉，终因失血过多，献出了年仅44岁的宝贵生命。钱融和张军在整理他的遗物时，发现他的头盔上还有一处被爆炸迸起的飞石砸出的深窝。

这起爆炸案，性质极其恶劣。泰城区委、区政府当日责成区公安局成立专案组，集中警力全力破案。齐州市公安局和省公安厅派专家组现场指挥，专案组根据李志良提供的唯一线索展开侦破。不到四十八小时，犯罪嫌疑人就被全部抓获归案。李志良被齐州市委、市政府追授“人民卫士”称号，被工商银行上级行追授“金融卫士”和“优秀共产党员”称号。

第三天上午十点钟，李志良同志的追悼会在泰城殡仪馆举行。李志良的儿子李青山从部队赶回了泰城。工行各级领导和支行的同事们都来到了殡仪馆。还有泰城区委、区政府领导，公安干警以及李志良生前好友共两千余人参加了追悼会。

殡仪馆大厅的正中间是李志良的遗像，上方挂有“沉痛悼念李志良同志”的条幅。大厅两旁摆满了花圈，李志良的遗体静静躺在水晶棺里，身上覆盖着鲜红的党旗，他的嘴角依然透着坚毅、刚强，人像是睡着了。大厅左侧站着李志良的妻子、身着军装的儿子李青山和亲属。青山的名字，是李志良取的，就是为了让儿子记住生养他的大山。儿子当兵后，已是两年未见了，每次妻子说去部队看儿子他都说单位人手少、工作忙而一推再推。儿子回来了，可是他却永远地睡了。

追悼会由钱融主持："同志们，今天我们在这里沉痛悼念优秀共产党员李志良同志。就在两天前的早上，李志良同志面对实施爆炸破坏、企图抢劫我行解款车的歹徒，临危不惧，大义凛然，用正义和威严成功地阻止了抢劫犯，他却倒在血泊中，献出了宝贵的生命，年仅四十四岁。他是人民的好儿子，是工行的好员工，是泰城的好公民。李志良同志无愧于'优秀共产党员'的光荣称号，无愧于'人民卫士'的光荣称号，无愧于'金融卫士'的光荣称号。"

钱融抹了下脸上的泪，深情地注视着李志良的遗容，再也说不下去了。哀乐声骤起，整个殡仪馆大厅一片哭声。李志良妻子的哭喊声更是撕心裂肺："志良啊，说好晚上下班一块儿给母亲过生日的，你咋就走了？你日想夜盼的儿子回来了，你也不看他一眼。志良，你为什么走得那么急啊！你说你工作忙，你还有好多事没去做啊！"

哀乐声像无数巨人的哭泣，回荡在大厅里。人们缓缓地走向水晶棺，瞻仰李志良同志遗容，向李志良做最后的道别……

第二天，《齐州日报》、齐州电视台报道了李志良的事迹。省行、齐州市行也在全行下发了向李志良学习的通知。

泰城支行在全行开展了向李志良学习活动，全行以身边的英雄为榜样，号召学习他任劳任怨、默默无闻地工作直至献出宝贵生命的奉献精神。大家纷纷在失去同事的悲痛中默默地全身心投入工作中。

半月后，齐州分行王林副行长和人力资源部总经理来到支行。王行长对钱融说：“根据政府民政局及你们的请示，经报上级行批准，同意李志良儿子转业进工行工作。是泰城支行培养了好员工，我们不能忘记，工作再忙，也要抽时间常去看看老人。”钱融陪同王行长去了李志良家慰问了他的家人，王行长代表分行宣布了上级行的决定。老人躺在床上，早已是老泪纵横，李志良的妻子更是感激各级领导对他们家庭的关怀。不久，青山的部队领导也来到泰城慰问，协助支行很快为青山办理了转业手续。一个月后，青山成了一名工行员工。入行时正赶上钱进的工作忙得不可开交，李青山便给他做了徒弟。

第二十五章

十二月初，泰城落了第一场雪。

这天早上七点钟左右，泰城已是白茫茫一片。尽管肖珊有孕在身，还是冒雪来到了网点。雪花纷纷扬扬飞舞着，到处晶莹洁白。出生在南方的肖珊见了这纷扬的大雪十分欢喜，可看到城里街面上几乎没有汽车在行驶，她又拧起了眉头。她昨天已和路江晖定好，今天要去催收一笔逾期贷款。理财中心成立近一个月来，个人消费信贷、信用卡等各项业务发展较快，消费信贷余额已达 8000 万元。业务发展的同时，赖账、逾期不还的现象也有所抬头。为此肖珊又抽调路江晖专职负责个人消费信贷工作。

八点钟，路江晖来到储蓄所。他刚弹去一身的雪花，见肖珊已在门口等他。“主任，你身子不便，这么大的雪咋去啊？要不然我自己去找他催收。”路江晖跺着脚，看了看外面还在飘飞的雪花，又看了肖珊一眼说道。

肖珊将一条毛巾递给路江晖：“就是下刀子也要去。那老王已逾期两期了，若今天还不上将被市行通报，不能让你们白跑那六趟吧。再说，今天这大雪正好去堵他的门。”

赖账的王革去年开了个经营手机的门店，是他在区委的哥哥给他做的担保。因经营问题开始拖欠贷款后，路江晖他们一连去了六次，都是老王的妻子出面应付。最后一次路江晖让他的妻子当场拨通了他的手机，讲明利害关系，说若第二天再不还款，支行将起诉他的哥哥和为其担保的另一名公务员，他这才勉强答应还款。可到了今天早晨，他的手机和家里电话又都突然失去了联系。肖珊立即明白，他又要耍赖。

肖珊安排好所里的工作，和路江晖直奔王革的手机店。果不其然，门关着。

“走，到他家里去。”肖珊看了下表对路江晖说。

“主任，要不我自己去，你还是回行吧。”路江晖感到是自己的工作没做好连累了主任受苦。

“咱一块儿去吧，对他们这种不讲诚信的人绝不能心慈手软，必须和他们来硬的。”肖珊说着，脚不停步地向前走着。

王革家在泰城西郊，离他的小店八九里地，是一座典型的北方四合院。院子里的雪刚扫过，说明家中有人。二人刚进院门，卧在西墙角的一只凶恶的大狼狗便起身欲挣脱锁链，朝肖珊和路江晖狂吠着，狼狗硕大的爪子将地上的雪花扬得四处飘散。狗叫声惊醒了房主人，开门的是王革的妻子。

“大嫂，我们是来找老王的，刚才已和他通过电话。”肖珊没容对方说话就先发制人，掷地有声的话语让主人无法逃避，更不能下逐客令了。一句话，让路江晖暗暗佩服主任的智慧，有两次他晚上来催款，没进门就让王革的妻子一派甜言蜜语给支走了。

说话间，王妻还未反应过来，肖珊已推开了屋门，王妻和路江晖随即跟了进来。

正在沙发上看电视的王革见他们进了屋，“噌”的一下从沙发上站了起来，瞪圆了双眼恶狠狠地咬着牙，说：“肖主任你们真是好样的，竟然追到家里来了。”完全一副死猪不怕开水烫的嘴脸。

“这话应该我说，是你逼我们到家里的。昨天你答应今天去还款，今天早晨电话也不接。噢，一场雪，就让你把贷款的事全忘了？我可告诉你，今天必须还款，这不是菜市场，来不得讨价还价。”

肖珊不容辩驳的话语令王革的气焰灭了下来。王妻见话不投机，忙去沏茶：“肖主任，这么冷的天，又下着雪，来一趟不容易，你们坐下喝口茶再说吧。”

“大嫂，你知道银行的贷款是受法律保护的。尤其是你们的贷款，是用了你家在区委宣传部工作的大哥来担保，若是闹到法院对谁都不好。”肖珊见王妻缓和了口气，便乘机说明了利害。

路江晖也接着说：“大嫂你们的借款已逾期两期，若今天不全还上，就要被起诉，这是制度。”

“今天就是不还，你们能把我怎么样？”王革冷冷地奸笑一声，完全一副“老赖”的模样。

肖珊强压住心头火，逼视着王革，说：“今天我完全可以不登你这门槛，既然你不领这个情，咱桥归桥、路归路，道理给讲清了就别怪我们无情。”说着向门口走去，“江晖，走，马上给宣传部去电话，让他等着法院的传票吧。”

王革没料到，这位平时温柔的所主任竟这么咄咄逼人。他一下子被镇住了，悄悄地低头给妻子使了个眼色。王妻心领神会，一边给肖珊端水，一边说：“肖主任，俺知道，你这是为俺好，快坐下，有话好好说。”

说话间，路江晖从包里拿出几张催收通知和一张起诉书，对王革说：“王经理，你自己看吧，要不是肖主任为了照顾你哥的面子，我们早就起诉了。”

王革看了起诉书，言语来了个一百八十度大转弯，试探着问：“肖主任，我们就不能再拖一期吗？”

“这是制度，可不是咱想咋干就咋干，诚信谁都不能破坏。”肖珊的话语不容置疑。

“其实，我已凑齐了这三期的款，只是进货商又有一批款式新、价格优惠的手机，不让拖欠款，明天正要去进货呢。既然是这样，那笔款我们只好再想办法。肖主任，你可千万不能起诉我大哥，这都是我不对，我这就跟你们去银行还款。”刚才还凶神一般的王革，忽然间如兔子一般，怯怯地说。

“这就好，按时还了款我们就不追究。只要讲信用，经营上遇到困难，我们会支持你的。”肖珊说完便起身告辞。

来到街上，肖珊和路江晖长长地舒了一口气，几片雪花落进了肖珊的嘴里。“真甜啊。”肖珊极其抒情地说道。“主任又要朗诵诗了吧。”江晖感到特别舒畅。

飘飘洒洒的雪花，像无数白蝴蝶在天地间飞舞。整个大地一片银装素裹。肖珊和路江晖在这白蝴蝶的飞舞中，脚步也似蝴蝶般轻盈起来。

进入十二月中旬，市行几乎是两天一调度，三天一会议，各项业务指标的完成进入冲刺阶段。钱融对照着市行的计划和支行刚出的业务日报表，看到除同业存款和电子银行业务略差，其他指标都在按计划完成，有的早已超额完成。尤其是上月电厂改造项目的那两亿元的项目贷款到位，彻底调整了泰城支行的贷款结构，泰城支行将会逐步走出困境。钱融感到了一丝的轻松。

这时，张军走进了钱融的办公室，见到他办公桌上的计划指标和业务日报表，便知道他又在测算计划任务。

“钱行长，从计划完成情况看，应该说我们的绩效考核办法是明显有成效的。单就揽存，这个季度已达三千五百万元，在四行占比遥遥领先。其他指标，部门经理、主任都盯了上去，绩效考核管理体系也已经发挥着作用。”张军自豪地说道。

“你来得正好，我想这个季度不仅要纵向比较，横向比也重视。区长们来走访重点也就是效益、存款和贷款。员工的收益要上去，数字咱可不能落后啊。几项差的我们再合计一下，一定要赶上去。”钱融起身，将计划对照表递给张军，掩饰不住一脸的疲惫。

钱融关切地问道：“张叔出院一月了，这段时间忙起来我也没看望一下。回到家还方便吧？”

张军摇了摇头，说：“他老人家很难再行走了，这都是被厂里那个项目给急的。退下来的人了，却是痴心不改，好在老母亲身子还算可以，不然这个家可就惨了。”

张军忽然想起一事，说：“还有一事，就是泰城汽车厂不良贷款的处置，上周我又去过市行，专门向周行长做了汇报。现在各项条件都具备，要赶在年末清理一下，对我们实现效益有帮助。”

“这事我听钱进说，材料已备齐，这一周就上报审批。前段时间，在区金融工作会议上，我重点谈了这笔贷款的事，区长当场表了态，要区里有关部门全力做好配合。同业存款任务已有李宇群负责，农村信用社一块资金存过来我们就超额完成任务了。另外，要多关心一下李宇群，最近听说他的妻子病情又重了。电子银行开户方面，孙亮正联系着几个大企业，已签了意向。”钱融对今年的指标完成十分自信。

张军也是信心百倍，兴奋地说道：“钱行长，我们各项指标要完成，在全省也要争亮点。山城所建成理财中心以来，肖珊在咱们泰城业务越做越大，现在发展得好，资产业务全面拉动了负债业务。他们已进入全省增存前十名，到年末一定要保住啊。”

“放心吧，他们的外币存款有了大的突破，牡丹卡发卡量在全市排第一，电子银行业务走在全市前列，个人消费信贷不良率也控制在了市行核定的范围内。肖珊也想再突击一下，力保全省前十位呢。”钱融对肖珊他们的工作满意地点着头。

12 月 24 日，行里正安排着全行试算工作。孔云飞接到市行办公室通知，省行将于明年的元月三日召开全省首季开门红视频动员大会，泰城贵宾理财中心将派代表发言，也是全省五个发言单位中唯一的一个基层网点。

“钱行长，市行来传真，说山城所要在全省会议上作代表发言。”孔云飞兴奋地将通知递给钱融。

钱融看了通知，对孔云飞说：“很好，这是咱们泰城支行的骄傲。马上告诉张行长和肖珊，让他们好好商量一下材料。”孔云飞转身要走，钱融又叫住说：“云飞你通知张行长和肖珊，好好商量一下材料。”

孔云飞从行长办公室出来，就电话告诉了肖珊。一会儿他们两人来到了钱融的办公室。钱融对肖珊说：“肖珊，你都知道了，工作上咱干出了亮点，这材料也不能弱了。五分钟的发言表态，咱要总结出经验，要鼓舞士气、催人奋进，要让省行、市行党委放心，全面实现开门红。”

“孔主任，你是文人，我拿个初稿，出彩的可就靠你这大手笔了。”肖珊微笑着对孔云飞说。

“能为你们写材料是我的荣幸，你尽快拿初稿，五分钟一千五百字，不要太多了，晚上我挑灯夜战，保证让领导放心、满意。”孔云飞说着将通知递给了肖珊。

“好吧，今天是平安夜，我正想与所里全体同志坐一下，你来也算给我们鼓励吧。”

肖珊和孔云飞说着，钱融插了一句，说：“肖珊，今年你们的各项指标完成都很好，晚上我和梅霞、云飞、钱进一块儿参加，给你们庆贺一下。”

“那更好了，这对我们明年的工作也是鼓励啊，我回去准备一下。”肖珊说完走出了办公室。

傍晚，天又飘起雪花，今年的雪一场接一场。钱进和孔云飞、肖珊他们提前去了饭店。钱融走出支行大楼，见天空中古钱般大小的雪花缓缓沉稳地飘落。钱融抬头望了望满天雪花，回想着，仿佛只有童年时见过这么大的雪，近年来已是少见了。街面道路上冻成了雪白的冰溜，车辆都装了防滑链，小心翼翼地前行，像蜗牛爬一般。冬夜，雪花飞舞的小城，几处高楼上的霓虹灯，在雪舞中闪闪烁烁。一排排路灯如孩童眨着眼睛欢迎着这纯洁雪花的到来，为这平安夜祝福。

钱融系紧了鸭绒衣，俯下身抓起一大把雪，攥紧向远方扔去。路上行人较多，可能也都是在赶场。小城的大小饭店门前都站立了圣诞老人，到处灯火通明，如今这洋节已成了在小城聚餐的最佳节日。

钱融也未觉得多么冷，他来到泰城第一宾馆，看到肖珊他们和所里的人都已等着他的到来。这是一间较为宽敞的雅座间，外面冰天雪地，室内却春意盎然。迎面一幅“春天”的壁画，让人仿佛走错了时空。

肖珊让钱融坐了主宾，孔云飞坐了副宾，她让梅霞当主陪，钱进副陪。

“今天是平安夜，除了咱的‘国宝’肖珊外，其他人无论是谁都喝白酒。我带头，一年了，祝大家平平安安。”梅霞说完，让服务员都倒满了酒，并带头干了一杯。大家也跟着干了。

“梅主任，先吃菜，这么好的菜肴咱可不能只看啊。”喝完第六杯，钱融忍不住带头吃起菜来。

“说起这菜，还是咱小城的有特色，外地人都赶百里路来品尝，民以食为天嘛。它不像八大菜系那么的‘鸿篇巨制’，然而，它每一道菜都‘独立成篇’，是诗、是词，一桌菜肴则是一篇精美的散文，它是家乡的文化之根源。透过饮食，会让人沉浸在小城的历史和文化之中。”钱融边吃边谈。

“钱行长又要诗性大发了，还是祝贺肖珊所荣登全省金榜吧，喝酒。”孔云飞未等钱融发言倒抢先一步端起了酒杯。大家你一杯我一杯地开始敬酒。

饭后，他们一块儿来到了酒店对面的歌厅。钱融带头唱了《祝酒歌》，歌声优美抒情而豪放。到了梅霞，她点了《枉凝眉》，乐声起处，大家都跟着轻轻地合唱起来，恍若走进“红楼梦”的意境里去了。梅霞的歌喉宛若百灵，可唱这一曲总给人带来一丝凄婉伤感。

大家怂恿着钱融再来一首，钱融又唱了《三套车》。刚放下麦克风，梅霞已将一瓶水递上，说："这首歌你演绎得最好，有感情且富有感染力。"钱融和梅霞、秦友在一起唱歌时，这首是钱融的压轴之作，钱融深知梅霞话里的深意，唱这首歌也让他不禁想念起秦友来。梅霞坐下来，靠在了钱融身旁，说："前几天，秦友找过我，他去了民生银行任职，工资、待遇都不错。临走，他还邀咱一起去，说他市里的老总很欣赏你。"

钱融顿了顿，说："他去民生银行任职的事我听说了，挺好，毕竟是金融出身，没白干了二十年的银行。抽时间咱和他一块儿坐坐。"这几年，工作忙了、累了、烦了，钱融都愿和梅霞说说，他们有着多年的兄妹情谊。在同龄人中，梅霞的气质、学养、工作能力和业务素质都是最高的。更主要的是她善解人意，即使和孙莉她们在一起，也是张弛有度。钱融在她的眼里，工作上是知己，个人情感上则是兄长情谊。她知道自己该怎么做，更懂得和钱融在一起时，怎样做才能让钱融更好。

齐州的金融业发展特别快，深发展、浦发、民生、中信等股份制银行相继在齐州安营扎寨。人才自然是到四大国有银行来挖，去的人也多是奔着那些行优厚的工资待遇。银行业的竞争，已从单一的存款上升到了人才的竞争，仅工商银行就去了十几人。梅霞见他走了神，说："别想那么多了，唱歌吧。"

接下来，孔云飞、钱进和肖珊合唱了《同一首歌》，在优美乐曲声中，大家都站了起来。

梅霞靠近肖珊，说："自己有身孕可要多注意啊。"

肖珊说："谢谢梅姐，我的反应不大。"

"我那时可惨了。有时一天吐得滴水不进，更不用说上班了。

不是有五期保护吗，这孕期最重要。说起来，咱做女人的就是难啊。”梅霞说完，又和肖珊说了些要注意的事情，毕竟是过来人。

离开歌厅时已是夜里10点半。夜空白茫茫的，雪花还在飘着，街上行人已不多。不知是谁先抓起雪花撒进了孔云飞的衣领里。孔云飞哈哈笑着抓起雪花向路江晖扬去，路江晖立即应战。钱进搀扶着肖珊观赏着这快乐的雪仗。在钱融的眼里，他们简直像一群天真烂漫的孩童，在雪夜里打起了雪仗。这雪仗也触动了钱融，他俯下身两手攥起个雪球向梅霞的身上投去。梅霞干脆抓起一把散雪团，跑上前去撒向钱融的衣领里。人人都无拘无束，无忧无虑。近年来由于工作的忙碌，已是很久没见到同事们如此的开心快活了。工商银行改革与发展需要这些充满朝气和活力的年轻人啊。一时间，钱融感觉自己似乎也年轻了许多。

他们在追逐嬉闹之间回到了宿舍区，这个平安夜人人都感到了无比欢快和难忘。孔云飞则越来越精神，刚才的酒劲早已烟消云散。他善长夜战，今晚，他还要伏案而书，为肖珊的储蓄所整理材料。大家相互道了别，踏着厚厚的落雪，向各自温暖的小家走去。

钱进和肖珊走在最后，钱进仔细地照顾着肖珊，唯恐她有个闪失。他们已结婚两个多月了，尽管工作繁重而忙碌，他们却很快活。日子过得非常快，可是细品起来，却是那么的有味道。

第二十六章

岁末，正值泰城最寒冷的时节。

31 日是金融系统的年终决算日，全行上下都投入紧张的年终决算中。

中午，天又下起了大雪。本来网点在下午两点钟就应该关门结账，但时间已是四点钟，山城所还没有关门。因为下午一上班就进了位女精神病患者，肖珊无论怎样耐心地劝说也劝不走她。时间已过了五点，雪还在下着，天黑了下来，肖珊只好让路江晖去告诉了张军和钱融，张军和梅霞带了保安赶去。“这位大姐，银行已下班，您有事明天再来吧。”梅霞和颜悦色地上前劝道。

“你是干啥的？我今儿是来这里贷款，我要给儿子买房，你能办了？”妇女瓮声瓮气地说，连头都不抬一下。

张军见这位妇女身体肥胖，表情呆滞，又眼光散乱，头上扎着一小辫，上身花色棉袄外面套着黄色粗线毛衣，下身着黑色裤子，一截红色毛裤露到裤子外面，脚蹬一双黑色破旧皮棉靴，手里提着一个脏兮兮黑皮包。肯定是家人没照管好，自己跑了出来。

“您要贷款今天也不能办了，已到了下班时间，还是明天再来，我会给您办好。”张军说着上前想拉起她。她眼一瞪，猛甩两手，一下子抱住了座椅：“你算啥？不给我贷款，甭想哄我走。”说完号啕大哭起来，边哭边说：“我没伺候好老母亲，没给儿子买房子啊。”她哭着哭着又戛然而止，两手拍打着桌子，说：“不给我贷款，甭想叫我走。”

“别闹了，这是我们行长，你再闹让公安局把你抓起来。”梅霞见她要赖，大声吓唬道。

梅霞的一声呵斥让她不哭了，却又变本加厉起来，“你敢，区里书记也不能把我怎么的，你来抓，你来，你来。”胖女人边说边冲梅霞撞去，肖珊忙上前拦住。

张军见她软硬不吃，对梅霞说：“拨打110，让民警来吓唬吓唬她，兴许能行。”

110接到报警，很快赶来，正巧有位民警认识她，说有一次她曾在区委值班室住了一宿，谁都无法劝走。最终民警们这次也是无奈地回去了。

时间到了晚上9点钟，肖珊对大家说：“你们都去吃饭吧，我再劝她一会儿。”

张军对此也无计可施。这时，钱融到了所里，对大家说：“肖珊说的对，不要都在这里，这样只会越发僵持，大家先去吃饭，让肖珊试试吧。”

储蓄所大门已关上，只有路江晖陪着肖珊在所里，其他人都去吃饭了。

瞬间，储蓄所里变得十分安静。再过两个多小时就是新年了。肖珊为这人倒了杯水，经过几小时的吵闹，她也许是疲惫了，接过水杯咕咚咕咚喝了起来。望着眼前的这一幕，肖珊的心头涌上一股隐隐的心疼，在这冰天雪地的夜晚，她家人还不知怎样着急呢，得赶快想办法送她回家。

这人喝完水，将茶杯放在桌子上，木然地看着肖珊。肖珊见她比先前平静了许多，于是试探地劝导说："你是女人，我也是女人，你刚才说你没伺候好母亲、对不住她，我也有老母亲啊，也需要我回家伺候啊。"

说到母亲，她那双大眼里有了光泽，泪水哗哗流出来，刚才还嬉闹无常的态度突然来了个 180 度的大转弯。肖珊想，她肯定是受了刺激才导致精神失常，然而在她的心灵深处，母亲还深深占据着一席之地。疯女人已在储蓄所里坐了近九个小时，腿已坐麻木了，起身想活动一下，腿脚却不灵便，差点跌倒。肖珊忙扶住她，帮她慢慢走了几步，说："我也没吃饭，我们一块儿去对面的水饺城吃点水饺吧。"她听了肖珊的话，也不说什么，便跟着肖珊离开储蓄所去了水饺城。路江晖忙整理了一下，紧跟着关好了所门。

这是泰城唯一的一家通宵营业的水饺城，此时，已没有几个人吃饭。服务员很快端上了热水饺。疯女人望着热气腾腾的水饺，满眼是泪。她抬头看了肖珊，突然将水饺推到桌子一角，说："我不能花你的钱。"不等她说完，肖珊又将水饺端到她眼前，说："你一天没吃饭了，还是吃饭要紧，过后你有了钱再还我也行。"几个服务员都认识她，也来劝说，她又破涕为笑。

吃过饭，肖珊又给她倒了一大杯水，问道："你住在哪条街？"

"在东街，俺娘家有的是人，俺有三个兄弟呢。"她喝着水回答着肖珊的问话。

“你娘家兄弟叫什么名字？”肖珊乘机又问。

“你想干啥，你想叫俺亲兄弟来熊俺，甭想，俺没娘家人。”说着她又端起水来喝。肖珊见她说话颠三倒四，望了望外面发现积雪已很厚，雪花仍在飘着。肖珊正不知如何是好，只见她“噌”的一下跑到门口，说：“闺女，俺不耽误你的时间，你家中还有老母，俺这就回家。”说完提起包一溜小跑出了水饺城。肖珊刚想去追，服务员拉住肖珊说：“别管她，她就在街东头住，她常来我们这里，知道回家的路。”

“可今天这么大的雪，又快到新年了。”肖珊仍不放心地自言自语道。

“没事，她上来一阵啥都清楚，你就放心吧。”服务员们见善良的肖珊不放心的样子，都来宽慰她。

听了服务员的话，肖珊才放了心。回到行里，已近凌晨，钱融等人都在等着她。营业大厅里灯火通明，窗外，风息雪停。大家都让肖珊早去休息。肖珊并无倦意。

“瑞雪兆丰年，年终决算已出数，各项指标创了历史最好水平，这是大家共同努力的结果啊。”钱融非常自豪地告诉大家。钱融的话语引来一片掌声，孔云飞为大家开了啤酒，人们共同举杯庆贺。梅霞和钱进他们点燃了喜庆的爆竹，顿时，震天的爆竹声响成一片，泰河对岸的中行、农行也都点燃了爆竹，在这雪夜，整个小城沸腾了。

钱进拥了肖珊来到雪地观看烟花。钱融又让云飞开啤酒，人人都斟满了酒杯。钱融充满豪情地说：“为泰城工行，为这个温暖的集体，为新年的开始，为美好的明天，干杯！”大家举杯同饮，钱融的话语成了献给大家的新年致辞。肖珊也早已忘记了曾经的不愉快，即兴赋诗一首：“岁月无声又一年，春秋回望志弥坚。平生快意知何在，风雨征程度若川。”

钱进陪着她满满喝了一大杯。孔云飞也来和他们碰了一下杯，放开歌喉唱起帕瓦罗蒂的《今夜无人入睡》，激情的歌唱深深地感染了大家。这个年终决算，让今夜无人入睡。

第二十七章

伴随着新年钟声的敲响，崭新的一年又开始了。

元月三日早上七点钟，钱融、张军、鲍凯、梅霞及各个部室网点的主任从泰城出发去市行参加行务工作大会。

齐州市行刚刚装修好的大会议室里，布置得既庄重又喜庆热烈。主席台正面墙壁上在工商银行统一标识背景下，是大红色的首季开门红动员大会的会标。主席台前摆满了鲜花，台下各支行的座区都坐满了人。前三排是领奖代表，肖珊就坐在里面。

会议分两个阶段，第一阶段于上午九点钟开始。首先收看全省视频动员大会，主会场在省行。之后为行长讲话，大会发言。肖珊作为全省一线网点的唯一代表，作了表态发言。肖珊的发言充满激情，展现了金融业务战线上的一线员工的风采，深深地感染了在场的同事，博得现场的阵阵掌声。

上午九点四十分，第二阶段的齐州市行动员大会开始，对去年存款工作取得优异成绩的集体和个人进行了表彰奖励。泰城支行山城储蓄所跻身全省十强。看到肖珊登台领奖，钱融和张军感到了由衷的欣慰。最后，市行周行长作了“解放思想，开拓创新，努力开创各项工作新局面，确保实现首季开门红”的动员报告。整个会议简短而又内容丰富，统一了思想，振奋了精神，安排了工作，为新一年的工作奠定了良好的思想基础。

从动员会这天开始到三月末，工行又进入了最为繁忙的季节。在这段日子里，领导们没有了休息日，就连最为传统的春节也淡化了节日气氛，成为揽存的黄金时节。存款、效益、中间业务……哪一项指标都压得喘不过气来。

回到泰城，钱融立即召开了党总支会议，研究部署贯彻省、市行工作会议精神。次日晚上七点钟，全行大会在大会议室召开，会前办公室下了通知，要统一着装。钱融从主席台向台下望，辉煌的灯光下，员工们整整齐齐的着装显得个个既精神又漂亮，展现了一种崭新的精神风貌。钱融心中暗喜：员工的士气往往决定着一个团队的未来。三军可夺其帅，匹夫不可夺其志。有这样一支员工队伍，没有打不赢的仗。会后，全行上下都铆足了一股劲，投入了工作旺季当中。

时至三九，冰天寒地，冷风凄凄，天空零星飘着几点雪花。五点左右，孔云飞和梅霞正在办公室整理着全行的工作安排。这时，房门开了，来人是孔云飞的妻子周英领着儿子孔伟亮。

“云飞，我们该怎么办啊，亮亮他……”周英把亮亮带进屋，刚开口，又哽咽着说不出话来。只见周英红红的双眼盈满泪水，一看便知道是大哭过一场。

亮亮望着妈妈，懵懵懂懂地蜷缩在那硕大的外套里，一双黑黑的眼眸里透出万分的恐惧和不安。两腿因惊吓和严寒还哆嗦着。

梅霞让周英沉住气，给她倒了杯热水，说：“弟妹，有事你慢慢说，亮亮究竟怎么了？”

孔云飞一把抱过刚刚五岁的亮亮，给他脱去外套，揽在怀里。尽管还不清楚发生了什么事，但从周英那半句话的哭诉中，他的心已揪了起来。

“梅姐，今天下午我去幼儿园接亮亮，孩子们都在查体，亮亮被诊断为先天性心脏病。我不相信是真的，可幼儿园阿姨叫来泰城第一人民医院的吴教授讲了孩子的病情，并让明天去院里复查。梅姐，亮亮才五岁，我们怎么办啊？”周英说着又哭了起来，已是泣不成声。

站在办公桌边的孔云飞简直不敢相信自己的耳朵，一阵剧痛把他的心撕碎了。他突然站立不稳，跌坐在椅子上。“亮亮……”他刚喊出这两个字便哽咽了，曾经是那么开朗、风趣又对生活充满自信的云飞再也控制不住自己，眼泪哗哗地流下来，一时竟呆坐着说不出话来。这对他的打击太大了。

周英把亮亮的查体表放到了云飞面前。梅霞接过来失声感叹，“怎么会呢？”

是啊，这怎么会呢？肯定是误诊。亮亮从小活泼爱动，聪明又可爱。三岁就去了舞蹈学校学舞蹈，四岁就考出了初级证书。每年区里组织幼儿园晚会他都是台柱子。爷爷、奶奶、姥姥、姥爷更是视他为珍宝。不会的，绝对不会！孔云飞思绪纷乱，但查体表白纸黑字，像魔鬼一样在他眼前晃动着。

“云飞，工作你先放下，今天很晚了，明天再去复查吧。误诊的事常发生。”梅霞说着打电话叫了司机小李，“小李，你把孔主任他们送回家。”

孔云飞强忍住泪水，抱起亮亮说：“小李你送他们回家，之后再和我去医院一趟。”孔云飞将查体表拿了过来。

望着他们离去的背影，孔云飞的眼泪止不住地落。亮亮那么小，家人又都那么疼爱着他……自己又怎么对家人说呢？孔云飞的脑子里乱成一团……尽管天已很晚，但他没有任何食欲，拿着查体表去了第一医院宿舍区，敲开了同学家门，咨询亮亮的病情。

第二天，还没上班，钱融他们就来到了孔云飞家。周英正在给亮亮穿衣服。

“周英、云飞，你们可要沉住气，待复诊后再做决定，可不要乱了方寸。凡事，有支行党总支和同事们。”钱融的话语似兄长，更似长辈。周英见大家早早来到家里，心中有股说不出的感激，曾经恐惧的内心，此时也平静了许多，不停感谢着大家。

这时亮亮已整理好了衣服，坐在沙发上。钱融一把将亮亮揽在怀里，两手轻轻地拍了拍，说：“亮亮真乖。”说完让肖珊先领亮亮去了书房。

“云飞，你不要着急，我问了第一医院的王院长，孩子这病目前来说是个小手术，省城专家长期在咱们泰城坐诊。但孩子还小，不急于做手术，等春暖花开后再做手术最好。复诊的事，昨天晚上我已和王院长谈好了，下午王院长约了专家给亮亮复查。”钱融说着将一张专家复诊卡递给了孔云飞。

钱进他们也都来安慰云飞，云飞的心里感到热乎乎的。在这最寒冷的季节，在这最困难无助的时候，他们这个家庭得到了同事们送来的温暖。面对这么好的领导和同事，还有什么过不去的关呢？

送走了同事，周英整理了屋子，孔云飞则陪亮亮做着游戏，他想尽自己最大的努力来缓和家中这沉重而恐慌的气氛。

中午饭后，钱融、肖珊和梅霞陪孔云飞一家三口来到第一医院，专家已等候在门诊室。

“这就是孩子吗？真漂亮，来让爷爷看看。”专家看上去五十岁上下，圆圆胖胖的脸庞，微笑着慈祥和蔼可亲。专家拿过听诊器，认真地听了听亮亮的心脏，边听边逗着孩子。在专家的谈笑声中，大家紧张的心情都放松了下来。

“孙教授，拜托您了。”钱融与孙教授握了握手。

“钱行长，你太客气了，孩子的事就包给我了。”孙教授说着，让大家在门诊等一会儿，只让周英领孩子去了彩超室。

梅霞对云飞说：“云飞你就放心吧，昨天钱行长已经宴请了王院长和孙教授，王院长说会制定最有效的治疗方案的。”

大约过了半个小时，孙教授和孩子回到门诊室，拿着彩超结果说：“没事的，孩子是房缺，这是心脏手术中最简单的一种，可用介入治疗，手术后七天即可出院。为保证最佳效果，就定在五一节前后做手术吧。请大家放心，手术我会安排好的。”

孔云飞听后给孙教授深深地鞠了一躬。钱融向孙教授道了谢。

“云飞，经孙教授介绍，我们也就放心了，在家你是顶梁柱，要振作起来。我们都还年轻，人生的路上谁知道有多少磨难啊，但是不能被困难所击倒，生活要安排好，春节要好好过。”钱融领着亮亮对孔云飞说。孔云飞默默地倾听着，不断地点着头。

第二十八章

一月份，省行组织了为期二十天的全省支行行长培训班，钱融参加了培训。离开支行和故乡到了省城，钱融无心去逛景，除了学习充电，更多了一份挂念。这挂念有来自家庭的，也有来自支行的，毕竟有那么多的事等待他去做。

已是小年，傍晚时分，寒风刺骨。省城宽阔的大纬二路上车如流水，行人稀少。那些飞驰轿车上的人们，或许正赶着回家过小年吧。

新年的到来，正是旧年的逝去。

晚风在大纬二路上孤独地吹着。钱融瑟缩着揪紧了衣领，只身前行，思索着怎样欢度小年。高楼上，霓虹灯在自由闪烁，城市的空气里已充满了年味，风中似乎还混杂了淡淡的酒香。这气息给了他一点振奋，更添了浓浓的乡思。“一年将尽夜，万里未归人。”钱融喃喃道。

“年文化”的精神内核即合家团聚，这是中华五千年文明的代代相传。然而今夜，钱融只有“飞鸟思故乡”了。

陶镇偏于一隅，那里却是他最熟悉的热土。人在异乡，钱融又想起了父母。由于工作原因，钱融不能常回老家，上次回还是冬至，钱融从城里买了点父亲最爱吃的蜜橘，其实，他回老家也只是在默默地听老人的絮叨。上月甚或半年前早已和他说过的事，父亲又细细地从头跟他讲一遍。母亲一边干着活儿，插空帮个腔。钱融只好装作第一次听到，在一旁应和着。说到高兴处，父亲会像个孩子一般大笑一番，钱融也跟着大笑。年老怕孤独，尽管父亲总是嘴上说："家里没事，你们忙就在外忙你们的，不要老往家中跑。"可是，当钱融站起身，老人还是唯恐他急着走，脸上露出依依不舍的表情。钱融说只是去院里一下，顿时老人又高兴起来，又说起陶镇旧事。感受到父亲的身体在一天天衰弱，钱融的心里很不是滋味。

每次回家，他们也说不了多少话，钱融只是听就有种说不出的幸福感。去年，母亲的腿被严重烫伤。为了过年，一入冬，他们还是一天也停不下地收拾柴火，以备春节孩子们回家取暖。父亲拿过一个橘子剥着皮，动作十分迟缓，好像小小的橘子有千斤重。似乎才几天的时间，钱融发现父亲已变得那么苍老。钱融说给父亲剥，而父亲说自己能行。他剥了慢慢地送到嘴里，说："很甜，比你娘买的甜。"其实，是一样的橘子，他就是想让晚辈们高兴。冬日的陶镇，太阳落山早，一会儿西边最后的一抹霞光也已变成了淡墨色。钱融说要赶回城里吃饭，母亲看看天色，说那就赶早走吧。父亲见他要走，两手用力撑着椅子扶手，缓缓地站起来。钱融说，您歇着吧，别动。父亲说，我没事活动活动。父亲将他一直送至大门口，一直看着钱融走远……

寒风中，钱融梳理着乡思，不觉已到了八一立交桥。桥上桥下，车流穿梭，在城市的夜光里划出一条条流光彩带。

风渐息。宽阔的大道上，人愈加稀少。远处浩瀚夜空中有礼花绽放，街巷中不时传来“噼噼啪啪”的鞭炮声，城市的小年开始了。漫天绚烂的礼花中，爆响的鞭炮声里，一股莫名的沉重迷茫萦绕在钱融的心头。钱融走进一家小酒馆，刚刚点上水饺，孙莉和萍萍打来了电话，她们在遥远的故乡向他送来了小年祝福。这声音、祝福来得那么及时，深深地感染着钱融，触动着他柔软的心灵。于是，钱融兴奋地大声说：“我很好，正在吃小年水饺。”说完，他又问了一些无关紧要的事，只想多聊一会儿，唯恐这幸福被那“嘟嘟”音带走。服务生听他大声地讲话，立于吧台前笑着。他想，服务生又如何能理解这乡思之情呢？一会儿，他又收到梅霞和秦友的祝福短信。瞬间，仿佛满世间的阳光都给了他，让他仿佛身处熟悉而甜美的故乡。

今夜无明月可望，钱融只有低头思故乡。

转眼间，二十天的学习班在不知不觉中就结束了。钱融回到泰城就投入了工作中。

一入了腊月下旬，春节说话间就要到了。泰城处处显出了节日气氛，超市里、水产街、蔬菜街摆满了各种日用物资和商品，到处都是忙忙碌碌采购的人。

春节是中华民族最隆重的节日，泰城人也对春节看得尤为重要。钱融找到张军、鲍凯和梅霞，说：“无论费用怎样紧张，我们也要安排好走访客户、老干部和困难员工，还要为员工置办点年货。”

张军说：“我已和梅霞、孔云飞商量过，走访的事本周开始，员工的年货也已做了安排。走访困难员工由鲍书记负责。”说完，钱融又和张军商量了近期工作上的事。

月末，泰城区召开政协、人大两会。钱融作为两会列席代表参加了大会和金融组的分组讨论会。泰城区政府前的大街上，挂满了“热烈祝贺两会胜利召开”的横幅。泰城宾馆也挂满了竖幅，密密麻麻的，从楼顶挂到楼底，红绸黄字，热闹非凡。两会代表都住进了泰城宾馆，钱融可没有那么多的时间住宾馆，会议间隙他还得回行办公。

早晨，钱融穿了一身蓝色西装和一件羊绒外套，系了一条蓝色领带。今天，他要去参加金融组分组讨论会。讨论会在政府的一个小型会议室召开，各行、司、社一把手或副职参加。会上钱融和秦友坐在了一起，秦友是替他的行长来参会的。会议休息期间，秦友将钱融拉到一边，详细地说了他们行长挖人的意图，特别指出，说是他们市行行长的意见。秦友还替钱融鸣不平，说，听市里领导议论，最近，你们市行有一个行级领导的位子，上面都来考察你了，只是有个别领导提了反对意见，要对你再考察。跟了这样的领导干还有意思吗？钱融淡淡一笑，这笑里有着说不出的苦涩。到了泰城除了会议，他很少去市行，一心一意干工作。可近段时间，就开始有人传闻说他要升迁，有好事者，早就提前祝贺，希望他多关照，说“苟富贵，勿相忘”，升了可不能忘了老朋友。但风雨过后，却是临区的行长升任，他依然干他的工作。不久，就又有传闻，说他得罪了某领导。其实，个中原委唯有他自己最清楚。他想，不去也好，来基层就是想按自己的理想去干点事，绝不只是为了升迁。这件事让钱融感慨万千，不仅仕途多艰，想做件事也是那么难啊。人这一生能做几件事，能做成几件事啊！

一段时间里，他的内心很凄苦，感到了世态炎凉，晚上时常失眠。孙莉不知从哪里知道了他的事，到了晚上，躺在床上便极尽温柔地劝慰他想开些，“不去市里做官，在小城，老婆、孩子、热炕头不是更好吗？再说了，人生百年不过三万天，能干点自己想干的事多好啊。”孙莉见钱融翻来覆去睡不着，便带着爱意，水一般柔柔地依偎着他。在娇妻面前，钱融想，周行长不是在大会小会上都肯定自己的工作吗？员工不是认可了自己的工作吗？不想了，有老婆这么理解，在外就没有过不了的关。想着想着，钱融为孙莉的话所感动，笑笑说：“好，听老婆的，干咱自己的事。”说着，关了大灯，伸手揽过孙莉。孙莉半推半就，两手搂住了钱融。钱融顺势紧紧地抱着孙莉温存了起来。很快，钱融的激情就将孙莉给淹没了。

秦友说的无非是高薪聘请他过去干，钱融用几句无关轻重的话便应付了过去。散会后，秦友跟钱融回了行，他在行里见到梅霞说：“梅姐，你也劝一下融哥，这年头谁不是为了多挣点钱。市场经济其本质就是人才和资本向高收益区流动嘛，你在这里付出那么多，工资却不高。到我们那里不仅工资翻番，更主要的是费不了那么多的力。梅姐若过去，还能有机会调到省城，好一家人团聚。”钱融是铁了心，不予理睬这高薪的诱惑，听了秦友的话只是笑笑。梅霞说：“谢谢你的好意，我都这个岁数了，哪里也不想去了，在工行退休挺好。”钱融因还有事，也就不再留秦友。临走，秦友说有时间去他那里坐。于是，同人各怀心事地结束了他们的谈话。

星期天，天空飘着大雪。

再过几天就是大年三十了，钱融专门抽时间，带了行里分的年货来到老家。走进那熟悉的四合院，见父亲正在厅房里打酥锅。父亲把一个个作料清洗干净，摆了满满一桌子，青青的白菜、白白的藕瓜、红红的鲜肉、黄黄的炸鱼、肥肥的猪蹄，水陆具备，素荤兼容。

见钱融进了门，父亲说："来了，去屋里歇着吧。肖珊他们都在里屋。"听到说话声，母亲从里屋迎了出来，双手接过钱融带来的物品。钱融看到满屋正在制作的年下菜，对父亲说："咱人不多，别做那么多的菜。我们都帮不上忙，您可不能太劳累了。"母亲放下手中物品，说："过年哪有不做年下菜的，我们在家由着性子干，大年三十你们可得早点回家。"

钱融进到里屋，见大花猫正趴在洒满阳光的窗台上睡懒觉，给老屋添了几分温馨。倒是肖珊和钱进围坐在桌前叮叮当当地忙碌着，桌子上簸箩里堆满六分方顶、寸二长的油炸豆腐。肖珊跟钱进学着将金黄色方块豆腐从其一面切开一块皮，用细铜丝掏出内里的豆腐，掏成个"箱子"，然后再将炒好的馅料填进"箱子"，盖好箱盖，整整齐齐地放在盖垫上。肖珊见钱融进门，笑笑说："大哥来了，看我这学员作品咋样？"

"不错嘛。"钱融说。

"哥，我们这小城年下菜竟然这么多种类。"肖珊说着将做好的豆腐箱放好。

钱融来到桌前帮着做起来，"这豆腐箱可是我们泰城的代表菜，别小看这普通的豆腐块，它可是家乡宴席上的珍品，有二百多年的历史了。它是'四四席'里的大件之一。母亲是最看重它的，我们小时候常听母亲说，过大年图吉利，新年新气象，有金箱藏金宝，还象征了来年富足，合陡富之意啊。"

“咱家乡的饮食可真讲究啊。”肖珊端详着这小小的豆腐箱，品出了它的文化韵味。

正说着，钱芳领着孩子进了院子，人还没进门就嚷道：“大哥、二弟都来了。”

“你快来帮忙吧。”钱融见这里人多，出门去帮父亲做酥锅，他深知这道菜最费时、费力、费神。“你帮不上手，还是我自己慢慢做吧。”父亲戴着老花镜，将各种料一层层放入砂锅，直到高出锅沿，顶部用宽大的白菜叶围合，再用细麻线系牢。钱融见酥锅已摆好，帮着把锅端到了炉火上。

中午，一家人简单做了几个菜。饭后，母亲便搬了凳子坐在炉火前看酥锅，锅在火上沸腾，母亲把汤水不断舀出，又不停回添。钱融返城时，整个小院已飘满浓浓的香气，这香气，也让年味更浓了。

第二十九章

钱融回到宿舍区，带了慰问品，和梅霞去了行里刘刚和赵宝军等困难户家走访，接着又去了李志良家。东西不多，却是送去了支行的一片温暖。直到晚上七点多才冒雪回到家。孙莉和放了寒假的女儿萍萍正等着他吃晚饭。

雪花飘了整整一夜。清晨，人们还在睡梦中，钱融就去楼下储藏室拿了铁锨和扫帚来到院子里扫雪。地上白茫茫的，有早起外出的，踏出了杂乱的脚窝印。钱融先用铁锨铲出一条主道，再拿扫帚“刷、刷”地一下一下清扫。一会儿，住一楼的离退休老同志开始出来扫雪，青年员工也陆续起床，加入了扫雪的行列。钱融一边扫雪，一边热情地与老师和同事们打着招呼，他感到扫雪的过程就是最好的晨练，更是与大家交流的最好时机。即使钱融在市行工作时，每年冬天遇到下雪，他都是第一个下楼扫雪。及至上班，院子已清扫出一条洁净大道。

上月，赵玲的病情突然加重又住进了医院。前天，钱融和班子成员去医院看望她，赵玲始终处于神志不清的状态，直到离开，也没能说上一句话。这段时间，李宇群请了假，一天不离地在医院陪护。李宇群给赵玲请了最好的大夫来诊治，但毕竟病在那里，大夫说："还是早做准备吧，她醒来，喜欢吃啥，去给她做点，她还那么年轻啊。"大夫说完，不忍再看，匆匆离开了病房。

窗外，雪花又飘了起来。赵玲已昏迷了一天一夜，李宇群把姐姐和家里亲人都叫来医院，怕万一……也好让亲人们见赵玲最后一面。儿子李歌请了假，守候在母亲病床前。儿子看到母亲身上插满的细管，怯怯地站在一旁直抹眼泪。八点钟，迷糊了一天一夜的赵玲微微睁开了眼，看到李宇群和亲人，用极微弱的声音说："你们快去歇歇吧。"她稍稍动了动打着点滴的右手，扭了下头："李歌呢？"她是想儿子了，她那么爱儿子，儿子还小，没了母亲他该怎么活啊？赵玲的眼角滚落一串泪珠。李宇群把李歌拉到她跟前，李歌懂事地去攥妈妈的手，娘俩儿你看着我，我看着你，谁也不说话，只是落泪。

李宇群说："想喝点什么吗？"她已是两天没进食了。赵玲点了下头。李宇群想，他们从恋爱起，玲玲就爱喝油粉，于是对姐姐说："我去给玲玲买点吃的。"

姐姐说："外面风雪正紧，路上小心。"

李宇群冒着风雪，提起饭盒步行去了风味园。在泰城，风味园的油粉最好喝，他们刚认识时，遇李宇群加班，玲玲曾多次陪他去风味园喝油粉，吃油酥火烧。今天的风雪真大，打在李宇群的脸上生疼。可是，他的爱人正处于病痛和垂危中，他早已感觉不到外面的风雪了，唯有玲玲的病在揪着他的心。

"老板，买油粉。"李宇群走进风味园急切地说。

见是老主顾，店老板说："今天不营业，这么大的风雪，没人来喝油粉，你改日再来吧。"

李宇群听了老板的话，越急却越说不成句。但店老板还是从他语无伦次的表述中，明白了是怎么回事，二话没说，破例去点起炉灶，单独为李宇群做油粉。

李宇群回到医院已是九点半钟。这会儿，赵玲精神特别好，见宇群满头满身的雪花，赵玲脸上露出焦急的神色，说："快去扫扫雪，别感冒了。"声若游丝，却情真意切。李宇群扫去雪花，来到床前，打开饭盒，一股别有的油粉香味弥漫病房。刚想说让她喝点，玲玲却猛地干呕了一口。李宇群拿过杯子倒了点水，用汤匙喂了赵玲一汤匙水，让她漱了口，然后又去喂她热油粉。赵玲喝了五汤匙就不再喝了。姐姐对宇群说："别再让她喝了，不错了，已是好几天不进粮食了。"

喝过油粉，又吃了两片水果，和亲人说了会儿话。十点钟，赵玲又睡了过去。见玲玲睡下，姐姐将李宇群拉到一边说："宇群，你咋让玲玲喝油粉，这是她最不愿喝的。"李宇群似乎是没听明白姐姐的话，瞪大了眼说："姐，你刚才说什么？这可是这些年来，她最愿喝的啊。"李宇群随后说了他们恋爱时喝油粉的事。姐姐就把她们小时候，玲玲在推磨时怎么怕晕，吃饭时，怎么不愿喝油粉的事说给了李宇群。李宇群看了睡着的赵玲，再也控制不住自己情感，用手捂了嘴，痛哭起来，眼泪哗哗地流满了脸。"玲玲啊，我们在一起这些年，你说你爱喝油粉，原来都是为了我啊，强迫着去改变自己，你受了多大罪啊，你这是何苦啊？你不愿喝，就别喝嘛，可是，刚才你还硬是喝了五汤匙。"李玉群呜咽着，李歌也跟着哭了起来，在场的人们都抹着泪。

一会儿，护士来换药，劝他们不要大声哭，会影响病人。李宇群陷入了极度痛苦之中……

接到杜珂的电话时，刚过下班时间，钱融正和张军、梅霞在办公室里谈工作。钱融对赵玲的去世虽有思想准备，但当消息真的传来，心头还是震颤了。惊闻噩耗，钱融顿时鼻子发酸，眼眶湿润，心如刀绞。这大过年的，让宇群他爷俩咋过啊。梅霞的眼泪也哗哗流了下来。

钱融、张军、鲍凯、梅霞和孔云飞赶到医院，李宇群见了他们只是不停地哭。钱融说："宇群节哀，振作一下，咱要体体面面地把赵玲的事办了。"张军和杜珂去组织料理公事安排。此时，李宇群早已没了主意。他感觉对不住妻子，没有提早陪她去看病，平时让她操持着这么大个家，她是累出病的。外面传来撕心裂肺的哭声，是赵玲的姐妹，十一岁的李歌陪着跪在灵前，早已泣不成声。

次日，按泰城的风俗做公事，上午去火化，张军派人去联系了公墓。下午，赵玲的姐姐、哥哥去灵堂祭拜后，接着是行里的领导、同事和邻里朋友祭拜。两点钟，天空还落着雪，在送殡人的哭声中，李歌双手抱紧骨灰盒，杜珂跟在身边搀扶着他，人们相拥着向墓地走去。

腊月二十八，上午赶在上班前，钱融就召集办公室、个金部、营业部主任开了个短会，全面安排部署行里节日值班的事。

散会后，钱融对张军、鲍凯和梅霞说："你们留一下。"

"怎么，还有事吗？"张军见钱融严肃的表情，不知行里发生了什么事。

"留下你们，是告诉你们关于绩效工资兑现的事。自从月初行里按绩效考核办法兑现了奖金，下面就有个别中层认为不公平，闹得沸沸扬扬。我们目前正处在改革转型期，员工们长期以来习惯了计划经济时期的分配方式，像今天这样的改革没有可借鉴的先例，改革使支行发展有了生气和活力，同样又打破了原有的平静，从思维观念和生活形态都不可避免会产生混乱。有的人自己工作没做好，奖金拿得少了，便在那里发牢骚、说怪话。他们看这不顺眼，看那也不顺眼，好像只有回到过去，人人平均才合他们的意。这种现象，我们一定要密切关注，如不及时制止，长此以往，会带坏我们的队伍啊。”钱融说话间无不透出极大的关切和忧虑。

张军听了钱融的一番话语，也感到忧心忡忡：“钱行长，上周我和孔云飞去处所检查安全保卫已经发现了这股势头。有人就跳出来说，让拿钱多的去做安全保卫吧，我们又没干活。”

钱融看了张军一眼，严肃的面孔越绷越紧：“这种抱怨和发牢骚的情况首先从几个网点开始，由于员工对我行的改革认识还不到位，个别网点主任产生了抱怨情绪，不是去加以疏导，而是暗地里推波助澜，和职工说些极不负责任的话。我们的改革刚刚走出第一步，就引来诸多的阻碍，改革中有这种怪现象，有点牢骚和抱怨是正常的，有其客观原因，而且未必都是坏事。但是牢骚和抱怨太多了就是一种不正常的情况，往往容易让人丧失信心，使人沉湎于空谈，使正埋头实干的人因此受到各方面的攻击、议论，甚至会无所适从。因此，我们要倍加注意。我想，再过两天就是大年了，不能让少数员工把这种情绪带回家，我们既要对考核办法修正完善，要多听听员工的意见，年前我们还要分头去做工作，从道理上给大家讲清楚，尤其要从正面讲清我们所取得的成果。不然，将有害于我们支行的改革啊。”

正说着，孔云飞匆匆进来："钱行长，有两个网点的员工都来行了，指名要见行长，现在正在接待室。"

"我们正说这事呢，走，一块儿去。"钱融和大家起身向接待室走去。

接待室里烟雾腾腾，刚才，屋里还叽叽喳喳的，随着钱融他们的进入，突然变得鸦雀无声。片刻的寂静后，大家动了动身子，都齐刷刷地站了起来，座椅发出一片摩擦声。

钱融进门拖过一把椅子在会议桌前坐下，用他那锐利的目光扫视了一圈来人，见两个网点的员工除主任外都在场。他用极温和的语气说："大家都到齐了，我还正想着与大家见个面呢。有话慢慢说。"孔云飞一一为他们倒上茶水。

员工小李站起来，看也不看钱融一眼，拖动椅子，推开茶水，冷冷地说："我们今天来就是要问个明白，都是一线，我们的奖金为啥就比别人少，是不是我们没干活？"

听了小李的一席话，钱融明白了他们来的意图，说："小李，坐下说。"小李愤愤地道："不用坐，我们没日没夜的，一出去就是一天，发那么几个钱，回家连跟老婆都没法交代。今天我们就是要弄个明白，没个答复今天就不上班。"

钱融听了，也站起身来说："大家消消气，对绩效兑现可能你们的主任没有给大家讲清楚。自从我行实行人事机构改革、全员竞聘上岗以来，各岗位、网点、部门都明确了职责、权利，同时，也就明确了与绩效挂钩的考核办法，你选择了这个岗，就要完成这个岗位的职责任务。我们目前的考核办法就是让每个员工的收入与业绩紧密挂钩，责、权、利是一致的，否则就拿不到奖金。"

“绩效挂钩，我们不反对，但是，我们干一天和其他部门干一天奖金差距为啥那么大？”大家齐声说。

钱融深知这里面有许多东西，主任没有传达下去，甚至说实行绩效挂钩前，他们没去做工作，以致使人们都不理解支行的改革。如果真是那样，对支行的发展很不利啊。他镇定了一下，“其实，对你们这两个网点，支行总支事先做了充分的考虑，由于你们有撤销网点并入存款和业务因素，而且我们也是初次实行绩效挂钩，还没有完整的考核方法可利用。为了不影响大家的收入，又能调动员工工作的积极性，一是在下达任务指标时，比其他部门减少了20%；二是考虑到撤并网点的影响，又增加了30%的内控分，在确保安全无事故的前提下，人人能拿到50%以上的奖金。我认为支行的考虑是周全的。个别部室的奖金是多了，但是大家也要看到他们的贡献度，就说存款吧，全行十个网点，其中山城储蓄所一个所的增存就占到了全行的80%，业务量是全行的一半。他们多拿奖金难道不应该吗？据办公室的考勤统计，他们所的员工包括柜员合同工已是三个月没有休息了。”

听了钱融的话，接待室一下陷入了难堪的沉默。钱融端起茶杯，啜了一口茶。不知是谁在下面轻轻地说：“听钱行长的话，可不像我们主任说的那样，我们还是回去吧。”员工小李也端起茶杯喝着水，最初的激动已荡然无存，他似乎感到了什么，慢慢坐回到座椅上。

大家见小李坐下，也都坐了下来。这时梅霞凑到钱融身边说：“解款车就要走了。”钱融点了点头循循善诱道：“其实行里对绩效考核办法也在修改和完善中，如果有意见和建议，希望大家写成书面材料，行里会认真考虑研究的。今天就到这里，时间不早了，送人的车还在等着，如果有想不通的，下午下班后我们接着聊。在这里，我也提前给大家拜个早年，祝大家在干工作的同时，照顾好家庭，预祝大家新春快乐。”

小李和其他员工看了看墙上的表，还是小李先开口说：“钱行长，下午我们有事再找您，工作还是要干。我们走吧，别再耽误行长的时间。”说完便招呼大家离开了。

第三十章

亮亮的病像一个巨大的阴影笼罩着孔云飞，复诊后他简直无法再坦然地面对生活。他想，就要过大年了，家中父母年迈还有病，便和周英商量，孩子的事先不对家人说，节后手术时再告诉他们。

这天中午，孔云飞刚接了儿子回到家，岳父来了电话，问家里有什么事吗？孔云飞想，难道周英对他们说了孩子的事。还未回话，已哭出声，他低低地哭泣着说："亮亮要做个手术。"半小时后，岳父母乘车赶到了孔云飞宿舍。两位老人见了亮亮的复诊病历，岳父劝说着孔云飞，岳母则在一旁偷偷流泪。

晚上周英回到家，孔云飞说了父母来家的事。周英听了云飞的话，先是抹泪，既而沉默。一会儿亮亮的舅父、舅母听说后来到了家里，一家人对坐着，却是无语，谁也不知拿什么话安慰对方更好。入夜，孔云飞和周英辗转反侧，难以入眠，看着熟睡的儿子，眼泪簌簌滴落。孔云飞的心被揪着，像被烧红的铁棒戳着。已是夜里三点，周英还在抽泣，这已是她第六天在夜里哭了，这个曾经温馨而又充满欢乐的家庭，被这从天而降的"灾难"搅乱了。

再过两天就是大年了，周英的心情略好了些。人们都忙着购物、整理屋子。孔云飞强忍住悲痛，抚慰着妻子和儿子。无论来年手术怎样，花多少钱，这个春节也要给妻子和儿子买新衣服，更要给亮亮买鞭炮。越是节假日，行里办公室的事也越多，云飞考虑到节后和儿子看病要用很多时间，许多活儿便往前赶。中午下班时，刚要回家，妻子来电话说儿子要看安徒生童话，嘱咐他回家时务必买回。

孔云飞穿好羽绒服骑车来到书店。寒风吹得街上行人不敢停步，都在匆匆赶路。孔云飞随手拿过一本童话选，付过钱急急回家。家里周英正在做午饭，见到孔云飞买的不是图画书，埋怨道："云飞，亮亮这么小，这种图书咋让他看，你要买图画书的。"见妻子愁苦的样子，云飞没多说一句，便又去买了本，再次回家已是十二点半。

下午，孔云飞和周英一起整理房子，过年了总要干干净净的。为了不让亮亮病情带给全家太多的阴影，孔云飞定做了一幅玻璃壁画，是一幅樱花图，粉红的樱花开得那么热烈、灿烂，挂上后小小的客厅顿时充满了生机和光艳。

大年三十早晨，钱融给孔云飞送去了两套金挂历和特意为小亮亮买的红色羽绒服，说："行里也不忙，你就早点回家吧。孩子的事先不急于和老人说，到手术时再告诉他们，不然让老人挂念着。"孔云飞接过挂历和羽绒服，十分感激地说："钱行长，亮亮的病多亏有您，还破费给他买衣服。""花不了几个钱，你要多体谅和安慰周英，困难总会过去的。"最后，钱融又问了孔云飞家里准备年货的事。

上午，孔云飞和周英带着亮亮回了老家，云飞尽力想排解周英的心病。父母做了很多菜，全家人围坐饮酒叙谈，看着春节晚会。晚上八点钟，外面响起了爆竹声，孔云飞带着亮亮也和他的小伙伴们去外面燃放烟花，直到夜里十一点多，亮亮才睡下。第二天，夫妻二人带着亮亮给父母和老家的长辈们挨家拜年，看到家人们的喜庆和欢乐，孔云飞怕周英伤感，午饭后便告别家人回了宿舍。

初一的早晨，钱融从老家赶回宿舍区参加一年一度的春节团拜。团拜由鲍凯组织，在宿舍区的文化中心举行。会场布置得喜庆热烈，梅霞她们头一天就摆好了水果、瓜子和糖，还挂起了一条春节团拜的横幅。老行长和部分老领导也被请到了会场，接受年青一代人的拜年。钱融简单的祝词后，大家互相拜年。老行长说："钱融，我最近没去行里，听说都步入正轨了。若有需要我们这些老人做的事，你尽管说。"钱融忙道了谢。团拜结束后，钱融和张军、鲍凯、梅霞去了李宇群家。此时，家家户户都贴了新对联，有的还挂了大红灯笼。宿舍区灯光球场上的篝火尚未燃尽，不时还有孩子在零星燃放着鞭炮。来到李宇群家，未及敲门，便见门框上贴了两条洁白的白纸，钱融鼻子一酸，差点掉下泪来。春节是中华民族最喜庆的节日，本来是举家团圆的时刻，赵玲一走，撂下李宇群他父子俩独守这份清苦，往后的日子他们该咋过啊？进门后，李宇群把大家邀到茶几前落座，忙着去泡茶，李歌还没起床。客厅餐桌上凌乱地放着几个碗和盘子，大盘里还有吃剩下的几个水饺。梅霞要去帮着收拾，李宇群摆了摆手，说一会儿去收拾，让梅霞坐下喝茶。钱融和李宇群寒暄几句，见他极疲惫的样子，说："今天是大年初一，正好都有时间，中午我们一起吃个饭。"李宇群知道领导是为了他，眼睛红润了。

转眼春节已过，严寒渐渐消退。大地开始焕发出生机和活力，然而齐州市真正意义上的春天还远远没有到来。自从节前那次网点人员集体上访风波后，尽管行里仍然有人还在那里抱怨、叹息，但谁也阻挡不了改革的大趋势。

春节过后不久，各项股改的前期工作开始全面展开。

三月二日上午，春寒料峭，齐州市工商银行八楼会议室里却是春意盎然，暖意融融。全市房地产确权工作会议正在召开。市行欧行长和计财部经理端坐在主席台上，台下是各支行行长和办公室主任。钱融、梅霞在前排就座。

九点钟，会议准时开始。欧行长传达了省、市行工作意见。部署完任务，他看了台下一眼，十分严肃而又意味深长地说："同志们，昨天我参加了全省'三清'工作会议，总行股份制改革工作已全面启动，进入了倒计时，节奏更快，一步跟不上，步步跟不上，必须按改革时间表去认真细致地做好每一项工作。我们这次固定资产清查、评估是改革工作中投入人力财力最大、要求时间最短、也是难度最大的一项艰巨工作，大家一定要高度重视起来。要结合支行实际，制定切实可行的方案，无论怎样艰难都要全力克服。支行办不了的及时与市行沟通，绝不能拖全省的后腿。"欧行长说到这里顿了顿："大家都知道，我们工商银行的房地产，多数都是人、工两行分设时留下的，它的组成和形成过程比较复杂，特别是二十世纪七十年代至八十年代又与企业联合投资组建了一些网点，有的只是签订协议长期使用，没有办理两证。虽然1995年因清产核资，绝大多数都进行了补办，但仍有一些网点尤其是土地与村委居民有牵扯的迟迟未办理两证，留了尾巴。1995年以后，各行又有新建房产，有的也没有办证。这次‘三清’工作，就是要达到两证齐全，明晰产权，彻底解决这些遗留问题，为股改上市和产权重组打好基础。这是历史赋予我们的责任，必须扎实圆满地完成。”

钱融认真地听着行长的讲话，日记本上密密麻麻地记了几页，他还结合泰城的实际，在笔记本上注释着自己的思考。欧行长特别强调说:“确权工作各支行要达到‘四个保证’，保证组织领导，落实责任;保证挑选业务骨干专职负责，提高效率;保证时间，3月底全面完成确权工作;保证工作质量，严格按市行要求做好。同时要搞好两个协调，一是对外协调，尽可能做好与地方土管局、房管局等政府部门的协调，减少成本支出;二是行内各部门要积极协调，确保全行工作的整体进度。”

会后，钱融和梅霞立即赶回了支行。

下午6点多，钱融在办公室里召集公司业务部主任和张军、梅霞开会，研究支行土地房产的确权工作。钱融首先通报了上午市行的会议精神，接着提出了支行工作的重点、难点。他打开早已准备好的材料，说:“目前我行的工作重点和难点，一是陶镇办事处房产，土地是原泰城陶瓷厂的，和我行产权置换后，因该厂与当地居民委员会有土地纠纷，至今未能办出两证。二是兵工厂办事处，土地是厂里的，房产归我行，该厂不愿将土地转让给我行。三是有三个证的图号、宗地坐落门牌号不符，要完善。对此，一是要迅速与企业联系尽快促成统一意见，补办两证;二是要与土管、房管局联系完善两证要件。”

钱融的讲话，简明扼要而又清清楚楚地点明了支行的工作任务和存在问题。他沉思良久又说：“大家看还有什么意见？”几个部主任都没提出相反意见。钱融说：“那我们就按这个意见，立即行动，时不我待，现在省行一天一个进度表，对确权进度每天下班前要通过 NOTES 网书面上传情况。会后，大家按各自分工，落实责任，扎扎实实地做好各项工作，绝不能拖市行的后腿。现在全行上上下下都在加班加点，这是股改上市前全行压力最大的一段时间，历史包袱及存在的各种问题如果不解决，我们将是工行的罪人。我们这一代人注定要有所付出，这是历史所赋予的神圣职责。大家在流汗、熬夜，有的连轴干，掉了十几斤肉，没领一分钱的加班费，也没有怨言，仍然在埋头干。这正是‘吃苦耐劳、顾全大局’的工行精神。”

第三十一章

陶镇办事处的两证工作是难点中的难点。第二天，钱融和梅霞来到了陶镇的陶瓷厂。季节虽已立春，料峭的寒风，还是让人感到了深深的寒意。

这是一座二十世纪八十年代初期建成的办公大楼，原陶瓷厂破产后，已改制为股份制企业。企业生产步履维艰，职工工资已欠了两个月，整座办公楼早已没了暖气，四层大楼冷冷清清的。坐在董事长办公室里，钱融和梅霞穿了皮衣仍感到一丝凉意。一会儿工夫，赵厂长找来了厂里管房地产的李主任。

钱融和李主任见过面，便急不可待地问道："我们今天来主要是麻烦你协助办证的事。"

李主任慢条斯理地从口袋里抽出一包烟，撕开，右手中指弹出一支，点上烟猛吸一口，说："刚才赵厂长已经跟我介绍了你们工行的情况，目前这座综合楼共有四家单位，我们占一半。当时建楼是区委、区政府的统一规划，占了我们的土地，后来村居委会声称占了村委的道路。从前年我就开始跑土管局办理这宗土地的土地证，可村委召开了全体会议就是不给盖章，材料早就报到了土管局，恐怕一年半载难以解决。"李主任说完，将一个卷宗递给了钱融。

闻言，钱融感到仿佛在这严寒的日子里又被从头浇了一盆凉水，全身心凉透了。

支行的陶镇办事处原来在陶瓷厂厂区内，建陶琉园工程时与厂里进行了置换，当时厂里答应协助办证，行里也多次去催办，两年多了迟迟没有回音，原来是因为与居委会的纠纷至今未解决。

钱融眉头紧锁，凝思片刻，说："李主任，你们能否给我一套资料，村委会的事我们去协商。因为我们工行上市是有时间表的，一天也拖不起，不用说一年半载，就是多一天也不行，最终期限就是月末。"

赵厂长拿过那宗材料，对李主任说："工行长期以来对我们支持很大，这次又是我们的原因，你全力配合，先为工行办理。"

钱融十分感激赵厂长，接过那些材料，说："李主任，你就和我们去一趟区土管局吧。"

土管局在区委大楼的东边，是一座独立的小楼。与陶瓷厂比起来，这里的条件简直是天壤之别。科长室里几盆芙蓉树生机盎然，科室人员都穿了白衬衣，由于暖气过热，窗子打开着。科长正在会议室开会。李主任指着一个正在办公桌前忙碌的职员对钱融说："钱行长，这是局里测绘员小张师傅。"

钱融刚要上去握手，对方却并不看他，而是冲着李主任说："老李头，又来了？村委盖好章了？"

"张师傅，这次是人家工商银行来办证。"老李说完将资料递了过去，指着钱融说："这是工行的钱行长。"

钱融恭敬而又虔诚地对测绘员微笑着："张师傅，我们工行股改上市，对未确权的房产要进行确权，麻烦你给看看。”

小张师傅拿过资料胡乱翻了翻，又放回到桌子上，极不耐烦地说：“你这资料不全，老李头你跑了两年了还没弄明白？必须要经村委会盖章，拿回去吧。”

“张师傅，村委那里我们可以去做工作，我们上市是有时限的，一天也耽误不起啊。”钱融近乎哀求地说道。

“不就上市吗？去年办得多了。电信、网通、中行、建行都是上市，程序无法改变，一视同仁。”无论钱融怎样解释，小张师傅根本无动于衷，漫不经心地说，“要不你们就等我们焦科长开完会，听听领导的意见。”

或许是室内温度过高，也或许是小张师傅的话语，让钱融脸上冒出了汗，身上也出满了汗，他解开了上衣，焦急地等待着。

中午 12 点半，焦科长才开完会。焦科长看上去四十出头的年龄，身子较胖，尤其那凸起的将军肚子格外引人注目。见满屋子人，小张忙向他介绍，焦科长烦躁地说：“这都几点了，下午再说吧。”说完看都不看钱融他们，转身要走。

“焦科长，已过了吃饭时间，中午我安排了，咱就一起吃个便饭吧。”钱融说着给梅霞使了个眼色。

梅霞会意地点了点头：“是啊，焦科长，我们钱行长已在对面山城酒家备了便饭，就一块儿去吧。”

焦科长听了钱融的邀请这才回头看了他们一眼，并不推辞，从嗓子眼里挤出个“行”，便一块儿去了酒馆。

下午三点钟，吃完饭的几人又回到办公室。焦科长仔细看了资料后，说：“你们必须办好两件事，一是村委盖章，二是要先办个分割房产证。按说，你们这种证是无法办的，我们就试着办吧。”

钱融和梅霞领了表没有回行，而是直接去了陶镇村民委员会。

村委会在一座三层小楼上，门卫老头见钱融他们要找村委主任，说主任去了市里不知何时回来，不过再晚他都回来放车。钱融见快到下班时间，对梅霞说：“咱就在这儿等，回去是无济于事的。”

两个小时过去了，门卫老头已开始了他的晚餐。此时，钱融才感到肚里空了。“梅霞你去街头买两个蒸包吧。”

梅霞买了蒸包和钱融在车里吃了。夜幕已经降临，钱融忽然感到浑身一阵儿冷，重重地打了个喷嚏，清清的鼻水流了下来，头也感到沉沉的。他下意识感觉到，自己感冒了。

“中午在土管局办公室气温太高，出门出了一身汗，你一定是受了凉，我去给你买药吧。”梅霞见钱融难受的样子，接着说：“要不，我们就回行吧。”

“我没事，能顶得住，再等等吧。”钱融疲惫地倚在汽车的靠背上，浑身无力地眯上了眼睛。

天完全黑了下来，不知过了多久，一阵车喇叭声将钱融惊醒，钱融疲倦地走出汽车。 门卫老头对村委主任讲了钱融的来意。梅霞忙赶上去说：“主任，这是我们钱行长，我们等了你一下午了。”

钱融上下打量着眼前这位主任，中等身材，黑红脸庞，身材粗壮有力，两眼透着一种精神。“主任，来给你添麻烦了。”寒暄几句，钱融说明了情况。

“你们先回去吧，这件事也不是你们工行引起的，你说的我都理解，可我也做不了主，明天要召开村委委员会讨论。”主任说完，让门卫老头送客。

“那我们明天几点来？”钱融听他说还要召开村委会，更加着急。

“明天下午再说吧。”主任说着已抬腿走出大门。

梅霞见村主任傲慢无礼的态度，气愤地说：“唉，咱这是干的啥工作啊，不干了。”

“发牢骚有啥用，走吧，明天接着来。”钱融上车与梅霞离开了村委会。

钱融回到家，简单地洗漱后，便躺在了床上。孙莉给他量了体温，发烧四十度，让他吃了两粒速效感冒胶囊和两片红霉素。钱融也不知妻子说了些什么，在迷迷糊糊中进入梦乡。

清晨，钱融一骨碌爬起来，头嗡嗡痛，鼻子也不通气。他这一个冬天里没有感冒，立春了却感冒了，但许多事情还没有办完。

到了行里，钱融听张军汇报了其他办证的事。钱融暴躁地说：“开什么村委会，我们的房子还有假？难道还要他们开会决定？”

“钱行长，我考虑过了，和村上讲也讲不透。昨天我回家遇到老行长，问我忙啥，我说了跑两证的事，老行长说镇书记曾是他的学生，当年在区党校听过他讲课，有事他可帮忙。”梅霞说。

钱融说：“昨天晚上，市行欧行长又来了电话，谁也不能耽误，无论用什么办法，都要把证拿出来。四月份，评估事务所进入，就要看证。这几天就集中办这个证吧。”

上午，钱融向孔云飞安排了对其他五宗土地和房产证的完善，然后和梅霞又去了镇党委。

镇党委孙书记正好在家，钱融便向他说了老行长的邀请。于是，孙书记约村委主任晚上和行里领导坐下来，商量办证的事。听了孙书记一口答应帮他协调好，钱融略感放松，可感冒却愈加厉害，浑身发烫。梅霞不顾他的再三推托，硬是将他拉到医院。

大夫给他测了体温，说：“发烧这么重了才来，要打三天点滴，最好住院。”

“谢谢大夫，我不住院，打完点滴就走。”钱融强硬地说。他想，这个节骨眼儿上怎能住院，那么多事还等着他办。打过点滴他和梅霞又赶去了镇党委。

晚上，泰城宾馆凤凰厅里，钱融提早把老行长接到宾馆当主陪，钱融副陪。镇党委孙书记忙让出主宾位子，硬是让老行长坐了，钱融只好当主陪，梅霞副陪。镇党委孙书记坐了副宾的位子，村居委会主任坐了三宾，其他人一一落座。

孙书记见了老行长亲自出面，半开玩笑地说：“孙老，您老来个电话就行，还亲自出山，真的折煞晚辈啊。”

老行长叹了口气，说：“我是老了，工行的改革与发展就靠年轻人了。孙书记咱一家人不说两家话，你这父母官可要多帮忙啊。”镇党委孙书记向村委主任介绍了老行长和钱融行长，说：“老行长是我的老师，工商银行对我们陶镇的发展是有贡献的，好多中小企业都靠了工行的扶持，村办企业的发展也离不开工行，是不是？”孙书记看看村委主任接着说道：“工行遇到了难处，咱们该出手相帮就要出手啊。”

村委主任坐在那里，极为难地说：“书记，前头和厂里一直有纠纷，我这干主任的也不好对村委委员说。”

“我不管，工作你去做，明天必须办好。工行股改上市，这可是国家的大事，谁都不能耽误。”孙书记不容分辩地说。

这时菜已齐，钱融忙打圆场，举起杯一一敬酒。他因打针不能喝酒，便由梅霞替他。钱融的感冒则越来越厉害，昏昏沉沉的，直到最后送客时听孙书记说：“钱行长你就放心，老行长这不还盯着嘛，明天一定办好。”这下，钱融的心才踏实下来。

第二天，钱融没来得及去打点滴，叫了梅霞直接去村委找主任。村委主任怕不好和委员们交代，让钱融又跑镇上要了个证明信方才在审批表上盖了章。趁热打铁，他们到土管局请焦科长陪同带资料去了市局。晚上 12 点钟，他们才返回泰城。

连日的忙碌，使钱融持续高烧不退。张军和梅霞强行把他送进医院，他还是说打完点滴就回行。医生为他做了检查，说：“不行，必须住院，不然会烧出大病。”他这才勉强住了下来。办好住院后，梅霞告诉了孙莉。

病房里住满了病号，白天嘈杂，探视的人你出我进。入夜，整座病房楼很快静了下来。暖融融的病房和外面成了两个世界。

打完点滴，或许是药物原因，也可能是连日来的奔波劳累，钱融一会儿就睡了。孙莉忙了一天，也靠着床边轻轻地睡去，病房里一片寂静。

“不行，不能等了，不到七天了。”钱融猛地从病床上坐了起来。孙莉被他的吵嚷声惊醒，看他坐起来，不知发生了什么事。孙莉按住他说：“怎么了，你感到哪里不好受？我去叫大夫。”钱融睡觉很少说梦话，孙莉见他目光呆滞，既害怕，又心疼，真怕他精神上出什么问题，端来一杯水说：“你这是在养病，可别胡思乱想了。”

钱融接过水，咕咚咕咚喝了两大口，“没事，刚才我做了个梦，你睡一会儿吧。”

窗外，夜漆黑。孙莉见钱融没事，又轻轻地躺下。钱融呆呆地望着窗外，一天的治疗让他感到轻松了许多。他强行躺下，却根本无法入睡，脑子里全是土管局、房管局和村委会，越是想用力眯起眼，眼前的物事却越是清晰。钱融用右手使劲地按住两个眼角想助眠，亦无济于事。钱融想，他是在市行立了军令状的，发下“办不好证，不回行，不回家”的誓言。这回好，“不回行，不回家”，却住进了医院……他就在这样似睡非睡中熬到了天亮。

两天后，他的高烧已退去，便再也住不下去了，让孙莉办了手续，没回家，又直接去了支行。

梅霞和孔云飞都来到他的办公室，梅霞说：“钱行长，你回家放心养两天吧，其他四宗土地的房产证在张行长带领下都已办好。陶镇办事处的两证明天就能办完，完善率我们泰城支行在全市第一位。”

钱融听了梅霞的汇报，脸上展露了笑容。按省、市行的进度，泰城支行提前两天完成了清产确权工作。

第三十二章

日子像水一般流过去，不觉已是仲春了。

2005 年 4 月，中国工商银行股份制改革方案经国务院批准，股改工作全面启动。

资产与物业评估机构将于四月底进驻工行进行现场评估。为做好各项资料准备工作，确保现场评估的顺利开展，全面真实反映工行资产状况，维护工行资产权益，四月中旬，泰城支行成立了以钱融任组长、张军任副组长、各部门负责人为成员的领导小组。下设办公室，梅霞任办公室主任，孔云飞负责物业评估工作，钱进负责资产评估。

晚上七点钟，支行办公楼小会议室里灯火通明。钱融正组织领导小组全体成员召开会议。他宣读了市行和支行的几个文件，然后拿过一摞表，说："当前最紧要的是做好尽职调查工作，要认真按照资产评估所需资料清单和格式要求认真准备、准确把握、严格审核。特别在资料的收集、分类、审核、装订等方面要进一步提高质量，确保资产、物业评估所需各类资料及报表内容的完整性、准确性、一致性与格式的规范统一性。"

梅霞、孔云飞和钱进认真地记录着。钱融放下手中的报表接着说：“我们这项工作时间紧，任务重，每一项上报时间市行都做了规定，谁都耽误不起。因此要坚持统一领导、集中审查、分工复查的原则，物业由云飞具体负责，资产由钱进负责，营业部要组织好人员全面配合，落实岗位责任制。在资料的收集、整理、汇总和初审上要根据业务性质进行多个部室的协同配合，确保各项工作保质保量完成。大家看看还有什么需要行里统一协调的事，如果没事，从现在起咱们就投入工作吧。”

梅霞、孔云飞组织办公室人员紧张地整理着资料。支行的全套综合文件资料，每一项装订起来都有上百页，统计数据有几千条，需查阅的档案卷宗有几百个。

晚上 10 点钟，综合档案员朱月还在认真地填着表。钱融走进来，见办公桌上叠摞的文件和正在忙碌的朱月，说：“休息一会儿再干吧，这段时间，大家都辛苦了。”

“钱行长，这个干法还真是撑不住了，可能是老了。时间那么紧，市行夜里 12 点前要电子文档，谁还敢歇着啊。”朱月说着，可手里的活儿却没停下来。她已年近四十岁，工作起来却并不比年轻人差。她参加工作已经二十二年了，身材高挑，脸庞白净，一双明亮的眸子里透出一种温和宁静，整个人有一种优雅书卷气，看上去要比实际年龄小很多。二十世纪八十年代她便是业务能手，参加全省业务技术比赛获得过冠军。她干工作有股子拼劲儿，人也聪明漂亮，接受新东西比较快。五年前，支行综合档案员内退，孔云飞在进行业务检查时，发现她工作认真，还有一手漂亮的钢笔字，在业务科室里整理的档案受到市行领导赞誉，便向钱行长推荐将她调到了办公室。她很快便适应了办公室的工作，综合档案的检查评比在全市获得第一名。

“朱月姐可是不服输的人，干不完她是不放手的。”孔云飞赞赏道。

“也要让你朱月姐注意休息啊，等会儿电子文档传到市行后，我请你们吃夜宵。”钱融说完又去了公司业务部。

钱进这段时间和钱融一样，只顾忙，已是一个多月没回家看望父母了。办公桌上放了两大摞文件资料，公司业务部的人员一人一台计算机在整理材料。

钱融没有惊动他们，悄悄来到钱进身边。

“哥，你坐吧。”钱进给他拖过一把椅子。

“肖珊有身孕你可要多注意照顾她啊。”钱融坐在钱进的对面温和地说道。

“这我知道，不过咱这股改咋这么多事？每天准点下班和休息日回家都成不正常了，工资不提，工作量每天在增加，大伙儿意见可大了。肖珊的事更多，这基金、那银行卡的，还有最头痛的存款，没有一天消停过。有人曾戏弄我们工商银行，说咱有个郑重承诺：‘星期六保证不休息，星期天休息不保证，年前保证不发钱，年后发钱不保证，中午保证不回家，晚上回家不保证’这样的工作还照顾得了谁啊？”钱进显出一脸的无奈。

钱融对钱进说的这些早有耳闻，不过不像钱进说得那么直白，金融改革的步伐似乎是在一夜间加快了，今天的事如做不好，谁都无法去弥补。大家有牢骚也是情理之中，他自己也是身心疲惫，只不过身为支行行长不便说出来就是。“你们自己多保重吧，工作再忙也要注意休息。”

零点二十分，孔云飞终于把电子文档的基础数据上传了市行，但明天还有大量的数据要核准补充。

泰城的春夜尚有几分寒意，小城人家早已进入了梦乡。钱融带着梅霞、孔云飞、钱进和办公室的朱月及公司业务部的几名员工来到通宵馄饨馆，有零星的就餐人还在饮酒。梅霞要了几个凉菜和炒菜，又叫了啤酒，每人一碗馄饨。钱融带头开了啤酒："来，都喝一杯解解乏，明天工作更繁重，可不能亏了身子。"可能是连日加班的缘故，大家全无兴致，但平日加班吃的多是蒸包或方便面，今天有了酒菜，钱融一直陪着整理资料还来陪吃夜餐，大家心里热乎乎的。有行领导冲在前面，于是大家都放开了，你一杯我一杯地向钱融敬酒。钱融感慨万分："从人事机构改革实施股份制改造以来，这基层行员工就没安稳过。晚上、节假日加班成了常事，尽管有人累得实在撑不住了，发上一通牢骚，可是吵过骂过后，又会回到机器旁。办公室押运员李志良无暇陪生病的母亲好好待一天，还没去看看当兵的儿子，就献出了宝贵的生命；孔云飞孩子的病还没有复查；李宇群刚经受了丧妻之痛，节后一天没歇就上了班……多好的同事啊。"说到这，钱融又对孔云飞说："云飞，孩子的事你随时提醒我，按孙教授的安排做好准备，我这一忙起来就忘事。"

"钱行长，不急，上次和周英又去见了孙教授，他说五一前后最合适，这个月的事那么多，过几天再说吧。你那么忙，还几次去找院长，我和家人都很感激，也多亏你的帮助和宽慰，周英才走出了对病情的恐惧。这些日子，我们这个小家可多亏了你和大家的关爱和照顾啊。"孔云飞说这番话时，感激之情由心底自然溢出，眼睛竟有些湿润。

"不说那些，我跑是应该的。人活在世上，谁还没个难事，人都讲个缘，我们能在一起共事，这也是缘分，彼此间互相照应帮助都是分内的事。亮亮的病给你的压力最大，不过，一切都会好起来的。”钱融和孔云飞都端起酒杯喝了一大口。其他同事们也都端起了酒杯，一种温暖感包围着云飞。

这一周，无论是白天黑夜，钱融都待在行里与钱进、孔云飞他们认真核查填写着各种资料。每一项文件资料都按统一标准和格式规范进行装订。去市行报送的纸质资料，装了满满的一车。

自从肖珊怀孕，钱进难得有时间陪她去散散步。这个星期天，总算没加班，钱进对肖珊说：“老婆，今天咱去公园走走吧，保健书上说，孕期要多到外面呼吸新鲜空气，要多活动。”

“好啊，难得你有时间陪我。”肖珊说。

天飘起细雨来，风却并不凉，而是有点温润。这样的天气正适宜这一对诗人，漫步雨中，就有了些许甜甜的惬意。他们相携来到凤凰山下的丁香园，园的入口处，卧一巨大观赏石，上有泰城著名书法家如林老先生所题“丁香园”三个字，朱红色的大字笔力遒劲。在细雨的冲刷下，越发鲜红，格外引人注目，颇为小院增色。这丁香园有几十株老丁香树，满园的丁香花互不相让地竞放着。各色的丁香花细雨中多了几分娇艳，细碎的花瓣像一个个迷离的幽梦。钱进为肖珊擎着雨伞，肖珊左胳膊紧紧地挽着钱进，两人漫步在园中鹅卵石小径上。因为是星期天，尽管天落着雨，前来赏花的人仍络绎不绝。这是最佳的赏花时节，人们争相在丁香树下拍照。

钱进说：“咱这小城，有八十平方公里的十大风景区，集溪、泉、瀑、洞、林、石之胜，汇寺、庙、宫、观、门、墙之优，在北方是著名的国家级风景名胜区。山阔且秀雅，水富而空灵。而我特别喜欢这丁香园，尤其是在春雨里，它能给你很多的启迪。不仅是诗意，更多的是能让你心境旷达，胸襟开阔。”

肖珊伸出手接了一把雨水，轻置于鼻下，深吸一口气，又慢慢均匀呼出，说：“是想逢着一个结着愁怨的丁香一样的姑娘吧。”

钱进说：“你就是那丁香一样的姑娘。看来你又有诗情了，我来记。”说着钱进拿出手机，准备记录。

二人行至玉带桥，立于桥头，凭栏望远，但见紫燕翩然，河岸柳帘轻摇，小径细花满地。肖珊略一思忖，口占一首：“玉带桥头细柳斜，丁香小径满飞花。雨丝不解春风意，新燕归来栖我家。”

肖珊望着缓缓流淌的泰河，想起当年钱进陪同初游，恍然如昨，不觉诗情涌上心头：“泰水盈波柳似烟，三春芳意碧连天。丁香常伴浑如梦，细雨无声到眼前。”

作完，肖珊对钱进说：“可不能辜负了这细雨丁香，你也要赋一首啊。”

钱进神秘地说：“我已有，且以细雨丁香为题，不过我还要再斟酌一下。你的诗来得快，等咱忙过股改，我一定陪你走遍小城的风景区。还有咱泰城那几十种的特色风味小吃，一定陪你遍尝。相信到那时，你会作出更优美的诗词的。”钱进将伞递给了肖珊，然后从口袋掏出一张信笺，放于手上，快速记起来：

细雨，多情缠绵
吟花开静谧
仿佛从心底抽出了一条条细密

心事
清冷的日子
添了暖暖诗意

丁香，娇娇滴滴
细碎如梦
恰似怀春少女的笑靥
透着温柔的矜持
清寂的早春
便有了爱的慰藉

伞，已无济于事
细雨，从心灵的上空
缓缓地落入心底

雨，已无济于事
微风把浓浓的馨香
弥漫了相思里

于是细雨丁香化作了一首诗
洗濯红尘
静静地
轻轻地
飘落进岁月里

第三十三章

眨眼已是四月下旬，四月二十五日上午，天空飘着蒙蒙细雨，暮春的细雨让人感到了微微暖意。支行大院里，几棵高大的梧桐树下，落了一地的紫色喇叭形梧桐花，紫莹莹的像奏出的一首春曲。

刚上班，钱融找来孔云飞，说："医院王院长和孙教授正在医院里等我们，你收拾一下，立即去医院安排亮亮住院手术的事。"

"钱行长，办公室还有好多事要做，我去张行长和梅主任那请个假。"孔云飞说话间心里已满是感激。

正说着，张军和梅霞走了进来，张军说："不用了，刚才钱行长都和我们说了，你快告诉周英让她回家准备一下。"

细蒙蒙的春雨还在不住地飘着。

泰城第一人民医院大门前的花坛里淡淡的粉红色的月季正绽放，草坪经细雨的浸润，绿油油的，鲜艳洁净。花香混合着绿草的气息，给人以春的生机和温馨。

钱融和孔云飞来到医院，王院长和孙教授已在接待室等候。

"王院长、孙教授好，孩子的事让你们费心了。"钱融见过王院长和孙教授，又把孔云飞介绍给王院长。

“小孔啊，我们医院已对孩子的情况进行了集体会诊，手术由孙教授主持，这是麻醉师张教授，这是特护主任，他们都是我们省内心脏科的知名专家。过两天来给孩子办住院，你就放心吧，在心脏手术中这是个小手术，我们已安排了最好的医生。”王院长把张教授和特护主任一一给钱融和孔云飞做着介绍。

孔云飞很是感激，不住地致谢，并代表全家再三邀请各位院长、教授去饭店吃顿饭。

王院长笑笑说：“你就不要客气了，你们钱行长都替你请了。我们是同学，他的事就是我的事，他请我还要我来付钱呢。你有这样的领导，也是你的福啊。”

孙教授温和地说：“这手术花费不小，咱就别再给小孔破费了。小孔你就放心吧，也劝劝家人，我们会全力做好的。”

钱融说：“那我们可就拜托了，云飞咱们回家准备吧。”

孔云飞双手紧握孙教授的手，口中不住地说着谢谢，心中涌起一股难以名状的激情。

二十八日上午，孔云飞和周英带着亮亮住进了泰城第一人民医院。

钱融、梅霞、肖珊和办公室的人员来到病房看望孔云飞一家人。

孔云飞对钱融说：“钱行长，你们就别跑了，行里工作那么忙，再说你都跑多少趟了。刚才王院长和孙教授来过病房，说打几天消炎针就准备手术。”

钱融见周英在一边掉泪，叹气道：“唉，就是亮亮太小，让孩子受这罪。”他又回头拍拍孔云飞的肩：“云飞，亮亮尽管才五周岁，可这孩子很懂事，不要动不动就和周英掉泪，坚强些，多鼓励孩子，和人家医生搞好配合。放心，你们小家庭背后有我们这个大家庭呢，到时，我们都为亮亮加油、祝福。”

亮亮望着大家，不住地喊着大伯、阿姨。五岁的孩子还不知道他将面临的未来是什么。同去的同事见周英落泪，看着活泼可爱的小亮亮笑着、跳着，也都偷偷地落下了泪。梅霞见状，冲着同来的女同事扬扬手说：“看看你们这出息，来干啥了。”钱融抱了抱亮亮，先行走出了病房。

钱进是四月二十九日晚上去的医院，亮亮已睡下，周英正为他洗衣服。

“云飞，这几天我可能没时间过来，按股改要求，不良资产打包处置工作全国要在六月底前结束，我们行有十几个企业近亿元在这次处置范围内。你和嫂子多保重，抽空我再来看你们。”钱进说着将一个大布娃娃放到桌子上，并坐到亮亮的床边，为正熟睡的亮亮盖了下被子。

孔云飞紧握着钱进的手说：“钱进你忙吧，这里都很好，你也要照顾好肖珊啊。”孔云飞真心感激上天让他交了钱进这样的朋友。无论是学识、资历还是人品，钱进的人格魅力时时在感染着云飞——他们已成了挚交。孔云飞曾多次在与他饮酒时说：与弟相交恰如古人所言，人生得一知己足矣。

钱进又劝慰了周英几句，病房门开了，是家里的亲戚来看亮亮。见天色已晚，钱进匆忙道了别。

市行十一楼的一个中型会议室里，资产风险管理部人员都集中在这里办公。钱进正在微机旁快速地敲击着键盘，他的身后是两个方便面箱子和一大兜袋装榨菜。身边的同事小任正伏案熟睡着。他们已是第七天这样白天黑夜地连轴干了。

四月三十日上午，钱进就和支行公司业务部的六名人员带着微机、资料来到市行集中汇总整理打包核销处置资产的材料。第四天，两位年近半百的老同事首先熬不住了，部队转业的老刘血压高住进了医院。已有二十九年工龄的老李，早已到了花眼的年龄，本来看微机就费劲，效率比别人低，偏偏肩周炎发作，疼得再也摸不了鼠标，只好回家靠服药止痛。领导们去看他，他不无伤感地说："看来真的老不中用了，我这身体，干不到工行上市了。"

"老李，不要这么说，你们为工行股改是做出贡献的，好好养病，早日康复上班。"领导们安慰道。

五月六日，晚上十一点钟，其他支行的同事已装订好资料，都陆续离开了会议室。泰城支行的企业多，人手又少，不仅还没装订，有一户的材料，钱进还在整理。小李和小张正在吃方便面，钱进敲完最后一个字，站起来伸了伸懒腰，长舒一口气，"唉，总算完事了。"他晃了晃熟睡的小任，"青年人快醒醒，外面下大雨了。"

小任从办公桌上抬起头来，刚想睁眼，又被会议室里强烈的日光灯照射得眯了起来。小张笑着将一块湿毛巾递给他："当心，伙计，别把头睡扁了。"

"小任你起来吃碗面吧，明天上午八点半以前所有的资料必须按时送往省行，我们还没有装订，今晚无论如何，要找家打印社按规范装订好。"钱进负责汇总，他见时间已很晚，不无焦虑地说。

“这么晚了，到哪里找打印社？都十天没睡个囫囵觉了，你行行好，让咱睡半宿吧。”小任委屈地说。

钱进严肃地说：“我也很累、很困，可是按不良资产处置时间表，明天要不及时送到省行，就很可能错过核销机会。大家再辛苦一点儿，就算挨个敲门，也要把资料装订好。”

时间已近零点，齐州市行的办公大楼除了保安值班室和几个支行在整理资料的办公室亮着灯，都已浸入黑夜。

钱进和小任叫醒保安，带了资料来到大街上。空荡荡的中心路上已无一人，街两旁的路灯也困倦地没了精神。凉爽的夜风吹去了钱进的倦意，毕竟希望在眼前了，近两个月的拼搏努力总算没白费。钱进的脑海里回想起了处置不良资产的这段经历——十几家企业，跑工商局、法院、土管局、房产局，完善资料，对那些早已关门的企业不分白天黑夜去找人落实资料……钱进掂了掂手上这兜沉甸甸的资料，感叹着，这花费了同事们多少心血啊。

敲了几家打印社的门，都因为没有营业员而无法装订。“我们还是回去睡吧，这个点人家没人上班。”小任无精打采地说。

“不行，就是挨个门敲，也要找到一家有人的，不然大家这些天的心血就白费了。”钱进的话掷地有声。

清冷的大街上，两人并肩无声地走着。天上的星星也疲倦地没了眼神，唯有路灯与他们默默地做着交流。

“钱哥，这里有一家打印社，门卫还亮着灯。”小任异常兴奋地说。

钱进接过小任手中资料，吩咐他：“快去，叫门。”钱进见眼前这座小楼，楼下是营业室，楼上像卧室，心想，这家肯定有人，真是天无绝人之路。

敲门声响起，值班人员拉开门怒吼道：“你们干什么，深更半夜的。”看上去，值班员五十岁开外，说话呛了点，人还算面善。

钱进忙进前一步，满脸歉意地说：“对不起师傅，我们因为明天一大早要报资料，急需装订，打搅你们了。”

门卫见两个青年人手里各提着两大兜的资料，彬彬有礼谦和儒雅，气消了一半，说：“青年人，你们就没个时间观念，也不考虑别人是否休息，明天再来吧。”

钱进也缓和了语气，知道没有被完全拒绝，随手掏出一包香烟递了过去：“师傅，我们是咱齐州市工行的，工行股份制改革，时间要求非常紧，我们是加班加点两个多月才赶出了这些资料。师傅您就帮帮忙，我们都半个月没回家了，这些资料如果明天报不到省行，就会影响我们全市工商银行的工作。”

师傅没有接烟，见钱进这么诚恳，说：“我知道你们工行的股改，我侄子也在你们行，你们等一下，我去叫人。”说完，上楼叫人去了。

小任站在一边没插话。他很佩服地看着钱进，内心充满崇敬。

不一会儿，楼上两个窗口的灯光亮了，师傅拉开门，说：“算你们幸运，进来吧。”

凌晨三点多，资料终于全部装订完毕，钱进和小任谢过师傅，向市行大楼赶去。

第三十四章

五月八日夜，淡淡的月光照进泰城第一人民医院的301病房，病房里孔云飞和周英守候着小亮亮。

“云飞，明天亮亮就要手术，我真害怕。亮亮要是有个三长两短的，我可怎么活啊？”周英那颗焦虑的心全在孩子身上了，已经是几天几夜没吃好饭、没睡好觉，脸色泛黄、疲倦。

孔云飞望了一眼正熟睡的儿子，双手紧紧握着周英的手：“放心，刚才我见了几个教授，手术一切都准备就绪，痛苦很快就会过去。”

尽管家人送来很多饭，他们又如何吃得下？

六年前，正是盛夏，那个燥热的夜晚，周英感觉快要生产，孔云飞搀扶她去了医院。十月怀胎，一朝分娩，孔云飞既忐忑不安又充满期待，在医院的产房门前默默地祝愿母子平安。

一声婴儿响亮的啼哭声让他不顾医院的禁忌，没等护士叫他便冲进了产房。护士直冲他嚷：“看把你急的，是个小子，顺产！”他把早已准备好的两个大西瓜和一大包糖果送给了产房的护士。他做父亲了！一种难于言表的喜悦使他陶醉了。

儿子聪明漂亮而且听话，他工作回家总要抱着儿子唱着、跳着，在他的眼里，世界是美好的，生活是美好的……

没想到，第六个年头上，他的亮亮却要做个生死攸关的手术。

劝慰了周英一会儿，他在病房里坐不住了，对周英说："我去问一下值班大夫，看看明天的注意事项。"周英木然地应着。

病房区静静的，护士站在值班台前，随时准备着给病房里的病员更换药剂。

夏初的夜晚，清凉而静谧。若不是在医院，若不是亮亮的病，这是一个多么美好而温馨的夜啊。然而……一回到现实中，孔云飞便被痛苦煎熬着。

为了明天的手术，上午他到主任室去签字，孙教授将手术中可能出现的种种意外一一介绍给孔云飞，每一项都如钢针扎在他的心窝上，后来也不清楚孙教授讲了啥，便麻木地在手术单上签下了名字。这是他有生以来最难受的一次签名。他将面临的是死的绝望还是生的希望，是欢乐还是痛苦？他茫然不知，他甚至不知是怎样走出主任室的。

第二天上午八点钟，医院又进入了一天最为繁忙的时刻。陪护的家属为病员匆忙买着早点，医生逐个查着病房，护士们将一天的药品和药剂一一送到病员的床头柜上并再三叮嘱着注意事项。

301病房里，周英正为亮亮做着手术前的准备。两位年轻的女护士来到病房，为亮亮整理病床。见到亮亮的家人们，一位年轻女护士说："小亮亮真听话，这几天来输液，手上扎针，几次扎不进去，他咬着牙从未哭过。有些成年人还嗷嗷地叫，我们从未见过这样坚强懂事的孩子。"

上午八点二十五分，亮亮进了手术室。周英被亲人们扶回了病房，孔云飞站在病房的走廊里，接待着来探望亮亮的同事和朋友。

其实，孔云飞的心早已随着亮亮进了手术室。想到昨天签字时医生与他的谈话，他的眼泪又一次涌了出来。他想一切都会顺利的，亮亮是那么懂事善良，老天会保佑他的。云飞这样想着，心里感到一丝的安慰。

十点多钟，泰城支行的同事们以及来探望亮亮的亲人朋友都到了，病房门前走廊上站满了等待的人。孔云飞被这一场景深深地感动了。大家工作那么忙还来看亮亮，孔云飞眼含热泪不住地对亲人、领导、兄弟姐妹们点着头致谢。亮亮的手术牵动了多少人的心啊。不知情的人在问，是什么大领导做手术，来了这么多的人？护士们也说，泰城第一人民医院这是第一次这么多人来看望一个病号。有这么多的亲人关爱着亮亮，手术一定会非常顺利的。孔云飞在心里感激着大家，他坚信，有这么多亲爱的人们的祝福，幸运会降临到儿子身上，让他平安地渡过这一关。

经过了漫长而焦虑的等待，十一点钟手术室的门开了，孙教授走出手术室，虽然有点疲惫，但仍掩饰不住兴奋地对孔云飞、钱融和张军说："手术非常成功！孩子将来当空军也没问题。"大家悬着的心总算落了下来。

"钱行长、张行长，你们都回去吧，感谢对我们这一家的关爱！"孔云飞一一与来人握着手。

"那我们走了，你也去吃饭。亮亮已过了那一劫，一切都会好起来的。"钱融拍拍孔云飞的肩膀说。

孔云飞把大家送出了医院大门。回到病房，家人已买好了饭，但周英只是哭，并不想吃饭，亲人们在劝说着她。

下午四点多钟，孙教授来到病房：“小孔，亮亮醒过来了，一切都很稳定，你和小周去看看吧。”

孔云飞和周英来到特护室，护士说：“看一眼就走，刚做完手术，他的身子还很虚弱，更不能掉泪，他还经不起刺激。”

周英来到特护室亮亮的病床前，见儿子鼻孔上是输氧胶管，身上还插着几只胶管，床头柜上是监测仪，电镀金属支架上挂着药水瓶。此时亮亮已睁开眼，一种难于言表的痛苦布满了他那稚嫩的小脸。

“亮亮，妈在这儿呢，亮亮，你看见妈妈了吗……”周英一句话没说完就哽咽了。小亮亮眼里也满含了泪水，想哭却没哭出声。

“快让家属离开，不能让病号激动，必须让他安静。”大夫走过来生气地说，转身对护士说道：“把家属请出去。”

孔云飞搀扶着痛哭流涕的周英离开了特护室。

两天后，亮亮回到了普通病房。

见儿子状况平稳了，孔云飞白天赶去上班，周英护理着儿子。待下班后，他就又匆匆赶到医院。这天晚上，周英和亮亮都已睡下，孔云飞坐在沙发上看书。连日的劳累，让孔云飞手上的书掉在地上都没察觉。朦胧中听到开门声，原来是钱进和肖珊来到了病房，带来了新鲜水果和一束鲜花。

“你们咋又来了，亮亮恢复得很好，大夫说再过几天就能出院了。工作那么忙，肖珊又不方便，你们就不要跑了。”孔云飞拾起地上的书，接过鲜花，为肖珊让着座。周英也醒来了。

钱进将水果放在桌子上，说：“云飞，你最困难的时候，作为好友我却没能来陪你，听肖珊说了，手术非常成功，真为你们高兴。”

“股改工作那么多，你们剥离不良资产的工作又是重中之重，也是我们全行的希望。再说，肖珊都来看过好几次了。”孔云飞感激地看了肖珊一眼。

“嫂子，都过去了，你要多保重，身子要紧啊。”肖珊的声音极轻柔，周英的心里也热乎乎的。

周英看着肖珊凸起的肚子说：“妹子，平常多走动到生时才顺。”两人拉起了女人的事。

自从亮亮查出病，周英第一次有心拉别的事。这半年来，亮亮占据了她全部的心思，山川日月似乎都与她无关。肖珊见她开始走出孩子得病的阴影，也由衷地为她高兴。

第三十五章

早上七点钟，肖珊便早早来到了山城储蓄所整理着卫生。建成理财中心半年来，业务发展相当快，按照“大个金”的发展思路，肖珊将专柜和综合窗口进行了细分，标出了大额取款专柜和代发工资专柜。特别地设立了醒目的电子银行服务区，代收电话费、水电费都在非现金区通过网上银行办理。大堂经理和所主任的工作更加繁忙起来。

八点半，客户陆续走了进来。

肖珊身穿深灰色西装，白衬衣上是浅蓝色碎花领结，温文尔雅，落落大方。此时，肖珊的腹部已明显凸起，行动迟缓。“师傅，是取款吗？”肖珊见是一位中年客户拿着牡丹卡，笑容可掬地迎上前去。

“啊，我用卡取 1000 元钱。”男士答道。

“不用在这里排队，到取款机上提吧。”肖珊说着，领着男士来到门前的自动取款机，接过他的卡为他示范，耐心而细致地讲解如何使用。一会儿工夫，男士便取出了钱，礼貌地对肖珊笑笑：“谢谢你，我是几天前刚办的卡，这是第一次使用。”

肖珊见客户取款后不急于走，便主动跟男士搭话：“不用谢，

肖珊身穿深灰色西装，白衬衣上是浅蓝色碎花领结，温文尔雅，落落大方。此时，肖珊的腹部已明显凸起，行动迟缓。“师傅，是取款吗？”肖珊见是一位中年客户拿着牡丹卡，笑容可掬地迎上前去。

这是我们的职责，你在家里上网吗？”

“上网啊，怎么，有事吗？”男士疑惑地问道。肖珊赶紧说：“我们工商银行的网上银行很方便，在家里通过网上银行您可以办理各种缴费、转账、购物，若是有住房贷款，还可以网上还贷，不受时间的限制。”肖珊说完将一张网上银行宣传单递给了客户。

肖珊的一番话打动了客户，中年男士接过宣传单认真看着，不住地点着头：“好，太适合我了，平常出差多，几次都耽误了缴费，通过网上缴费可就省事多了。下午我就来办。”

肖珊又将一份办理通知递给客户，中年男士满意地离开了山城储蓄所。

路江晖走了过来，谦恭地笑笑：“主任，你又给我们上了一堂课。”

这时，营业室里客户不多，肖珊对路江晖说：“这几天我正想和你拉拉，我们建成理财中心，要构建‘大个金’实现个金业务转型，这可不是一般的转型。这段时间我一直在想，大堂经理并不是单纯地站在大厅当导引员，而是我们银行与客户之间连接的纽带，是展现银行企业文化的一个窗口。‘大个金’通俗地讲就是多客户、多服务、多产品。多客户是指中高端客户要多，多服务是服务层次、服务内容要多，多产品包括了电子银行、银行卡、汇市通、各种贷款等新产品，在做好柜面业务的同时，还要宣传推介新业务，为客户提供存、贷、汇等一体化、个性化的金融服务。你干了大堂经理，要在维护现有大客户的基础上，不断地发掘新的优质客户，只有这样，我们的贵宾理财中心才名副其实。”

“谁是主任？你们为什么不提给我钱？”肖珊正和路江晖说着话，柜台上一位客户气势汹汹地与柜员嚷嚷着。

“我是，有什么困难需要帮忙吗？”肖珊忙礼貌地与客户打招呼。

客户很不高兴地将一个教育储蓄存折递过来：“到期了，我来取款，你们却要我到学校里开证明，孩子上学还有假吗？”

肖珊立刻明白了是怎么回事，接过存折，问道：“孩子是哪个学校毕业的？”

“泰城第一中学，还要查证吗？”客户极不耐烦地答道。

“师傅，教育储蓄到期取款，必须要有校方开出的三联单，这是国家税务总局、教育部和人民银行联合下发的规定，一个月前各媒体和金融单位都做了宣传。”肖珊从客户表情上看似乎有难言之隐，忙说：“一中的校办主任是我的同学，若不急，你把孩子所在班级姓名写下来，我马上联系开具证明。”

客户听了肖珊的解答，很难为情，把一张纸条递给了肖珊。肖珊对路江晖说：“江晖就跑一趟，我给李主任去个电话，能给客户办到的尽量减少他们的不便。”

路江晖马上去了一中。这位客户一时不知说啥才好，拉了肖珊来到电子银行服务区客户少的地方，将一个黑皮包拿过来。“主任，你们的服务真好，我知道应该去开信，可出门只带了八万两千元现金，我的一个同学找我拉存款，这来来回回不方便，你可给帮了大忙了，这八万两千元钱，还有教育储蓄一万八千元，就都存在你们这里了。”说着，将皮包塞给了肖珊。

肖珊笑了：“为您提供优质服务是我们的职责，这么多现金若一时不用，我们这里有好多金融产品可供选择，有基金、国库券、保险，我们会帮您理好财。”

肖珊将客户让进了大户室，很快为他办理了理财金账户，经互换名片，肖珊得知他是一位经营机电的老板。

营业厅里，办卡的、汇款的、缴费的、存款的络绎不绝。资金在这里汇聚，又从这里分流到四面八方，融入市场经济的大潮中。

临近十一点钟，二号柜外面突然有人大声地嚷了起来：“昨天我来存款1000元，我当时给了你1300元，你多收了我300元。你不还给我，我找你们行长去！”

肖珊循声赶快过去，只见是一对上了年纪的老夫妻。老大爷正生气地对着窗口柜员嚷。周围已有好多客户好奇地围了上来，一时间扰乱了营业室的秩序。

“二老有事慢慢说，我是这里的所主任。”肖珊连忙将二位老人领到客户休息座椅上，并为他们递过两杯热水。

“昨天我来存钱，回家才发现少了300元，那钱都递给了里面。”老人说话情绪有点激动，用颤抖的双手将一个活期存折拿给肖珊看。

肖珊心里明白，这种情况肯定是客户记错了，但一时又不好说清楚。肖珊拿着存折看了一眼，耐心地说：“大爷您别急，您的钱肯定少不了。”见老人情绪稳定了，她又向大爷解释工商银行柜员收付款的制度和监控录像。老人听着肖珊的解释，一脸的茫然，难道是自己老了，不记事？

肖珊又和老人的老伴拉起来：“您在哪个单位开工资，今年多大岁数了？”

老人说：“我们都是泰城陶瓷厂退休的，快70岁了，工资不多，可也不缺钱，孩子们自己办着厂。不过这钱不对，感到很郁闷的。”

“是吗？二老和我的公婆是一个单位退休的，他们也是这么大年纪了，身子可不如二老结实。”顺着二老的话，肖珊和他们聊起陶瓷厂的事来。

这时，路江晖走过来，他已到柜台内看了录像，也听清了肖珊和他们的对话，给老人又倒了杯水，说：“大爷，我父亲也是你们单位的，住在陶镇西头，我叫路江晖，是这里的大堂经理。”大爷看了路江晖一眼，说：“你父亲是八车间的吧，哎，转眼间你们都这么大了。”

肖珊见两位老人聊起了厂里的人和事，渐渐情绪不像刚才那么激动了，脸色也缓和了下来，趁机劝说：“大爷，您若不放心，可以看录像。”

二位老人忽然想起了什么，说：“不用，不用，闺女，你脾气真好，可能是我们记错了，给你们添麻烦了。”

二人走后，柜台内李雪娇走出来：“主任，他们又没少钱，还那么耐心地跟他们解释干什么？影响我们的正常业务。”

“小李，你这思想可不对了。按说，在我们银行，他们这类客户应该是‘二八’定律中的‘八’，不会给我们带来更多的效益，但我们的服务不到位，同样会影响我们的效益，因为他们有子女，有亲朋好友，有周围的关系群体。他们的子女不就开着厂子吗。”肖珊半是批评半是教育地对小李说道。

下午的班后会上，肖珊就服务问题又提出了让大家深思的课题，那就是如何从细微之处做好服务工作。肖珊说：“尽管我们对提升服务工作提了这么多年，但服务就是做细节，就是与别人不同。对客户而言，金融同业好多产品功能是相同的，唯一的差别不过是我们服务质量上的差别，这种差别是极其细微的。有时多一句解释多一个示范，可能就会得到客户的认同，这也就是同业竞争的优势所在。”

肖珊说着拿起一本《韦尔奇自传》：“这本书是被称为全球第一 CEO 的杰克·韦尔奇的自传，希望大家都认真读一读。韦尔奇有句名言，‘公司不能保证你的饭碗，只有让顾客满意才能保证饭碗’。这同样适合于我们的金融业。我们所有员工在为客户提供服务过程中的言行举止无不对银行的整体形象产生影响。一个微笑、一句礼貌的问候，很可能会让客户感到莫大的安慰，甚至可能因为我们员工在服务方面一次不经意的努力就会又增加一位忠诚的客户，而且通过这位忠诚客户的评价和宣传，就会影响更多新客户，优秀的服务品质又会使这些新客户成为我们的忠诚客户，由此我们的良好形象才得以塑造。”

肖珊的讲话引来大家的一片掌声。

李雪娇凑上前说：“你都快成理论家了。”

“同业竞争要求我们必须去不断地在实践中探索，这是市场竞争的必然。尤其钱行长在全行大会上就服务工作，提出的三个字，即敬、竞、净。敬，就是敬客户、敬领导、敬同事，敬事业；竞，就是竞业绩、竞服务、竞管理、竞技能；净，就是个人净、网点净、环境净。这是对我们网点服务要求的经典总结，希望大家深刻理解，并落实到工作中。”肖珊语重心长地说。

接下来，路江晖按班后会的程序对今天各位柜员的工作一一做了点评，又对第二天的工作进行了部署。

进入六月份，工商银行各项改革步伐加快。股改上市，将人均指标和效益提上了议事日程。而此时，齐州市行尽管历经了人事改革、不良资产剥离和消化历史财务包袱，但长期以来的临时用工改革还迟迟未进行。基层代办人员思想不稳定，直接影响了服务，全行人均效益还较低下，既影响了工行在社会上的形象，更影响了全行的绩效。与此同时，上周分行又召开紧急会议部署了几项工作。去年提出撤并低效网点的工作计划，因搞“三定”工作而迟迟未进行。这次，上级行又加快了网点机构改革，对营业网点存款提出了网均指标的新要求。

泰城支行同样面临这两项重大改革。

下午临近下班，钱融在办公室浏览内网信息。这已成了他的工作习惯，早晨第一件事是打开内网，看看有没有急办的事或通知，对好的经验信息他会下载下来，抽时间再仔细研究。下午下班，他会再次浏览，看一下分行有没有新的要求，这样不至于让工作被动。见并无新的通知精神，钱融离开了办公室。

张军正在翻阅着城市金融杂志的一篇构建“大个金”经营格局的文章，钱融推门走了进来。

“来了，我刚学习了分行低效网点撤并情况实施意见，根据上级行要求，我们行面临着网点改革的严峻考验啊。”张军站起来看了看钱融说道。

“是啊，在全市系统内，我行的压力最大。多年来，我行的各项指标持续高位运行，年年加码，没有时间去考虑人均、网均指标，已是五年来没有调整网点。这次有五个低效网点处在这次的撤并范围内，存款余额达三亿余元。六月底撤并工作要结束，将会直接影响全行存款工作。”钱融紧皱眉头，一种无形的压力正让他无所适从。

钱融接着说："形势明摆着，几年来我行的存款在齐州市都是贡献行。在泰城，工、农、中、建四行中，我行更是占据了半壁江山，撤网点、调整结构不仅会造成存款大幅下降的状况，更会使全行的士气和信心受到打击。这不仅是任务问题，更重要的是在现行绩效考核机制下，会直接影响员工的情绪，特别是撤并网点主任的工作情绪。五个网点的主任或者到大的网点任营业经理，或者转岗到公司业务部任客户经理。这样一来，刚刚调动起来的工作热情必然会受到影响，我们必须做好思想准备。"

张军不断点着头。钱融又说道："我找你也正是为了支行下半年的几项主要工作。我行股改的基础工作市行党委很满意，对我们班子给予了充分的肯定，这与你和大家不辞辛苦地工作是分不开的。昨天，市行周行长找我谈话，分析了我们的现状和将要面临的困难，说到人事上，根据有关干部工作任期交流的规定，全市将有部分支行副行长调整变动，你也在调整之列，我提议让你调换一下分工，再回到个金业务工作上来。市行党委原则上同意了我的意见，你意下如何？"

张军对这突然的变故一时没有准备，但很快平静下来。在班子里，他很佩服钱融的胆识，一个班子有个好班长非常重要。困难不怕，怕的就是班子人心涣散缺乏战斗力。实践证明，在钱融的率领下，泰城支行是一个团结而富有战斗力的班子。

张军抬头望了钱融一眼，深情地说："经历了人事改革的风风雨雨，我在泰城任职时间又长，想离开泰城换一下环境。既然你对支行的改革发展已经有了规划，我愿和班子成员一道配合协作，把支行的工作做好，跟上全行上市步伐。不过我很长时间不从事个金业务工作了，怕干不好啊。”

钱融听完张军一番推心置腹的话语，说：“我们正处于网点调整和个金业务的转型期，面临的困难是不少，可更缺乏的是同心同德的精神啊，我相信你会干好的。”

两人交流着，不觉间早已过了下班时间。钱融说：“我们一块儿吃点水饺吧。”说完，两人并肩走出了办公楼。

一周后，张军正式分管个金业务工作，负责了除公司业务以外的银行卡、住房、个贷、储蓄等全部对外营销工作。

张军上任后，第一件事就是撤网点。按照上级行的要求，他召集个金部主任段峰和办公室的梅霞、孔云飞研究制定了撤并方案，报给支行党总支。经支行认真审阅后，上报市分行，再统一由分行报银监局批准后执行。

第一周撤并了三个点，都是地点偏远且余额较少的网点。张军按照两天一个的撤并时间安排，由支行总会计和风险部经理负责并账及账务监交保管工作。张军总负责，从安全工作到网点安排留人向客户做好宣传解释，梅霞负责网点办公用具的撤回及房产的交接，事先列出了详细撤并登记表逐项打钩。撤并交接按工作程序进行，可谓滴水不漏。

为了确保让客户了解撤并迁址情况，他们又在区电视台公告一周。一周内三个网点顺利完成了撤并，除留主任值班向客户做好解释外，其他人员全部临时安排到了其他网点和支行部室。

六月下旬，其他两个网点也相继撤并。仅仅一个多月的时间，并所的五个网点储蓄存款下降近两千万元，撤点的影响出现了，泰城支行储蓄存款第一次面临了严峻考验。

钱融做了全面而认真的分析：“尽管我们在工作上对存定期

的客户和五万元以上的优质客户进行了跟踪服务，但是由于并所网点的距离远，最远的有十里路以上，而撤所周边又有农行、农联社和邮政储蓄，他们看准了工行的撤点，不失时机地开展了一些特殊营销，很多客户都纷纷提款转移到了住所附近的行社。”

周末，利用上午时间，钱融组织召开了网点主任会议，会上重点谈了四点意见，一是服务问题，二是大客户维护与争揽问题，三是撤并点的存款稳存工作问题，四是内控问题。各主任汇报了各自的工作打算。之后，张军又重点部署了当前的一些具体工作。

此时，保持共产党员先进性教育活动正在全国工行系统展开，钱融参加个金部党支部学习。支部在下班后六点钟集中，通读指定的重点篇目，多是一人念多人记。钱融白天忙业务上的事，晚上参加学习。无论工作怎样忙，他都带头认真地对待学习，他深知作为一名党员干部，必须要有政治素质，现代国有银行干部更要求基层领导干部要讲政治。他常常回到家还会写读书笔记和学习心得到半夜，并结合业务写业务计划。他认真地对待着上级行安排的每一项工作。平常就爱读书，通过这一阵的学习，更加充实了自己的理论修养，尽管工作忙得不可开交，但他感到了充实。

第三十六章

离上半年工作结束不到一周了。周六，市行召开党委中心组（扩大）读书班会议，各行行长参加，钱融参加了会议。会上，市行周行长传达了省行党委中心组（扩大）读书班会议精神与各支行一把手对接了上半年指标，要求各行确保完成任务。

第二天，钱融回到支行立即组织召开了支行党总支会议，传达了市行读书班（扩大）会议精神，主要是各项指标的落实情况。

网点撤并，储蓄存款急剧下降。钱融分析了存款形势，距完成锁定目标差两千万元，不到一周的时间，要想完成目标，除非有一次大的揽存。个人住房贷款和电子银行业务已确保完成，银行贷记卡发卡量还差50余张。钱融想，尽管困难重重，只要全行齐心协力，振奋精神，办法总比困难多，对完成任务目标还是要倾尽全力去争取。

会后，晚上九点多钱融就回了家。妻子孙莉还在看电视，女儿晚自习刚回家。他烦躁地翻着电话簿，对能够办卡的联系办卡，能揽存的联系揽存。

“工作有多忙啊？你们都两个月不休息了。”妻子心疼地问道。

钱融放下电话簿，并没理会妻子的关爱，说："对啊，你们单位机关上不是还没发银行卡吗？明天你帮着联系一下，我们上半年的发卡任务可就指望你了。"

"哎，上次为了揽存款我已得罪了我们财务处长。银行卡你们也晚了，年初，中国银行、建设银行都去联系，我们处里每个人都免费收了几张卡了。再说，单位里最近的贷款可都是人家中行和建行的，你就别去瞎掺和了。"孙莉带了几分埋怨的口气说，随即关上了电视。

"这次不同，时间过半，任务过半，任务指标是严肃的，你不帮谁帮啊？无论如何，能联系你们处办理 20 张就行，我们的贷记卡正在促销中，只要三个月内刷卡一次就免年费，还有优惠抽奖，最高奖项是轿车。而且透支 56 天免息，银卡可透支五千元，能免息 146 天。"说起业务，钱融像营销员一样，从头至尾地讲起来。

"我的行长大人，睡觉吧，你说的这些，人家中行、建行、交行都去说过八百遍了，我都能背下来。这卡、那卡的谁用过？你也不调查一下，你们银行员工手里有几张卡了？用了几张卡了？不要异想天开了，好多卡都是浪费。"孙莉疲倦地打个哈欠，看看时间已很晚，就答应试一下。社会上的流行语一点不假，一人干银行全家人帮忙。

钱融见妻子答应下来，心里总算有了点谱，可存款却还有较大的差距。妻子催他睡觉，他全无睡意，一股脑儿都是存款的事，干脆起来到书房看一会儿书。已是夜里零点，考虑到明天还有很多事，他不得不拿出昨天去医院找老同学才买到的法国产的安眠药“思诺思”。临走，老同学还再三叮嘱，说道：“这老外的货一定要按剂量用，不然，你这大行长睡过了头，影响了你们的股改上市，我可概不负责。”钱融取出一片，见药片细长滚圆，像个小炮弹，洁白胖胖的身上刻着三个小字，国产的安定他吃三片睡不着，进口的却只需半片。他倒了杯水，精神异常兴奋，全无睡意。他就想，这不是个好兆头，自己自从干了行长，就没能够躺下就睡着过，更不用说睡到自然醒。人在席梦思大床上躺着，精神却在满世界游走，或是无休止地做梦。这才四十多岁，头发也开始稀疏了。真是社会上流传的那样，到了这个年龄，看书越来越远，尿尿越来越近，站着就打盹儿，躺下睡不着。不行，明天还有那么多的事要做，他拿起“思诺思”把玩一会儿，整粒吃了下去，吃完药，他又悄悄回卧室躺下，迷迷糊糊的，也不知最后是何时才睡着。

第二天，钱融感到身心疲惫，可能是药力有点过，要不是孙莉把他叫醒，恐怕就睡过点了。上午刚刚过了八点半，市行分管行长来电话表示，无论采取什么措施，都要确保储蓄存款锁定目标的完成。钱融放下电话，双眉拧成个结。坐在办公桌前，他第一次无心去打开电脑。其实，他是怕开电脑，怕见到那些完成任务的紧急通知和那些不争气的数字。俗话说怕啥来啥，一点儿不假，不一会儿，市行个金部、电子银行部、银行卡部和个人住房信贷部的总经理陆续来电话，存款、电子银行开户数、银行卡有效发卡、个人住房按揭贷款的营销相关数据铺天盖地而来。每位经理的每项指标都是头等大事，尤其是存款工作，点名说泰城若完不成锁定数，就会影响全市的平衡，就难以实现周行长确定的争一保二的市场占比地位。

钱融在电话里仍然表现出十足信心，一放下电话，就烦躁地不知如何是好。应付了市行经理们的谈话，他抓起内线电话，找张军向个金部和中心的主任们传达市行意见。

屋漏偏逢连夜雨，钱融一气部署了工作，还未缓缓气，泰城电厂分理处主任来电话，要300万元备用金，说是今天电厂集资建房职工交款。钱融看着日历，已是六月二十五日，再过五天就是月底，这突然的变故，要确保锁定数更是难上加难。

钱融抓起电话:“是陈主任吗？电厂的集资款能不能先存在储蓄账户上，过了六月底再转出？”

“我已做工作了，听他们财务处长说这笔款是进料款，明天要到账，否则会影响进度。”电厂陈主任无可奈何地答道。

“老陈，我不管你采取啥措施，这个窟窿你一定要堵上，到月底就是抓也要给我抓来。”说完，钱融没等对方答话便将电话死死地扣下。

已是很久不动烟的钱融，从桌子上摸过烟抽出一支，点燃抽了一口，呛得大声咳嗽一声，随即又狠狠地拧灭在烟灰缸里。这时，个金部主任段峰推门进来。

“钱行长，我合计了一下，离锁定目标差2000万元。”段峰看了沉着脸的钱融一眼，小心地说道。

“你还没算电厂的300万元，过几天还不知会不会再冒出个子丑寅卯来。”钱融对段峰他们的测算显然是不满意的。

“钱行长若要确保锁定数或者说是接近目标数，只有暂时不发养老工资，共1500万元，若拖到29号发，30号提款一天，顶多500万元，那么还差一千多万元。”段峰说道。

“不管锁定数完成完不成，劳保工资要正常发放。这几天老人都瞪大了眼，就盯着工资了，款一入账就得发。不仅如此，咱还要催促区财政局，可不能在这事上影响了工行多年的信誉。”钱融斩钉截铁地说道。段峰刚离开钱融的办公室，钱融的手机急促地响起来。

“是钱行长吗？我是区委宣传部老李啊。你今天中午无论如何要抽出宝贵时间到区宾馆来一下，有位开发商要见你。”宣传部李部长不容钱融争辩已给他安排了中午的事。

此时，钱融的眼前倒是猛地一亮，对啊，咋忘了李部长呢，自己这是忙晕头了。钱融拍了下自己的脑门，脸上溢出了笑意。

上个月，区里的一个化工企业破产倒闭，厂房和地被南方一位开发商看好，要整体接过搞开发。李部长是破产清算组组长，区法院院长是副组长。开发商款到后要先用作支付职工的补偿款、拖欠的工资、养老保险和医疗保险，这一块近两千万元，剩余的大多数要存半年以上。

为此，钱融凭与李部长的个人关系，单独接触过几次，李部长答应做工作，但要钱融先做好区法院工作。

那天，钱融去行里办了张礼宾卡，晚上带车去了区法院宿舍区。

区法院宿舍区在凤凰山景区的最下面，依山傍水，是一处风水绝佳之地。南倚蜿蜒起伏的凤凰山，北临清清流淌的泰河。钱融想，真会享福啊，选了这么个洞天福地的所在。到了门前天已抹黑，电动门紧闭着。钱融下了车，从窗口处向里面说明了来意。门卫老头让下车登记，见说找院长，老头从窗口探出半个脑袋，用嘴朝最里面的一幢楼努了努，手按下电动开关，说：“算你们走运，院长家里有灯，前面三号楼三楼东户。”说完电动门哗啦哗啦开了。

钱融来到三号楼下，按响了楼前院长家门铃，扬声器里面传来一女人的声音："谁啊？"

"我姓钱，是银行的，找院长有事，能否开门让我上楼去说？"钱融小心地回着话。

"又是银行的，刚才你们不是来过了吗？有事明天再说吧。"只听里面"啪"的一声放了对讲器。

刚才来过了？钱融马上意识到刚才来的一定是李部长说的中行和泰城商行的行长了。为了这笔存款，一个月前几家银行就打起了攻坚战，有的找老乡关系，找分管区长，找李部长，有的干脆就盯住了法院院长。钱融想，有了李部长这个关系，无论如何不能让他跑了，自己再等等，今天一定要见院长一面。

钱融在楼下焦急地等待。这时天飘起小雨来，司机小韩让钱融上车等，钱融怕错过了，在区里的会议上他曾和院长见过几面，但交往不深，他只好躲在楼檐下等。细雨中钱融才仔细地观察起这宿舍区庭院，偌大的院子，一处长长的休闲回廊，回廊里是一段美人靠。楼前是一块开阔的草坪，南为月牙形水池、假山和六角亭榭，北面有荷池，里面是茂密的荷叶，早有小荷亭亭的尖尖角，一座精致的半圆形石桥将月牙水池中分，像竖起了半个括号。从楼道口，有一条鹅卵石小径，通往凉亭。细雨洒在荷池中，好一幅荷塘细雨景色。这简直就是一处南方园林。

钱融观察着美景佳色，心里叹一口气，右手下意识地摸了摸上衣口袋里的礼宾卡，唉！胡思乱想着，钱融的肚子突然咕咕叫了两声，来时本想见一面就走，也没吃饭，没想到这一等已是一个多小时了。时间已过了晚上八点，钱融想这些大老爷们喝起酒来，还不知几时才散呢。钱融惆怅中长长叹了口气。

钱融拨通了李部长的电话，那边说“是钱行长，在哪儿？还没吃饭啊？真是为工行鞠躬尽瘁啊。老钱，别傻等了，先来我这里吃了饭，我帮你联系，我们还没齐菜呢。区宾馆凤凰亭，不见不散啊。”

钱融无奈地摇摇头，只好先去见了李部长再说。

到了宾馆，钱融才知道是齐州市日报社的几个编辑主任到泰城采风。

李部长见钱融来，忙让人加座。提高了嗓门说：“我给大家介绍一下，这就是‘你身边的银行，可信赖的银行’的钱行长，钱是金钱的钱。”然后，又把报社主任一一向钱融作了介绍。有两人钱融认识，在分行时和他们打过交道，其他人都是陌生面孔。钱融主动与熟悉的两位握手问好，又自报家门认过其他几位。

见钱融闷闷不乐的样子，李部长靠近他的耳朵：“老钱你放心，一会儿陈院长就过来，存款的事包给我了，你大胆喝酒就是了。”

正说着，法院陈院长脸红通通地迈进了凤凰厅。原来，李部长早已给他去了电话。

钱融看了满桌的酒客知道今天这场酒是逃不掉了。为了存款、办卡，四处求爷爷告奶奶，如今这股风，除了送还得喝酒，不用说上千万元，有一次仅 500 万元，就叫钱融喝得吐了一天一夜。

陈院长见了钱融寒暄几句，便毫不客气地坐在了上首。钱融见他还清醒，忙说：“陈院长，您可是大忙人，刚才去您家您一直没回，听李部长说您在这里，我才匆匆赶来。”钱融说完，乘人不备在桌下拉过陈院长的手，将一个信封放进了他的手里，并使眼色暗示一下。陈院长心领神会，顺势装了起来。

陈院长大声说：“李部长，我和钱行长来晚了，给我们换大杯，倒满白酒。”

其实钱融和陈院长的这些小伎俩，李部长早看在眼里。李部长笑了笑，说：“好啊，为了你们的合作成功可要干一大杯。”

钱融听了李部长的话感觉这双关语特别扭，可这又是事实，目的不就是那两千万元的存款吗？钱融看了看大家，又看了看白酒，是高度泰城大曲，心想，豁出去了！反正与这些家伙喝酒你别想囫囵着回去。尽管钱融早有准备，随身带了美国产的“护肝营养素”解酒胶囊，可与他们喝起来不把人灌倒在桌下是不会散伙的。

先是李部长让钱融和陈院长补了一大杯，接着重新带酒。钱融因空腹，一杯酒下肚，差点全吐出来，他强咽回去，头已感到似胀裂一般疼痛。接下来他又与陈院长狠狠地喝了一大杯，李部长又带了一杯，又逐个展开表示。三杯酒下肚，钱融再也无力喝了，陈院长见钱融喝多了，忙说：“我和大家喝，钱行长酒量小。”

也不知道喝了多长时间，也不知道别人是怎么走的，最后是司机小韩扶着钱融走出餐厅来到雨中，一口接一口吐了出来。细雨还在下，淋湿了钱融的头发。小韩为他捶着背，他在雨水里吐着，小韩又去拿来一瓶纯净水，钱融喝上又吐了出来，最后小韩连架带搀的才把钱融扶上车。

送回家，等孙莉扶他上床，他就什么也不知道了。

一觉醒来，早过了上班时间，钱融第一次没能准时上班。天已放晴，妻子、女儿都已上班、上学去了。钱融见床头柜上有一大杯水，床前放了个脸盆，知道晚上又吐过了。他感到浑身酸痛，头昏脑涨，肚子搅着难受。他拉开窗帘，金黄的阳光从玻璃窗外漫了进来，落在被面上，显得耀眼夺目。他慵懒地动了动身子，注视着那道光柱，看见有尘埃像微生物在金光里抗争浮游。在这茫茫的宇宙之中，人又何尝不是像微生物一样的渺小啊，钱融忽然生出一丝的伤感来。他端起床头柜上的水杯喝了一大口，是白糖水，不由得心里感激起妻子。他发现床头有张便条，是孙莉留下的："昨天你喝多了，吐得让人害怕，为了工作也不能不要命啊。没了命往后还谈啥工作，要学会自我保护，千万不要再这么大醉不醒了。"看了妻子的留言，钱融为昨天的大醉后悔不已，将妻子的信放在了自己的日记本里。他起身来到洗漱间，对着镜子看，镜子里的钱融脸色干黄、憔悴不堪。他忽然想起了朋友的短信："表面风光，内心彷徨，容颜未老，心已沧桑，成就难有，郁闷经常，比骡子累，比蚂蚁忙，比猪受气，谁让咱干金融这一行。"他哭笑不得，多么贴切啊。这时，手机响了，是行里有事找，他匆忙洗了把脸，来不及吃东西便向行里赶去。

钱融想着，不觉已来到区宾馆。与李部长见过面，李部长引他见了开发商，得知那笔款的支票已在开发商手里，钱融立即告诉李宇群来区宾馆办理支票入账手续。下午，那两千万元存款便通过农联社倒划转到了工行。因要给职工兑付，便存到了储蓄所，钱融让肖珊开了个理财金账户，才总算踏实了。

三天很快过去了，三十日这天，区养老保险处的劳保工资已传了盘，开始支取，钱融到了几个大网点转了一圈，望着老人排到了门外的队伍，心想提工资一天顶多百万元，锁定目标已确保完成。

三十日下午，钱融又召集总支成员和几个主要部室负责人开会，对中间业务收入又问了张军，看还有没有漏收的，细致测算，已是颗粒归仓。

晚上钱融坐在办公室，等待着市行大机传数。他昨天喝多了，今天又是一整天未进食。梅霞买来蒸包，他们一边测算数字，一边吃起晚饭，直到凌晨才回家休息。

就这样，半年末总算过去了。

第三十七章

七月一日，是支行共产党员先进性教育活动的党员日。钱融走在去行里的路上，突然接到母亲的电话：“是大融吧，这几天你父亲的右眼疼得厉害，能不能抽时间去陪他看一下。”

钱融深知，若不是事急，母亲一般不给他打电话。一定是父亲的眼疾很重了，才不得已给他来了电话。父亲的眼疾是两年前得的，从那时起，父亲那双大大的眼睛也变得混浊起来，人也一下子苍老了许多。为了不耽误钱融和钱进的工作，母亲陪父亲在泰城医院里看过多次，都始终不见效。一想起父亲的眼疾，钱融就时常感到不安。

自从迁居城里，工作忙起来，钱融就很少回家了。倒是父母亲，每年的端午节都从陶镇步行为他们送来新出锅的粽子、煮鸡蛋和家中院里种植的鲜桃枝、鲜艾草，年年如此。

今年的端午节，钱融正坐在办公室里，门卫打来电话说父亲在楼下。钱融想肯定是父亲从老家送粽子来了，尽管钱融对钱进说让他们先回家，自己忙完这阵子就回家，不要让父亲往城里跑了，但父亲还是来了。

钱融安排了下工作，来到楼下，站在院子里，远远看见父亲手里提了个大包，一簇新鲜的桃枝和艾草露在包外。见父亲蹒跚行走的样子，钱融一怔，忙迎上去喊着父亲。相隔不到几米远，父亲却没认出钱融，钱融的心陡地被揪了起来。家里的事多是钱进去做，老屋的维修、冬日取暖过冬的土炭……钱融几乎都没伸过手。每次回家，他总是与父亲对坐着拉呱，父亲也从未提说过他的眼疾。拉累了，父亲便抱着收音机，眯了眼去听广播。

吃过饭，钱融总是匆匆返城，也就没有注意过父亲的眼疾。万万没料到，病情竟发展得这么快。钱融一直认为，父亲退休后，生活极有规律，尤其是为钱进和肖珊办完婚事，他更加清闲下来，早、晚练着太极拳，身子尽管清瘦，却是硬朗结实的。十几年前，父亲患过腿病，为了不给家里添负担，听说打太极拳能治腿病后，便寻师学拳，曾经恢复得很好，没想到眼疾未愈，腿病也复发了。

见父亲行走那么吃力，钱融忙跑上前去，双手接过那个大包，感到沉甸甸的，便知道里面又放了不少的粽子和煮鸡蛋。这时，父亲认出钱融，钱融想去搀扶他，父亲摆手说:“不用，我慢慢走。我这眼不好，走得慢。”

父亲已是年逾古稀，眼睛不好，腿亦不便，从陶镇到单位要走多长时间啊。钱融想着，身子竟轻微有些颤抖，有泪涌上来，盈满双眼。

“我没别的事，不耽误你工作，这就回家了。”父亲说完，又问了萍萍的学习，便向外走。

司机小韩正走来，说送他回家。父亲说:“不用，谢谢小韩师傅，坐小车晕车，我还是自己走吧。”钱融心里明白，父亲是怕给他添麻烦。钱融拗不过父亲，便送他到大门口，拦了辆的士，支了钱，可父亲不肯坐，坚持步行回家。母亲的那场病已经花了很多钱，自从医生说他这眼病做手术要花很多钱，父亲就舍不得花钱治，在他的手里，一分钱都要掰成两半儿花。当钱融和钱进要给他钱，他总是说：“你们在外要买房子，孩子上学要花钱，都挺紧，我们的钱够花的。”

钱融望着父亲的背影，默默地跟在离父亲十几米远的后面，送出近一里路才返回。

想到这，钱融就深感愧疚。

钱融快步赶到行里，对张军说了父亲的情况，让他和鲍凯组织好活动。

张军关切地问道：“不要紧吧？”

钱融说：“听母亲说，这次可能挺重。”

张军伤感地说：“我们这个年龄，老人需要照顾了，却忙于工作而做不到，有愧于父母啊。”钱融轻轻地点了点头离开了办公室。

到家时，母亲已和父亲走出院门，钱融赶上前去扶了父亲。父亲说：“大融，你工作忙，我不让你母亲说，她还是告诉了你。我听说京城来了位眼科专家到一院坐诊，这右眼疼得厉害，想去看看。你若忙，就让你母亲和我去。”

“我已请了假，母亲在家吧，我和医院里熟。”钱融接过母亲手中的包，让她回去。

“听说钱进又出差了？”父亲问。

钱融说：“钱进最近工作上的事较多，常去市行加班。行里安排的都挺好，你们尽管放心。”

母亲插话道：“大融，肖珊快生产了，你要让孙莉常过去看看，我们离着远。”

“您放心吧，孙莉常去。”钱融说完，和父亲上了车。

到了医院已近中午，还好，看病的人不是很多。父亲先是做了系统检查，双眼视力都很弱，确诊为视神经萎缩。拿出结果，医生为父亲在眼球上打了针，然后敷上药，两只眼睛都用绷带封了起来，只好由钱融搀扶着行走。

钱融去取了药。此时早已过了吃饭的时间，钱融让父亲坐在医院走廊的连椅上休息，自己出医院买了蒸包、矿泉水和西瓜回来。

钱融将蒸包交给父亲，说：“吃点饭咱们再往回赶。”

父亲接过蒸包却不想吃，可能是对针产生了反应，他只吃了两块西瓜算是午餐。

钱融拿着蒸包，看到父亲坐在那里，默默地承受着黑暗之苦，自己手里的包子也难以下咽了，只得静静地坐在他身边陪伴着。等父亲又喝了水，才回返。回到家时，已是夕阳如豆，晚霞漫天。

送回父亲，钱融没有急着回宿舍，而是直接到了支行。钱融见张军还在办公室里。

“老人没事吧？”张军问道。

钱融见张军手里拿着份文件，双眉拧成了个结，不知道发生了什么事，说：“没事，就是需要静养，今天挺忙吧？”

张军将手中的文件递给钱融，说：“唉，我们刚刚装修好的山城贵宾理财中心，区政府通知，因要拓宽公路被列在拆除范围内，这将对我们产生很大影响啊。”

钱融接过文件，一脸的无奈和愤慨：“这是谁的规划，那相连的几座楼刚刚竣工不到两年，这不是犯罪吗？可惜肖珊她们苦心经营的理财中心才见起色。今年，我们储蓄存款又面临撤点的不利因素，简直是雪上加霜啊。”

张军放缓口气说：“我已找分管区长谈过，大势已定，没有商量的余地，区里要我们必须服从大局。只是我们股改之后，处置资产必须上报省行，政府还催得急，明天立即去市行汇报吧，至于存款那都在其次了。”

钱融听了张军的话，也不再吱声。

此时，夜幕已降临，行里的职工都已下班回家。保卫人员上楼检查电源和安全。“行长还没走啊。”保卫人员见两位行长还在办公室，关切地问道。

“啊，我们一会儿就走。还没吃饭吧，一块儿走吧。”张军说道。

这时，钱融才感到了肚子饿。

第二天一上班，钱融便来到山城理财中心，那里还像往日一样，客户盈门，不过很多是来取款的。肖珊挺着肚子还在营业厅里引导着客户。

肖珊干了山城理财中心的主任后就没有完整歇一天，本来结婚去老家休婚假，钱进又忙于处置不良资产赶回泰城，她在家只待了三天就上了班。路江晖给她算了笔账，这一年她正好干了一年半的活。尽管怀了孩子，她的工作和服务热情依然高涨，全身心地投入行里，支行成了她真正的家。她的爱所如家的精神深深地打动了其他员工，山城所成了他们共同的家。大家在这里奉献着时间与精力，分享着快乐与痛苦。

好多认识肖珊的客户与她搭着话：“肖主任，你们快搬家了吧，这么好的房子真可惜。”

“是啊，我们这刚刚装修的房子。银行搬迁要经上级行和银监局的批准，我们已打了报告，请大家放心，搬迁拓宽路是区里的大事，我们会尽快搬到相邻的网点，绝不影响大家的存取款。如果您家中有电脑上网，我们可免费为您办网上银行，在家里就可办理缴费和转账业务。还有，工商银行在全区有十台 ATM 机，若有一张银行卡取款更方便。”肖珊正为大家做着讲解并营销着新产品，见钱融进了所，迎上去说：“大哥，你来了。”

周边楼房已开始拆迁，尽管不断有灰尘落下，山城理财中心仍是人来人往。五亿元的存款余额，几万个的客户量还是展现了它的大所风范。营业厅里汇款的、办卡的、缴手机费、缴电费的客户络绎不绝。

钱融见肖珊行动不便，还在柜台前忙忙碌碌的，说：“钱进这段时间忙于处置不良资产，常不在家，你可要多保重，工作就让江晖他们多承担，累了就休息几天。”

肖珊说：“不碍事，嫂子说多活动好，最近又准备搬家，我也不放心。”

钱融与路江晖和几个柜员打了招呼，走出营业厅。相邻的商场和友行理财中心楼上的一家公司已搬迁，窗户和门都已拆除，商场已拆去一层。通往理财中心的路上满是建筑垃圾。这样的环境令人担忧，客户的安全也受到威胁，必须尽快搬迁。钱融看完后匆匆赶往行里。

回到办公室，张军已和孔云飞起草了迁址请示和资产处置请示。钱融和张军分头行动，他去了分行，张军、孔云飞带了文件去了银监局。区银监局主任看了请示，对张军说：“根据你们的请示看出这个网点已有很多不安全因素，我马上帮你们联系市局，但必须有你们省、市行的批复才能上报。”

张军说：“钱行长已去了市行汇报，刚才我们通了话，市行党委已同意迁址，并向省行做了汇报，省行批准先迁址再完善手续。市行的批文下午钱行长就能带回来，你们可要多帮忙了。”

区银监局主任说：“那好吧，明天带上市行文件一块儿去市局吧。”

钱融回到行里，便叫上梅霞先去找肖珊谈了情况。钱融说：“肖珊你们要有准备，迁址要等银监局的批文，可能要等几天，这几天天气这么热，要调整好班次，安排好大家休息啊。”

肖珊说：“从上周起所里就断了自来水，周围的管道都已停用，下水道也被拆迁垃圾堵塞，所里的气味很难闻，有人也累病了。”

钱融和梅霞跟肖珊从通勤门进到营业室，一股难闻的气味扑鼻而来。今天气温又是红色警报，最高气温达40度，室内的高温让人热汗直流。本来有两个空调，有一个四匹的空调因楼上拆迁，电源线被切断，主机被盗，已停止工作，只剩下一个三匹空调。肖珊说：“最近常有些不三不四的人来捣乱，一会儿扔砖头，一会儿推一车垃圾堵在门前。那空调主机肯定是他们偷的，报了110也无结果。那些人还放话说，施工期间若砸了我们的玻璃或伤着人概不负责。”听肖珊讲完，梅霞说，肖珊你放心，明天我就叫他们老老实实不敢再来找碴儿。承包这个工程的老板姓卞，在泰城是第一大地产商，区里的大工程都由他承揽。他刚起步时曾在蒋启昌手下干过。后来，自己承包了窑厂，干了三年，有了积蓄便转型做起房地产来。没几年，成了区里的房地产老大，在区、市里成了红人。梅霞想，只要蒋启昌出面，他还会给些面子的。梅霞拨通了蒋启昌的电话，蒋启昌满口答应下来，说放心，一准儿办好。

看到前台柜员紧张而有序地办理着业务，钱融甚感欣慰。在区金融工作会议上，分管区长曾多次赞扬工行的业务速度快，员工的业务素质高。他对梅霞说："这几天天气特别热，给每个网点都送点汽水降温，对空调不足的网店可多加几个风扇。对网点上一些好的做法也要及时宣传出去，尤其是服务工作，高效快捷地为客户办理业务就是最好的服务。我看了云飞的一份调研材料，肖珊他们的人均业务量不仅在工行第一，在全区金融系统也是第一，而且差错最少。客户都愿来他们所办理业务，速度快、等待时间短是主要原因之一，这与他们平时苦练基本功是分不开的。我们天天讲这服务那服务的，让客户等待时间长，就谈不上服务。"

肖珊说："这些天，大家可是够苦的，没有一人休假。奉献敬业不敢说，可在业务工作上那都没说的。"

梅霞接过肖珊的话头说："都是主任带的头好，火车跑得快，全凭车头带。"

钱融说："肖珊，有什么困难就和办公室说一下，也要照顾好员工的生活啊。"随即朝梅霞招招手说："明天让云飞抓紧跑银监局，工作要往前赶。肖珊她们在这样的环境里，存款还能持续增长，不容易啊。"

第三十八章

钱融和梅霞即将离开理财中心的时候，钱进急吼吼地跑来："哥，市行资产风险管理部的两位经理已到区行，让你回行。"

钱融和梅霞忙赶回行，张军、孔云飞、钱进、公司部小任和市行经理们正在会议室里。

走进会议室，于经理对钱融说："市行对支行泰城纺织集团的贷款上午召开专门会议，要重点关注。近亿元贷款出现风险，已是两个月不还利息，目前该企业也遇到了前所未有的困难，今天来就是和你们一道制定防范预案的。"

钱融和两位经理打了招呼，孔云飞为钱融倒了杯茶水。

钱融听了于经理的话，说道："工商银行股改挂牌后，不允许再有大的不良贷款发生，特别是新的绩效考核办法实施后，仅此一项就会直接影响我行的效益和员工的收益，解决不好，带来的后果不堪设想。为此，我专门给市行党委打过报告，根据市行党委的要求，这段时间我要将工作重点放在工作小组里，要去企业作大量的调研和评估，为市行处置提出可行性报告。同时，我们支行的许多工作特别是即将开始的代办员整顿工作也要全力做好，全行上下必须齐心协力共渡难关。"

市行资产风险部于经理感慨地说："泰城支行处置不良资产，钱进他们付出了很多心血和汗水啊，不良资产率刚降下来，没想到又冒出这个，工商银行又要面临上市，责任更重了。"于经理叹了口气："钱进，听说你妻子快生产了，这一年来你一直忙于处置不良资产的工作，也没顾上伺候妻子，这次又要把你拖进去了。"

于经理讲到这里，张军有些激动："市行领导在这里也看到了，我们基层行难处太大了。就说钱进，一个月的时间几乎半个月在市里、省里和法院、工商局完善手续。他妻子肖珊主任身怀有孕还带着大家兢兢业业地工作着，储蓄存款已超五亿元。钱进不在家，她是全天靠在所里。肖珊她们所的路江晖给她算了笔账，一个月下来，她至少要多干十天。即使这一周面临拆迁等许多困难，她还是咬牙顶着，没向行里提过任何条件，任劳任怨，带头实干。有这样的中层，能带不出好员工吗？"

于经理冲钱进笑笑："张行长表扬你媳妇了，不过在家时，也要多照顾一下肖主任，可不能为了工作，没了媳妇啊。"

钱进听了领导的表扬，腼腆地说："我们并没做什么，领导们付出的更多。"

张军转而对孔云飞说："自股改以来，全行上下都在默默奉献，像肖珊、钱进他们一样的员工有很多，你要发挥笔杆子的作用，大力给予宣传，我们这个时代太需要这种精神了。"

随后，市行于经理、王经理和钱进他们对方案进行了深入讨论。

晚上，钱融召集党总支会议，对当前的工作进行了认真部署。

一场细雨冲击着白天的燥热，泰城笼罩在水雾之中。

钱进冒了雨，手提两兜东西走进家门时，肖珊还坐在书房写着什么。钱进收起雨伞，将还滴着水滴的雨伞放置在洗漱间，换了拖鞋急急跑进书房，将两兜食品往书桌上一放，说：“我的大主任，不要再写了，看我给买的啥？”

肖珊接过食品袋，见里面有各种新鲜水果、糕点还有两大瓶饮料。

肖珊很不满地说：“谁稀罕你这些东西，又要出差啊？”每次钱进出差前，都要带回大包的食品，这已成了习惯。因此，肖珊就格外地怕他带东西回家。最近一段时间，肖珊忙着所里的事，妊娠反应又厉害，还要在外跑来跑去的。钱进常去分行，肖珊都一直没说别的，不料到了这紧要时候，自己需要照顾了，他又要外出，心情自然不好。

钱进看了肖珊的肚子，也觉得怪难受，挤到肖珊身旁，两手从后面轻轻抱了她，无比愧疚地说：“真得对不住你，这段时间太忙，没来得及陪你、照顾你。倒是你忙完所里的事，还替我抽空去看望父母，也实在太委屈你了。”

肖珊挣脱钱进，放下了手中的事，回过头来，说：“时间不早了，明天还要早走，快去洗漱休息吧。”说完便去了卧室。

钱进洗漱后，来到卧室，从皮包里拿出一个精致的小盒，堆着笑递给肖珊：“市行同事出国，我让他们给你捎了一条时来运转的铂金项链。来，戴上看看。”

肖珊接过项链，见吊坠是一匹精巧的小马，肖珊属马，自然甚是喜欢。“你怎么买这么贵重的礼物，我们的住房贷款还有五万多没还呢。”

“看你说的，平时我常出差，却是很少给你买礼物。结婚后，为了还住房贷款，你也不舍得买套像样的衣服。想来，真愧对你啊。”钱进靠着肖珊躺下，觉得亏欠她的太多了。

肖珊见钱进沉默不语，双手捧住了钱进长满短髭的脸颊，视线集中在他那永远充满快乐的眸子中，深情地说：“忙过这个单位不良资产的处置，我找找咱哥，你就换一下工作吧。这段时间，你瘦了，也黑了。我不需要什么礼物，只要你平安、健康，那就是给我最好的礼物。”

钱进感激妻子对他的理解，看着肖珊那充满深情与关爱的双眼，一种幸福感涌上心头。他轻轻地将肖珊拥入怀中，心中油然生出万般感慨，夫妻之间，再贵重的礼物，又怎能比得上心灵的沟通呢。

钱进双手抚摩着肖珊的肚子，说：“肖珊，等咱孩子出生，要是男孩就叫康康，若是女孩像你一样美丽就叫桥桥，行吗？”

“看把你美的，行，不愧是徐志摩的徒弟，很有徐派风格嘛。”说完，肖珊轻轻地揽住了钱进。

这时，窗外细雨依旧。夜已深，沙沙的风雨声像情人夜话，如倾如诉，缠缠绵绵。

第三十九章

傍晚，钱融踩着夕阳的最后一抹光亮走进了老家的四合院。

走进熟悉的老屋，父母已吃过饭。母亲见钱融来，忙问："这不年不节的，你咋回来了？还没吃饭吧，我去给你做。"

钱融说："不用了，我在外面吃过了，正好过来看看，钱芳没来过？"

说到钱芳，父亲说："大融，你小妹刚从这里走了。听说你们行里代办员用工要搞改革，你在行里负责，不合制度的事咱可不能做。眼下小芳是困难点，你妹夫下岗给人打工，每月就那几百元钱的工资。可我和小芳说了，难是难，咱再想办法帮着解决，改革的事不能添麻烦。"

钱融说："我正想找她谈谈，给她打电话，手机没通，所里说她休息，知道可能是来家了。"

母亲去给钱融泡茶，钱融接过暖水瓶，说："我自己来吧。"

母亲在父亲身边坐下，说："大融，小芳在行里也干了不短的时间了，储蓄所里不用她了，难道就不能留下她干点别的？咱这里下岗的人那么多，找个工作可难了。她多么不容易啊，这大热天的，骑个自行车带了你那外甥来家，说到工作上的事就落泪。我看着她娘儿俩，真替她难受啊。”

没等母亲说完，父亲打断她的话说：“看你说的，这改革是工行的大事，可不是就咱一人。难，谁家不难？就说咱这陶镇，陶瓷厂破了产，谁家没个下岗的，可日子不都照样过吗？只要有力气，就难不倒人。再说咱小芳还会银行会计，兴许找个单位能做会计。”母亲不再言语，默默地为父亲和钱融添着茶。

钱融听了父母的话，没吱声，不知说啥才能安慰父母的心。

钱融又拨了小芳的手机，还是不通，便写下短信：“小芳，去电话不通，改革就要开始，这几天你就要离行，有困难再找我谈吧。”发完短信，他看到时间不早了，晚上，还要召开总支会具体部署代办员改革的事。钱融起身向父母道别：“钱芳的工作你们放心吧，我会托人为她找的，晚上还要开会，我回了。”

临出门，父亲又嘱咐钱融：“大融，你小妹的事不急，有些话我都对她说了，三十多岁的人了，她会明白的。工作上的事听组织的。这段时间忙，就别老往家跑了。”钱融“嗯嗯”了两声，走出了家门。

钱融走进会议室，大家都已坐下了。钱融首先传达了市行会议精神，接着对支行的代办员规范整顿工作进行了安排。根据钱融的讲话，孔云飞做着记录。对支行的工作方案，钱融让大家提提意见，说：“我们这次代办员改革，按照政府劳动部门的规定，有双重劳动关系的要解除关系，虽不同于前段的人事机构改革那么复杂，但要看到这次改革的难点。一是人员结构比较复杂，有银行老干部的子弟，有亲戚朋友，有领导关系户；二是他们大都在一线网点，可能走得多了会直接影响我们的开门，要做好充分的准备啊。”

钱融说到这里，看了看张军说：“网点走的人员较多，要早做准备，确保万无一失。”

张军说：“我已与段峰他们进行了对接，对各网点也进行了调研，制定了应急方案。”

这时，支行总会计袁总说：“按市行的统一要求，我们已拿出了业务应急方案和交接工作方案。”随之把打印材料一一发给大家。

钱融见时间不早了，说：“明天晚上召开全体代办人员动员大会，大家分头再做一下准备吧。”说完便散会了。

钱融回到家，女儿书房里的灯光还亮着，女儿却伏在桌子上睡着了。

钱融来到女儿的书房，怕吓着女儿，轻轻地敲了下房门，喊道：“萍萍、萍萍。”

女儿睁开惺忪的双眼，说：“爸，妈妈今天单位加班，你也回来这么晚。”

钱融说：“你妈妈加班吗？”

“妈妈不是说告诉你了吗？”钱萍埋怨地嘟囔了一声。

钱融猛然醒悟，刚才开会，手机关机了。不论是总支会，还是市行工作会议，他总是关机，可开完了会竟忘了开机，打开见有三个未接电话和短信，其中就有孙莉的短信：“手机关机，女儿自己在家，我们单位加班要很晚，今天你回家做饭。”

看完短信，钱融懊悔地拍了下脑袋，对女儿说：“你吃的什么饭啊？”

女儿说：“方便面。”

钱融问：“还吃点东西吗？”

孙莉说："你几时正点回过家？你还是家里的人吗？你还有女儿吗？你忙我知道，可我没拖你的后腿吧，一年中南方客户来不了几次，要不是女儿在加课，我才懒得用你。平常你开会到半夜我找过你吗，中午我那么远不还是要赶回家为女儿做饭，难道你们行里的人就没有孩子在迎考？"

女儿说："不吃了。"

钱融见快十一点了，忙说："早点睡吧。"初四的学生为了备战中考，各校都开始加课，暑假只放了几天就又回了校。

女儿已很疲惫，收拾了一下便去洗漱了。

孙莉回家时，夜已深了，整个宿舍区除了有高三和初四的学生家庭里灯光还亮着，其余一片静谧，小城在夜里已睡去。

孙莉显然有了点酒意，冲着还在床头灯前看书的钱融不满地说："人家单位成年累月的没个事，今天来了南方客户陪着在城里吃个饭，你却跑得无影无踪。"

钱融自知理亏，说："我不是开会吗，行里最近要搞代办员规范整顿，我关机了。"

孙莉说："你几时正点回过家？你还是家里的人吗？你还有女儿吗？你忙我知道，可我没拖你的后腿吧，一年中南方客户来不了几次，要不是女儿在加课，我才懒得用你。平常你开会到半夜我找过你吗，中午我那么远不还是要赶回家为女儿做饭，难道你们行里的人就没有孩子在迎考？"

钱融见平常很少说话的孙莉越说越激动，也不再与她争辩，轻轻地说了一声："不早了，你要把全楼上的都吵起来吗？快睡吧，明天还上班呢。"孙莉闷着，不再理他。

清晨，孔云飞在准备着晚上的会议，钱融去了网点，一是看一下人员的情况，二是想更深度了解代办员的思想状况。特别是有双重劳动关系的员工，也就是过去在原单位和工行的联办储蓄所工作，后来撤销联办储蓄所就留在了工行的人员。按规定，这部分人员要离开工行。可他们大部分想留下，有的在支行已干了十几年，青春岁月都是在储蓄所度过的。

晚上，支行六楼会议室里，刚刚6点50分已坐满了人。这时，外面下起了小雨，还有个别家远的在陆续冒雨赶来。张军、鲍凯和袁总早已到了会场。

孔云飞在调试音响。钱融问道：“人员咋样了？”

孔云飞调好音响招呼着刚到的签字，说：“还有两人。”

这时钱芳来到钱融和张军面前，说：“我们就不能留下吗？”

张军看看钱融没吱声。钱融说：“一会儿开会就说，你回去认真听。”

钱芳无奈地回到座位上。张军走向主席台，这时，最后两人也进了会场。张军宣布开会并宣读《规范工作方案》。

台下一片寂静，大家在逐字逐句地倾听，唯恐漏下一个字，会议纪律从来没有像今天这样的好。钱融想起前段时间的“三定”改革会议，恍若再现。

晚上，外面细雨依旧，人们各怀不同的想法，议论纷纷地离开了支行。

按规定有十三人离行，而且这些人全在网点。钱融的心情难以平静，支行需要立即补充人员。

十个网点，一下子走了十几人，平均每个点走一人至二人，有四个点只有三人临柜，最多开两个柜，已无法达到安全保卫规定的四人临柜。

钱融拿着人员表，排出人员交接安排，又与张军和袁总会计接头，表示一定要保开门。袁总看了名单说：“网点上，鉴于人员情况可先关闭几个窗口，郊区分理处取消密押专柜，城区分理处对公业务可直接到支行办理。办公室已下通知，明天上午召开网点主任和营业经理会议，在规范人员交接期间，要保证两人中有一人在岗，全天候监控。”

钱融和张军基本同意这一安排，钱融看了看大家说：“代办员改革是当前支行的中心工作，一切需要服从于改革，若需要从二线部门抽人，谁都不能阻拦，先去一线。另外，人员交接要拿出明细表，搞好离岗稽核，要确保安全无事故。”

夜色已深，细雨还在落着。这时，楼下值班保卫来到行长办公室，见门开着，敲了两下，说：“钱行长、张行长你们还没走，我查看一下。”

张军说：“是小李啊，你去吧，我们一会儿就走。”

小李感慨地自言自语：“领导们天天加班到很晚啊。”说着上楼去例行检查。

清晨，刚过上班时间，支行二楼会议室里各位主任已就座。前排是钱融、张军和袁总。

钱融主持会，见人员已到齐，说：“今天我们开个短会，会议主题就是代办员的规范整顿改革工作，在座的都是中层干部，这一周大家都要辛苦一点，要全身心地靠在各自的网点上，认真履行职责，确保我们的各项改革顺利进行。下面就请袁总对离行人员的交接工作进行部署。”

袁总说：“首先，我谈一下交接问题，交接时间表支行已列出，对缺员多的网点也有了新人员补充，各网点必须按支行的时间安排做好准备，未办交接，任何人不准擅自离岗。其次，我想和各位主任们说，从今天开始，回去要排出每天网点值班主任和值班营业经理名单，要确保通信畅通。最后，越是这个时候，希望大家越要认真，业务工作不能错乱，要确保走的舒心，留的安心。”

正说着，孔云飞匆匆进来，俯身和张军耳语。张军悄悄对钱融说了一声。

钱融眉头紧锁，起身说：“行里有个急事需要我和张行长去处理，由袁总继续和大家开会。”

钱融和张军刚走出会议室，孔云飞便急促地说：“市行办公室来电话，说我行的五位职工子弟的家长现在在市行，要行长速去。”

钱融镇定地看了看张军说：“不是专门召集他们开过座谈会吗，他们怎么又去市行了呢？”

张军说：“云飞，让小刘马上下楼，换成面包车立即去市行。”

“钱行长，小刘已经在楼下等你们了。”孔云飞说。

钱融说：“张行长，你继续和他们开会，一会儿还要去联系储蓄所搬家的事，我去市行。”

大约过了一个小时，钱融赶到市行，市行办公室李主任接待了他。钱融问：“人呢？都提了什么意见？”

李主任说：“在小接待室里，人力资源部的经理已在向他们答疑。”

钱融神色匆匆地走向小接待室。

小接待室里坐了五位家长，人力资源部人员和市行欧副行长也在座。五位家长在闷头抽烟，满屋烟雾腾腾，一群人刚才还七嘴八舌地议论着什么，钱融进门一时又没了声。

王行长叫过钱融耳语了几句，钱融不住地点着头。

钱融见大家不说话，便开门见山地说：“大家既然来了，就是还有支行没解释到位的事，还有解不开的结，今天市、区行领导都在这里，有啥事都说出来，咱可不能再带回去啊。”

钱融依次看了大家一眼，又说：“刚才领导也都说了，有啥事直说。”钱融看到几年前还在一块儿共事的职工，内退几年，有的确实见老了。

老王先开了口：“其实，我们也理解行里的工作，就是听其他行的同事说，咱行职工子弟可以转正而不参加代办员改革，可行里说没这一说，我们就是来问问。事先没给行里打招呼，还请钱行长谅解，做父母的谁不为孩子的事急啊？他们可都在行里干了七八年的时间啊。”

老王在他们五人中是最年长的，内退前又干过部门主任，也就最有号召力。老王说完，其他人都附和着。

钱融听了老王的话，点了点头：“我听欧行长说这一问题已做了明确答复，你们也都清楚了，对这次改革还有什么不明白的吗？”

老王看着钱融说：“改革我们知道是好事，是为了孩子们的权益，可又要考试、考核，这往后待遇又是一样，对咱自己的孩子，行长能不能在要求上再放宽一点儿，收益上再提高一点儿？”

听了老王的话，欧行长说：“代办员规范整顿是工商银行的一项重要举措，主要的目的是规范我行的用工制度，这是一次非常重要的里程碑式的用工制度改革，改革后，他们的权益更加有保障。考试、考核也是全市统一标准，考试是由市行统一命题、统一阅卷、统一录取，这体现了公平、公正。再说我们这次改革得到了市里各法律和职能部门的具体指导，是符合法律程序的。大家回去还要让孩子依平常心态，迎接行里的选择啊。”

钱融说道：“我们的子弟，来行里干代办员时已经从各个方面给予了照顾，大家干了几年，业务上也都熟练掌握了，这次考试主要是考业务。”

钱融见时间已近 12 点，大家也不再有意见，就说：“中午咱们一块儿吃个便饭吧。”

欧行长和人力资源部人员一一与支行内退人员握手，随后握着钱融的手，说：“回去的事就交给你们了，中午我们还有个事，就不和大家一块儿吃饭了。”

这天中午，钱萍放学回家忘了带钥匙，在门前的楼梯上坐着。同楼道下班的同事回来要接她去他们家，钱萍说爸爸上午说好今天回家，我再等一会儿。正是七月盛暑，宿舍区大院的树上知了“吱吱”叫着，萍萍心烦意乱地等着。半小时过去了，钱萍见宿舍院里已没了人，爸爸还没回来，肚子也早已不觉得饿，此时只是感到十分困倦。她看了下表，想，再等一会儿吧，爸爸经常开会回来很晚，于是坐在楼梯上，头倚墙，眯瞪起来。

“这不是萍萍吗？你爸还没回来，快来我们家吧。”对门的同事出门上班时才看到了钱萍，她已坐在楼梯上睡了一中午。

喊声把钱萍惊醒，她真想委屈地大哭一场，可是面对着对门孙阿姨又不好出声。钱萍拿起书包跟着孙阿姨到了家里，说：“孙阿姨，麻烦您给我爸去个电话吧，他怎么还不回家？”

孙阿姨给钱萍拿来饭让她先吃饭，又拨通了钱融的手机。此时，时间已是下午一点十五分，钱融正在回返的路上。他急着往市里赶，以为女儿可能自己凑合着吃一顿，却怎么也没想到女儿会忘记带钥匙。钱融向同事道了谢，让钱萍接电话，安慰了萍萍几句，钱萍听着爸爸的话语哭出了声。

第四十章

本来网点撤并后，人员是充足的，多数人员便转为了客户经理和营业经理，结果一经代办员改革，便造成了一线人员紧张。尤其到了离退休人员的劳保工资发放时，由于是集中在工行发放的，因此这几天各网点内都挤了满满的人。一时间，投诉电话满天飞，无论你走到哪里，耳朵里都灌满了工行服务差的信息。钱融深知减柜是最根本的原因，可是，即使办理业务的速度慢了，也不能一下子引来骂声一片，是否还有其他原因？钱融坐不住了，区行总支会上也多次研讨，采取什么措施来重塑工行形象？一个个问题摆在了眼前，必须深下去了解掌握实情，然后才能对症下药。钱融和张军带着问题，用周日半天休息的时间到网点了解情况。

早晨，泰城步行街上人来人往。这是城里最繁华的商业街，也是各行业务竞争最激烈的金融一条街。从北头到南头，依次是商行、交行、农行、建行、中行和工行。工行的步行街储蓄所与中行的步行街支行门对门，设在最南端。八点钟，所有网点都已开门，不同的是除工行之外，其他银行网点都有一名保安在整理卫生。

钱融从北头走来，逐个行地仔细观察着。八点十五分，其他行的款包都已送到，员工都在紧张而忙碌地交接着，对外营业牌上写的也都是八点三十分营业。

八点二十分，钱融来到支行步行街所，主任和员工都已到所，主任方德军见他进门，就凑上去问："钱行长，今天不休息下来走走啊？"

钱融与方主任和各位柜员打招呼，笑了笑："今天上午我来给你站半天大堂经理。"他环视了一下营业室，虽不大却是让方主任整理得非常干净。他走到宣传牌前，见宣传单除了基金、电子银行和保险外却没有银行卡。

柜员们听说行长来坐班，都在紧张地整理着。钱融问："你们的宣传单不全啊？"柜员小李忙从柜台内取出一些放上，"这几天宣传办卡的多，被拿走了。"小李一边整理一边将一些银行卡宣传资料放进宣传牌里。钱融拿过意见簿一页一页地翻看，"办卡的多吗？"方德军凑过去说："钱行长，问的多办得少啊。"

这时，一条意见让钱融皱起眉："你们早晨上班太晚，下午下班太早，建议改进。"署名为"老客户"。钱融抬腕看了表已是八点二十五分，老人前来取款的已排成了长队。方德军看出他的意思："钱行长，营业时间在这条街上咱工行最迟，送款最早也得八点半，客户意见大了。"

钱融对送款路线又仔细地研究一番，因道路单行线，步行街所被放在了最后，而这个所周围集中了大片的居民社区，老人代发工资多在该所取款，因此，他们的意见也最大。钱融想，回行当务之急要调整早晨解款路线。

正说着，款包到所。这时柜台前已有客户在等待办业务。

柜员接过包在营业经理监督下开始了清点现金和凭证，整整用时十分钟，才开始对外营业。

钱融来到大堂经理桌前，佩戴上“大堂经理”的胸牌，和客户打着招呼，不停地为客户答疑释惑。

山城理财中心定在了周日搬迁，该网点尽管是按照省行要求装饰的达标网点，但当时由于费用紧张，办公用的工作台却没有更换。搬迁这天，早晨五点钟领导班子和所里全体柜员，早已到所。

整理好的各种账表、账簿，在地上堆了十几大箱，搬家公司人员六点才到。肖珊身子已不方便，却还是放心不下，一样样地指挥着。木器厂的木工将工作台拆开，装车。新址还在抢时间安装统一标识。钱融来到新网点对梅霞说：“今天一定要装好，不然明天开业有的客户会找不到。”

搬运工将工作台和座椅搬进所里，钱融看到员工的座椅都已破旧，有张工作台桌子一条腿已断，木工找来木料钉好，利率牌因拆卸也不出字了，钱融无言地看着这一切。全体员工都在紧张地整理着。中午一点钟了，各种报表、账簿、工作台还没就位。

肖珊看到大家累得大汗淋漓，说：“江晖和大家先吃饭吧，就去对面吃馄饨吧。”

钱融让留下一人看门，其他人都去吃饭。肖珊说：“你们都去吧，我不饿，正好整理下这些账簿。”

直到晚上九点钟，办公室科技员和网通工作人员才将监控、微机、网络测试联通。钱融对肖珊说：“大家一块儿去饭店吃点东西吧。”

此时，人人都不愿动，只想坐着、躺着。所里灯火通明，街面上的人路过都会站住向里看一会儿。这时，天下起细雨来。储蓄员小李伴着小雨哼起了电影《虾球传》的主题曲：都说那海水又苦又咸，谁知那流浪的痛苦……孔云飞打断小李的歌唱，说：“我们已顺利完成了搬迁，小雨来得正是时候，唱支欢快的。”

不知谁被细雨感动，唱道：“三月里的小雨淅沥沥，淅沥沥下个不停，山谷里的小溪哗啦啦，哗啦啦流不停，小雨为谁下……”

钱融想的还是存款，小雨为谁下，他心里默默地哼唱了一句，这哼唱缓缓地飘进了夜的细雨里。

第四十一章

张军在回行的路上，接到钱融的电话，要他立即赶到区政府，说泰城纺织集团的二百余名职工正在区政府门前围坐，钱融正从市行往回赶着。

张军来不及问明原因，急急往区政府赶。

政府门前，东、西两条大道和门前广场不知从哪儿来的那么多的士，足有四十多辆。上访的人层层叠叠，把两条大道围得水泄不通。张军走过人墙时，听说上访职工已有四人去了政府接待室。

泰城纺织集团成立于二十世纪八十年代初，因市场和经营管理问题生产逐步陷入困境，生产经营处于半停产状态。年初被迫全面停产，职工工资已半年未发，集资和股息更是无望，从去年就开始欠息，在工行已成不良。职工曾因工资问题多次上访未得到解决，于是，有了今天大规模的群体上访事件。这户企业的不良资产也是去年黎臣行长多次与企业、政府协商处置而未能解决的。这也直接影响了泰城支行的效益。一段时间，钱融曾将其作为重点待解决工作，张军也一直靠在上面，却是迟迟没有大的进展。

张军来到接待室，见其他行的行长都已坐下，正与分管副区长商讨对策。解决的主要方法仍是上月区长专题会议研究并初步达成的协议，让泰城最大的钢铁集团公司先行收购纺织集团，然后由各家银行投入启动资金，所有债务由钢铁集团背起。

就在区政府王区长与各行商讨协议书时，钱融和钱进赶了进来。

钱融对王区长说："泰城纺织集团的融资，工行占比近一半，早已被我行列为高风险客户，目前解决的唯一办法只有把全部国有股转给泰城钢铁股份有限公司，同时接收其余全部债权债务，职工股本和股息若愿入股新公司可转入，不愿入股的由钢铁股份一次兑付。然后，由新公司投资，重新启动纺织集团的生产。"钱融说完让钱进把那份修改后的《关于金融债权问题的意见》(下称《意见》)交给了王区长。

王区长认真地看着《意见》修改稿，他想的当务之急是门前这四十余辆小车和百余名围坐的职工，想到的是尽快妥善解决职工上访事件。

王区长看完意见对各行行长说："区委基本同意工行的这个意见，泰城钢铁股份公司要有个承诺，要对两千名职工有个说法，本周内凑足资金给职工兑付。"

泰城钢铁股份有限公司訾经理默默地点了点头，说："我们一下子接过这么大债务，困难确实很大。只要求两点，一是银行老总要再给我们注入部分资金作为兑付职工款的应急款；二是区政府要给予一定优惠政策，将原划拨纺织集团的土地出让给我们钢铁股份公司，并对出让金及手续费给予优惠。"

王区长说："可以考虑你们的意见，首要是给上访职工一个答复。行长们有什么意见？”

钱融眉头紧皱，在大家讨论正热烈时，他出门给市行风险管理部老总通了个电话然后回到接待室说：“可以按贷款比例各行承担，但是纺织集团的欠息要一次还清，我行正进入股改冲刺阶段，面临在香港和上海两地同时上市，不良资产必须压降。否则，我们很难再放贷款。

中行、建行、农行行长也说了他们的苦衷。大家又多方商讨后，最后形成了决议。

王区长、訾经理和各家银行行长一同走进接待室，王区长对纺织集团的四名职工代表讲了区政府的意见。职工代表们对这个意见基本满意，一场群体上访事件至此结束。

肖珊的产期提前了近一周，孙莉陪肖珊住进了泰城第一人民医院。此时，钱进正在市行资产风险部整理核销材料。

晚上，产房外，孙莉陪肖珊不停地走动着。孙莉说：“肖珊，千万别紧张，产前多走动对生产有好处。”

肖珊扶着嫂子，埋怨道：“人家都快生了，钱进也不知道回来看看，只是来个电话说有个急材料要去报送，离不开。”产前的阵痛使得肖珊脸上溢满痛楚。

孙莉说：“别指望他们，你哥不就是个例子吗？在家里我可是当没这个人。胃疼我给他熬药，他却在外面加班喝酒，一遍一遍热，几次都倒了，不心疼钱，我还心疼时间呢。可也是啊，你们这上市即使不顾家，也不能不要命了。”

“嫂子，大哥好赖是行长，钱进这才个主办就不要家了嘛？”肖珊说到这里，手机响了，是钱进打来的。

“老婆，咋样了？很抱歉不能去陪你。干完手头的活，我连夜就赶回。”肖珊从钱进的声音里听出他十分疲惫，刚才还恨得牙根咬得紧，来了一句问候，又心疼了，说：“你忙你的吧，可别急着往回赶，这里有嫂子呢。听你的声音像感冒了，在外面自己要照顾好自己啊。”

钱进应着，他在市行已住了一周。孙莉抢过手机：“钱进，你们兄弟干起工作就不要命了，你和你哥一个脾气，自己不疼没人疼。不是有这样几句流行话吗，朋友比领导重要，身体比工作重要。要分出轻重来，别把自己累垮了。肖珊这就要生了，你和领导说说早一点儿回来。”

说着，她们又走回产房。这时肖珊感到腹部阵痛一阵紧过一阵。肖珊用力攥紧嫂子的手，紧咬着牙，脸上落下簌簌的泪水。孙莉想，可能快生了，便给母亲和妹妹钱芳去了电话。产房待产室里一位产妇痛苦地大叫着，尖厉的叫声刺破了寂静的长夜。

凌晨两点钟，钱芳陪母亲赶到医院。带了一篮子煮鸡蛋和一大包红糖。

三点钟，肖珊生下个男孩，那有力的啼哭声，让在产房外等候的母亲高兴得合不拢嘴。孙莉、钱芳和母亲将肖珊推回病房。肖珊脸上、身上的汗水像小河流淌，长长的秀发被汗水湿透，疲惫的她，连一句话也不想说。母亲为她冲了一大碗红糖水，又拿出煮鸡蛋，说：“珊珊，多吃个鸡蛋，喝点红糖水，补补身子。”

肖珊躺在病床上，有气无力地说：“都下半夜了，你们也歇歇吧。”孙莉给钱进和钱融去了电话，让他们放心。

护士将孩子抱去了婴儿室，钱芳听产房大夫说，肖珊是顺产，三天就可出院，就对孙莉说：“嫂子，我留下陪肖珊，你陪母亲回家吧。”

次日清晨，肖珊给远在苏州的父母去了电话，母亲很高兴，说过两天来看她和孩子。

钱进从市行赶回，嘴里哼着小曲，急不可耐地跑到婴儿室去看儿子，回到病房和肖珊刚说了一句话，就坐在板凳上伏着床沿呼呼地睡了。肖珊躺在床上看到呼呼入睡的钱进，人又瘦了一圈，既恨他又心疼他，生孩子这样的大事他竟然无动于衷，自己回过头朝着墙，委屈地哭了起来。

哭声将钱进惊醒，让他感到无比愧疚，来到肖珊旁边，说：“别哭，都是我不好，对不住你。”

“你说，有什么比孩子还重要的，你可以不顾我，可孩子是你的，你也不管不问？”

“你和孩子都是我生命中最重要的，我不是在市行赶不回来吗？你不知我在外有多担心呢。再说，张行长的父亲又病重住了院，人家也没回家，我咋能就撇下工作赶回呢？在家这几天我一定好好伺候你，给儿子洗尿布。”钱进说着拿起儿子的尿布，闻了闻，冲肖珊做了个鬼脸。肖珊破涕为笑，“看把你乐的，快去干活吧。”

钱进眯瞪了不到半小时，浑身似又有使不完的劲儿，洗洗刷刷忙个不停。三天后，钱进把肖珊和儿子接回了家，岳父母也已到了泰城，为肖珊伺候月子。

第四十二章

转眼，肖珊的孩子已过了满月。钱进把岳父母送回了苏州，把母亲接了来。钱进的工作也更忙碌了。

为了泰城纺织集团的那笔不良贷款的处置，还有很多具体的细致工作要做。省、市行工作组又进驻了泰城。钱融、张军和钱进也全身心地投在了处理不良资产这项工作上。第一步是完善资产抵押手续，钱进负责土管局、房管局、法院的重点联系，市、区政府由钱融和张军负责落实。一周里张军、钱进常常从省行回来已是凌晨 3 点钟，只好住进了宾馆。钱进想儿子，也只是回家看一眼接着就走，紧迫的工作已让他无法更多考虑肖珊和儿子了。

经过近一个月的努力，总行已将泰城支行不良资产列入了处置日程，只等处置方案的审批。

很快方案的初审已批过。

这天下午刚上班，省行资产风险管理部来电话，要支行立即带齐全部资料，到省行汇总，一块儿去北京汇报处置方案。张军找来钱进，让他今天就带资料先去省行，张军安排一下行里的工作，准备明天直接赶到北京。

钱进在行里将有关资料整理装订，整整装了一大旅行包。

整理好后，钱进急急忙忙回了趟家。母亲正在哄着儿子，看到钱进，赶紧朝屋里喊：“肖珊，钱进回来了。”母亲还以为钱进今天是早下班了。

肖珊正在卧室里为儿子做着衣服，听母亲喊，忙走出来说：“我的大忙人，今天咋早回家了？”

“想家了吧，来看看咱儿子。”钱进说着来到儿子小床边，一边逗他笑，一边对母亲说：“您也歇歇吧。”

“别哄人了，一定又要出差了吧？”肖珊瞅了他一眼说。

钱进盯着肖珊，这一个多月只顾工作了，猛然发现，肖珊白了也胖了，看上去可是年轻多了。“我来家看看，咱行里的那笔不良贷款总行要审批，今天我就要先去省行，明天张行长直接去北京，估计最快也要两周时间。家里可就辛苦你了。”钱进无奈地说。

“可别说这话了，这个家指望过你吗？你忙你的去吧。”肖珊有些埋怨地说道。

母亲最疼儿子，对肖珊说：“珊珊，别看这天热得厉害，说变就变，天气预报说下午有大到暴雨，夏天的雨可凉着呢，给钱进带好外出的衣服啊。”

肖珊去卧室墙橱里给钱进拿换洗的衬衣。

钱进在这个温馨美满的家里，感到了生活的满足。他来到书房，拿起书桌上的儿子满月时肖珊抱着他的合影，望着儿子那甜甜的笑容和肖珊温情的目光，感慨万分：哎！若是不去北京，一家人在家和和乐乐的多幸福啊。他心里想着，更觉得对不起肖珊，孩子都满月了，这段时间里，就没在家里度过完整一天，没一块儿吃过一次晚餐。自己不是回家很晚，就是根本不回家。

这时，肖珊已为他准备好旅行包，将换洗衣服和用具都放进包里。她望着钱进说：“我去包水饺，在家吃了再走吧。这些日子你也好久没在家吃顿饭了。”

钱进接过包，说：“不用了，司机一会儿在行里等我，省行领导还等着看材料。”钱进说完，突然感到一阵前所未有的情愫袭上心头。和肖珊结婚一年来，每次出差从来没有这样的感觉，好像有许多的话要对肖珊说。

肖珊说：“不在家里吃饭那就抓紧走吧，路上慢点，安全第一，自己在外多保重。母亲在我们这里，我和儿子你就放心吧。”肖珊说完，母亲又唠唠叨叨说了些嘱咐的话。

钱进又在厅房、卧室来来回回地走了几遍，走出书房，将肖珊和儿子的照片从镜框里取出，放进了旅行包。他来到儿子小床边，抱起心爱的宝贝儿子转了几圈，又亲亲儿子的小脸，直到把儿子弄疼，哭出了声。

母亲忙不迭地喊：“快放下，你把孩子弄疼了。”上去抢过孩子。

钱进依依不舍地和肖珊道别，向外走去。

母亲最疼小儿子，对肖珊说：“钱进从离开家上大学到大学毕业就来到城里就业，和我们在一块儿吃饭就少。结了婚，有了孩儿，咱想可能会好一点，你们这又搞啥股改上市，更是见不到人了。”

“总算快上市了，上市后，钱进的工作可能就会轻松了。妈，您去歇一会儿吧，我看会儿孩子。”肖珊说着，让母亲去床上躺一会儿。

第四十三章

钱进赶回行里，天已阴得又黑又厚了。

司机小王将钱进准备的资料箱放进了车里。这是一辆崭新的桑塔纳轿车。张军拉着钱进的手抬头望了望天，说：“去省城，离高速路还有段路程，天不好，路上小心。明天我直接去北京，咱们再见面。”

“放心吧张行长，今晚我一定在省行把材料整好。另外，备份材料我让青山交给办公室存档了。”钱进精神十足地说道。

钱融走近钱进，说：“这次处置不良资产是上级行充分利用政策，对我们是一次难得的历史机遇，可就看你们了。家里有我和你嫂子，你就安心在外工作。”钱进点了点头。

钱进回头向大家望了一眼，摆了摆手，踏进轿车，小车急驶而去。

这时，天空黑云越聚越多，随着一道闪电裂空，轰隆隆的一串响雷滚过。一场暴雨即将来临。

钱融刚回到办公室，尚未坐稳，外面狂风大作，支行大院的几棵高大梧桐树好像要被连根拔出。霎时，一场瓢泼大雨从天而降，这是入夏以来的第一场大暴雨。“钱进怎么赶了这么个鬼天气，一定要保重啊。”钱融默默地为钱进祈祷。

望着窗外如注的暴雨，钱融无心工作，端着水杯在办公室来回地踱着。

雨越下越大，地上积满了水，支行院子里的排水口根本排泄不迭，积水一会儿就漫到了台阶。钱融的心情莫名地烦躁不安起来。

大雨整整下了近四个小时。

下班前，总算减弱，天边露出了小片蓝天。钱融回到家时孙莉已到家，正在洗着被雨水淋透的衣服。“这老天，说下就下。”孙莉头发也被雨水淋湿了，钱融忙去帮着洗衣服。

孙莉去厨房做饭，钱融说：“挺晚了，下面条吧。”

孙莉知道钱融爱吃面条，再说被雨水淋了，也不想做饭，就陪着吃面条。

钱融刚端起碗，接到张军电话，说钱进的车在大雨中出事了。钱融的脑袋“嗡”地一下，这突如其来的电话，把他给惊呆了，忙问：“人怎么样？”

张军万分焦急地说：“一切都还不清楚，只是接到镇上领导的电话。”

钱融放下碗对孙莉说：“我先赶去看看。你在家听我的电话，先不要告诉肖珊和母亲。”

钱融接着给梅霞去了电话，说：“梅霞，钱进的车出事了，你马上派车让李青山跑一趟省行，务必把材料送到。省行领导正等着看材料。”梅霞已知道了钱进的事，立即安排了李青山去送材料。

孙莉呆呆地坐在那里，还没反应过来，钱融已穿上鞋夺门而出。

钱进的车是在出城里往高速路上赶时出的事。那段路正在整修，他们改走小路，由于暴雨，又是土路，水洼较多，司机小王根本无法辨清哪是路，哪是水洼。在崎岖泥泞的路上，翻进了一个蓄满水的乡村池塘里。当地110、交警和镇上人员赶到救起时，钱进已停止了呼吸。司机小王因会水而得救。

钱融等人赶到时，钱进已躺在了镇医院的太平间。

钱进带着泰城支行的希望之托，丢下了他的事业，丢下了肖珊，丢下了儿子，丢下人世间的一切美好，匆匆去了，永远地离开了他热爱的世界。他那么年轻，他才刚满三十二周岁啊！

一床洁白的床单覆盖了钱进的身体。

“钱进，我的亲弟弟啊！”钱融疼痛穿心，泣不成声地扑在了钱进身上。

张军抹着眼泪，说：“钱行长你要节哀，这个家好多事可要你支撑啊。”说着拉起身子有些颤抖的钱融。

钱融的眼泪流下来，他不停地用手抹去，可它们怎么也不听话，哗哗地流个不停。梅霞拿出纸巾递给他，他接过，哽咽着努力控制着自己。

梅霞、孔云飞看见那个朝夕相处的充满青春活力的鲜活生命，就那么猝然去了，就那么一动不动躺在冰冷板面上，早已号啕大哭起来。

这时镇上的领导赶来约钱融、张军他们去院接待室议事。张军和梅霞去病房探望了司机小王，孔云飞搀扶钱融来到接待室。

钱融感到天旋地转，大脑一片混沌。

张军连喊了他几声，他才回过神。

“钱行长，我们都很沉痛，但事情已经发生了，我们的弟弟再也回不来了，还是考虑一下怎么办吧。”张军说。

钱融才想起离家时，孙莉还在等他的信儿。他拿出手机见有孙莉的八个未接电话，钱融痴痴地，全无了主意。

“钱行长，让梅主任和云飞回家一趟接肖珊过来吧。”张军含着泪说。

钱融木然地望着出出进进的同事，对张军说：“张行长，我一时让悲痛袭昏了头，家里还是我回去说吧。肖珊和母亲在一起，让她们一块儿来吧，早晚都要叫她们知道啊。”

梅霞、孔云飞陪钱融和司机赶回家里。路上，钱融拨打电话告诉了孙莉，让她通知妹妹钱芳和妹夫一齐赶到肖珊那里。

钱融踏进肖珊的家时，家人已到齐了，母亲放声大哭着。肖珊面无表情地坐在儿子身边，一双红肿的大眼混浊无神，头发凌乱，脸上泪痕道道可辨，像换了一个人。钱融知道孙莉已向她们说了实情。

母亲见钱融进门，哭声愈大了：“大融，你弟弟咋了，走时还好好的呀，这让我咋活啊。”

听到母亲的哭泣，钱芳、孙莉、肖珊也都哭成了一团。钱融抹了把眼泪：“你们都知道了，张行长还在医院里，先回老家把父亲接来，我们再一块儿去医院把钱进接回来吧。不能让钱进一个人在外面啊。”钱融话还未讲完，已是珠泪滚滚，泣不成声。

孔云飞下了面包车，扶着钱融的母亲，说：“伯母，您保重，钱进兄弟没给您丢脸，他是好样的。我们都是您的儿子，您可要保重身子啊。”

到家后，钱融将钱进的事对父亲说了。父亲曾是多么坚强的人啊，听后也是哭声哽咽。他走到肖珊面前，说："珊珊，事情已经发生，你要坚强些，还有孩子啊。钱进是为了工作而走的，相信领导们会安排好一切的。"

一直在抽泣的肖珊，看到年迈的父亲老泪纵横，猛然哭出声来，压抑在心底的悲痛喷涌而出。钱芳上前抱住肖珊，两人又哭作一团。

钱融让孙莉在家看护着侄儿，其他人在孔云飞的安排下一齐赶去镇医院。

到了镇医院刚停车，肖珊便哭着第一个冲向了太平间。

张军上前拉住肖珊："肖主任，你要节哀，钱进是位好同志，同事们和银行忘不了他。"

肖珊只是哭着，什么也说不出，来到钱进身边，抖动着双手揭起覆盖在钱进脸上的洁白盖布，只见钱进还是那么安详、温和、平静，像睡着了一样。

"不！他没死！他不会死的！"还没说完，肖珊就晕倒在地上。医生忙着抢救，一会儿工夫，肖珊醒来，听医生对钱融说："她是悲痛过度，加上身子虚弱，最好让她输点葡萄糖。"

钱融说："大夫，你安排吧。"

肖珊不愿离开钱进，俯下身子，对钱进说："钱进你是累了，要休息一会儿，是吧？那你歇歇，咱回家吧。"肖珊像往日与钱进独处时那样，柔声细语地对他说。而钱进只能无声地躺在那里。

"儿子，你说句话啊！你说句话啊！"钱融扶着父母来到钱进身旁，母亲抚摩着儿子的脸哭着。张军忙过去握住钱融母亲的手，说："大娘，你要保重啊。"

张军此刻深深地体味了一位母亲老来失去爱子的心，这是怎样的悲痛啊。

张军又来到钱融父亲身边，说："钱大爷，您可要节哀啊。"

"谢谢你们对这个家的帮助。"老人无过多的言语，只是不停地向张军道谢。

张军见天色已晚，对钱融说："钱行长，时间不早了，咱和钱进回家吧，回去再商量做公事。"

钱融点了点头。他又给肖珊的父母去了电话，只是说钱进受了伤，要他们过来。

梅霞叫来了殡仪车，梅霞、孔云飞和同事们一一搀扶起肖珊和钱融的父母。四个同事上前抬起钱进上了殡仪车。梅霞陪肖珊坐在钱进身边，肖珊哽咽着不住地说着："钱进，咱回家，钱进，咱回家……"

由于李青山材料送得及时，向总行上报的资料，省行已单独派人送去。次日，张军召集总支一班人，研究决定，钱进的追悼会于第三日在泰城殡仪馆举行，同时向市行、省行领导做了汇报。梅霞、孔云飞负责向外发讣告和追悼会安排。

下午，孔云飞起草了悼词初稿交给钱融。钱融看过感到有点平淡，自己连夜动手修改。他不顾疲惫，改写了三遍仍不满意。钱融曾经自认文笔还可以，此时，却写不出悼念之情。他泪眼模糊地看着一行行文字，决定推倒重来便把稿子撕得粉碎，向窗外扬去，细碎的纸片，宛如一只只纷飞的蝴蝶，更像钱进那洁白的魂灵在天际间飘飞。他平息了一下沉痛，沉下心来，回到办公桌前，一字一句重写起来。每写一字，钱进那音容笑貌就浮现在眼前，那曾经的岁月又一幕幕掠过，一种难耐的悲情涌上心头，涌向笔尖。一切都像一场梦，一场不再醒来的梦。

这时，窗外又飘起细雨。直到最后放笔，这一夜，钱融始终与钱进在一起，就如他始终未离开过。

清晨，风停雨歇。泰城殡仪馆内庄严肃穆，院内各种树木花草更加青翠。花圈围了满满一周。

上午十点钟，参加追悼会的人们挤满了大院。省行领导、市行领导、支行中层以上干部和能抽出时间的同事们都赶来了。钱融家里的亲戚朋友也早早站在了馆里。

钱进的遗体躺在鲜花簇拥的水晶玻璃罩里，正面是“沉痛悼念钱进同志”的横幅，他的巨幅黑白照片挂在中间，笑得那么灿烂、那么阳光。

“钱进你真的走了吗？”肖珊还仿佛在梦中。

追悼会由张军主持，美容师为钱进化妆后，对张军说，追悼会可以开始了。张军抬头看了一眼黑压压的人群，拿出准备好的稿子，又看了一眼钱进的遗容，刚想宣布开始，却又哽咽了，泪水溢满眼眶。他转过头去，定了定神，回转身时，肖珊和亲人们已哭成一团。张军用十分低沉的语气说：“大家安静一下，咱开始举行追悼会。”

张军宣布追悼会开始。哀乐声起，全体默哀一分钟，为亡者三鞠躬，接着宣读悼词。随后各级领导和同事向钱进遗体告别，慰问家属。

仪式结束后，钱融与来宾握手谢别。家人及同事们陪肖珊把钱进送去火化。

钱融站在火化炉旁，眼看了火化工将钱进推进火化炉。他悲痛难抑，匆匆离开。

哀乐声中，肖珊还在悲伤哭泣着。

一小时后，钱进已被装进了一个小小的盒里。

肖珊接过盒子，双手抱在胸前。梅霞和钱芳左右搀扶着肖珊，大家缓缓地跟在后面，走出了青松翠柏掩映的殡仪馆。

车沿了西过境路向南，向南驶去……

这条路曾是钱进多么熟悉的路啊，此时，却成了他的不归路。

泰城凤凰山的南坡，一片公墓里，又多了一块新碑。

“钱进，你咋就抛下我们走了呢，你好狠心啊。”肖珊一边哭泣着，一边为钱进烧纸。

望着慢慢离去的送殡人，肖珊伫立在钱进的墓前，脸上毫无表情，像个木头人似的，似乎她的灵魂随了钱进而去。

钱融等人只好强行拉了肖珊向山下走去。

办完钱进的丧事，肖珊的父母陪肖珊住了一周，便回了苏州。钱融的母亲陪肖珊住在一起。孙莉、钱芳隔三岔五去看肖珊。同事们也不断地有人去看望她。

一段时间里，肖珊时时被悲痛侵袭着，人憔悴了许多。

张军带着钱进整理的资料和市、省行领导去了北京。两周后，不良资产得到了全部处置。

泰城支行的发展由此步入了良性循环，不良资产率降为0.2%。

清早，刚上班，张军把梅霞叫到他的办公室，说：“梅主任，你通知几位总支成员，咱开个会，关于钱进的事，就让钱行长回避一下吧。”

九点钟，总支一班人除钱融外，都来到张军的办公室。张军说："今天也没业务上的事，关于钱进同志的事，想征求一下大家的意见。钱进因公去世后，两年前从行里办的五万元住房贷款一直正常归还，风险部已上报市行申请给予减免，市行让他们形成个意见。"

大家听说这件事，一致同意，便让孔云飞起草上报请示。

会后，张军和钱融说了会议的情况。钱融说："张行长，这事最好和肖珊说一下，几天前，在家里我和她拉起还款的事，想帮她还一部分，她坚决不让。说行里既给了钱进荣誉又给予了应有的补偿，她还有能力按月还贷。"

"钱行长，钱进同志为行里付出了宝贵的生命，肖珊为行里做了那么大的贡献，支行不为他们做点什么，我们这当行长的感到有愧啊。"张军说到这里，眼眶湿润了。张军喝了口水接着说："不说这些，我们这代人注定要有付出和牺牲，但是，能帮他们一点儿，对故去的人也是个交代吧。"

但无论张军怎么劝，钱融仍执意要先去和肖珊说一下。

晚上，张军、梅霞、孔云飞和钱融便来看肖珊。

钱融的母亲正在看孩子，肖珊给大家一一倒茶。张军首先问了肖珊的身体状况，接着把支行总支会研究的意见告诉了肖珊。

肖珊认真地听着，说："张行长，我理解行领导，也非常感谢对我们的照顾和帮助。可是这几万元，我还是要还。为了这笔钱，父母、哥哥和嫂子原本早已为我凑齐了要还上，我坚决不同意。钱进去了，行里给了很高的补偿，再说同事们又都送来了慰问金，我的工资收入还能还上款，可不能再向行里伸手了。如果那样，钱进在九泉之下也不安啊。"

这时，已七十岁的母亲也来到张军面前，拉住张军的手说：

“张行长，我们一家人感谢你，感谢咱银行，这笔钱珊珊不同意要，你就依她吧。无论从钱进的公事还是善后的补偿金，我听珊珊说，你们都是给最高的，我们再提要求可就对不住组织了。”

张军被钱母的大义深深地感动了，这样伟大的母亲才养育出了钱进这样的儿子啊！他心里暗暗敬佩这个家庭。

钱融深知肖珊的心意，人都没了，钱又能补偿多少呢，钱融说：“就听肖珊和母亲的吧。肖珊目前还没有困难，有困难再说吧。”

张军不再说什么。中国已经进入了一个很商业化的时代，在这个时代里，为了金钱，有多少人煞费心机，为了金钱，什么东西都可以变成产品来出卖！然而，我们的员工肖珊同志却将送上门的钱往外推。就凭这一点，我们工行的未来是充满希望的。曾经有位古人说过，文官不爱财，武官不怕死，那就是一个难以撼动的国家。

张军这样想着，再一次向肖珊和钱融的母亲表示了慰问，要她们保重身体。说完，他们离开了肖珊家。

时间过得真快，肖珊的产假已过了六十天，她再也不愿待在家，便拜托母亲照看儿子，重返了她日夜思念的岗位。

第四十四章

肖珊回到岗位，把全部身心都倾注在了工作上。一旦投入工作，心灵上的悲痛便得到了慰藉。

钱进去世“百日”这天，天空低沉阴暗，乌云密布。钱融、肖珊、孙莉和钱芳前去墓地为钱进祭奠。

肖珊将一束鲜花放在钱进墓碑前，墓碑上，钱进的彩照微笑着像要走出来。钱融斟满三杯酒，举过头顶放置在供桌上。此时正是深秋季节。凤凰山上有人在吹着呜呜咽咽的葫芦丝。钱融心情酸楚悲凉，孤独凄苦。回想股改以来的日日夜夜，恍然如昨。夜以继日的工作，使他和钱进在一起吃饭的时间都少得可怜。小时候那样深的手足情，工作后，即使在一座大楼里办公，可又聚过几回啊。钱融悔恨没能有机会多与那拼命三郎一般的兄弟叙谈。于公于私，自己平常关心钱进都太少太少了。可是在这样一个转型时期，谁不是经历着繁重工作和内、外部竞争的多重压力啊！钱融想到这，在内心说道：贤弟，一路走好吧。作为大哥，我会照顾好你走后撇下的这个家的。钱融想着，已有泪盈满眼眶。

这时，天空突然飘起细雨来。钱融对肖珊说：“肖珊，我们回去吧，你身子弱，可要保重身体啊。”

肖珊说：“大哥，你们先下山吧，我再陪钱进一会儿。”孙莉撑开一把伞，为肖珊遮了过去。

于是，钱融他们先向山下走去。

肖珊伫立雨中，悲凉一层层挤压上了她的心头。肖珊低泣着：“钱进，深秋了，你冷吗？你还没有和我再次朗诵《再别康桥》啊。”说完，肖珊朗诵了起来：“轻轻的我走了，正如我轻轻的来……”刚刚朗诵了两句，她就哽咽了，再也念不下去。此时再不是小城春夜的心境了，“天凉好个秋”啊。肖珊紧了紧衣服，感到从未有过的悲凉和冷寂。

肖珊流血的心底默默地流出带泪的诗句：

我是一滴雨
在冷冷的风中
被无情地吹打着
破碎的心在无际天幕中游离
问天
暗暗地低沉言语
问地
厚厚的沉重叹息
问自己
呆呆地若痴若迷
唯有秋风
冷寂地吹翻我的衣领
撕扯着我走向天幕

小城的春风
曾经那么和煦、那么温存、那么甜蜜
曾经的相偎相依
曾经的细雨漫步
忽然间
你随风而去
我是一颗晶莹水滴
你是那连天的雨幕
我早融入你的怀抱
你真去了吗
我问
笑颜在扭曲
心灵在震颤
我憎恨人生的无常
生命太脆弱
为什么美好的时光总是那么短暂
我的心上人啊
我乞求上苍
能否用我的一半生命换回一段时光
让我们再一次回到那匆匆岁月的思念
亲人呀！您生命的光焰
穿越了时空，把未来照亮！

肖珊的低泣、低诉，飘进了秋雨中，随着秋雨飘向了远方……

光阴似箭，一眨眼又到了年底。钱融回泰城已两年多了，梳理自己的工作，他自认为还是满意的。不仅是得到了周行长的认可，更主要的是，全面梳理了全行的岗位设置，完成了人事改革；完成了多年未决的代办员改革；实现了股份制改革。最让他感到欣慰和让泰城支行走出困境实现良好效益的，是多年来的那笔大额不良贷款得到了较好处置，全行员工的收入几近翻了一番。支行由原来的落后行跨入了先进的行列。今年，第一次绩效工资兑现那天，大家见面就问，发了吗？然后说，多亏了钱行长的领导啊。刘刚跑到钱融的办公室，无比感激地说：“谢谢您，钱行长，我已还清了借款，就我们全家感谢您。大家都说，您领导得好啊！听说您又要去分行了，提拔是好事，可咱支行刚有起色，您可不能走啊。”钱融安慰刘刚说，“我一个人能做什么，都是大家干得好啊。”不过，刘刚说到提拔，钱融还是隐隐的有点心动。

第四十五章

2006 年 10 月 27 日，中国工商银行 A+H 成功上市。

这天，阳光明媚，晨曦中，泰城支行办公楼下，钱融、张军及支行全体中层以上干部，统一着装精神抖擞地站立成三排。特别醒目的是，老行长孙国栋站在了前排。

八点三十分，钱融行长大喊一声："揭牌"。声音洪亮有力。随着大红绸缓缓揭起，一块写着"润泽四方，承载未来"八个大字和一行"庆祝中国工商银行股份有限公司上海、香港两地同时成功上市"小字的大幅广告牌在泰城支行高大的办公楼顶上矗立起来。伴随着雷鸣般的掌声，梅霞、孔云飞点燃了喜庆的礼炮，人们无不欢呼雀跃。

钱融上前紧紧地握住老行长的手说："今天的成就有你们老一辈工行人的心血啊。"

老行长热泪盈眶："大融，老师祝贺你，也衷心地祝福你走得更远。"

高楼上，巨大的红色广告牌，如旭日东升，引来无数泰城人的伫立瞩目。一个充满朝气与活力、脱胎换骨的崭新工商银行诞生了。

工行 A+H 股的发行上市，创造了八个中国第一和十六个世界之最。A 股开盘价 3.4 元，H 股开盘价 3.6 港元。总发售股数约 484 亿股，涉及金额 1500 亿元人民币，是全球证券市场史上集资规模最大的 IPO。

在这喜庆的时刻，张军对钱融说："可惜我们的钱进同志没有看到这一天，他多么盼望这一天的到来啊。"

钱融抬头望着广告牌，极其伤感而又充满了自豪地说："在齐州分行，我们这个老落后行到三季度末，综合考核终于进入了前三名。正是股改期间经历了那段艰难岁月，我们才能锻造了一支能献身、能打硬仗的员工队伍，才有了今天的辉煌啊。"

钱融望着眼前这些曾经朝夕相处、患难与共的同事们，感慨万千地说道："无论到什么时候，对那些在工商银行改革与发展中，在工商银行的股改上市中作出奉献和献出宝贵生命的同事，我们都不能忘记。让云飞尽快把支行的荣誉室建起来，把他们的事迹都陈列进去，让这种精神一代代传承下去。股改上市仅仅是我们工商银行建设国际一流商业银行的第一步。正如董事长所言，'股改上市我们登上了一座高峰，但又站在了一座山峰的脚下，今后的路更长，更崎岖，任务更艰巨。'"

正如媒体所言，工行在两地上市不仅是一次重大的制度创新，也是国内金融市场的一次重大转折。

揭牌仪式结束后，钱融向办公室走去。来到办公楼一楼大厅，他站定在大厅迎面那幅古老的《凤凰涅槃》巨幅陶瓷壁画前。他凝视壁画，画面上那两只金凤凰正口衔香木从天外飞来。天空浩瀚无际，大地苍茫辽远。钱融心中呢喃："金凤凰，你获得再生了吗？"他每天都从壁画前走过，却从来没有像今天这样

八点三十分，钱融行长大喊一声："揭牌"。声音洪亮有力。随着大红绸缓缓揭起，一块写着"润泽四方，承载未来"八个大字和一行"庆祝中国工商银行股份有限公司上海、香港两地同时成功上市"小字的大幅广告牌在泰城支行高大的办公楼顶上矗立起来。伴随着雷鸣般的掌声，梅霞、孔云飞点燃了喜庆的礼炮，人们无不欢呼雀跃。

去观赏壁画。看着看着，他忽然心里像燃起一团火，浑身有着无穷的力量。他快步回到办公室，展纸挥毫，写下七绝一首：

百舸峥嵘竞远航，中流砥柱耀东方。
征帆此去铺金浪，敢借东风又一章。

写完，钱融意犹未尽，站在窗前，畅想着工商银行的美好明天。他仿佛看到一艘金融航母正载着千万人的期待和梦想，驶向成功的彼岸！

晚上，在支行会议室举办了庆祝工行上市文艺晚会，有支行员工精心组织自编自演的节目，还有齐州市京剧团著名京剧表演艺术家献上的京剧折子戏，整台晚会精彩纷呈。钱融唱了一曲《感恩的心》献给在工商银行股改上市中作出奉献的全行员工及其家属，献给为工行股改上市献出宝贵生命的亲爱的同事。演唱前，是一段声情并茂的朗诵：感恩的心，感谢有你……只朗诵了几句，泪珠已打湿他的眼眶，像泉水般涌了出来。台下，好多同事的眼里也早已有泪花滴落。钱融几乎是在半啜泣中，演绎了这首发自内心感恩的《感恩的心》，博得了全场经久不息的掌声。

钱融满含热泪一再向全体员工鞠躬致意！

尾　声

春节前夕，市分行班子有了较大的变动。周政行长调省行工作，仇行长接任行长、党委书记。接下来，仇行长进行了大刀阔斧的人事调整。本来钱融还不到交流期限，然而一纸文件又把他交流回了齐州分行，工作另行安排。张军接任泰城支行行长，梅霞任副行长，孔云飞接梅霞任办公室主任。对他的工作调整，钱融早有思想准备，却没想到这么快，更没想到是另行安排工作。他想，走是迟早的事。几年来的风风雨雨，钱融早已不是当初的那个钱融，在看待人生和仕途上，他已更加豁达和超脱。他忽然想起林语堂的幸福观——这幸福很简单，一是睡在自家的床上，二是吃父母做的饭菜，三是听你爱人说情话，四是跟孩子做游戏。人之所以快乐，不是得到的多，而是计较的少啊。支行班子的安排令他很欣慰，此生无悔，毕竟自己干了一把自己想干的事，现如今是“卧龙岗散淡之人”了。心里想着，他口中不觉吟唱出太白的诗句来：“仰天大笑出门去，我辈岂是蓬蒿人”。回头，见无人相随，又不由窃笑自己的张狂。

走的前一天，梅霞来到他的办公室，说：“知道你心里不好受，去了市里自己多保重。”梅霞最了解钱融的性格脾性，说一些安慰的话对他来说没用。梅霞又说："要是还在童年多好啊，转眼都走在了人生的秋天里。对了，秦友说，他在市里为你接风。"钱融笑笑说："我没事，你尽管放心，我早已习惯了。我在市里等待着你们去会师。你也多保重，往后的担子重了。"秦友是去年底去了市里工作，钱融和他通过几次电话，却一直没能坐到一起，没想到，转眼去了同一个城里。

他们正拉着，蒋启昌一把推开了他办公室的门，身后两人抬了个陶镇烧制的刻瓷大盘。"霞姐也在啊，不打扰你们吧。"蒋启昌大大咧咧地说。钱融说："启昌你这是干啥？我可是无功不受禄啊。"说着，蒋启昌已打开了锦缎包装盒，一个黑釉精美的刻瓷大盘展现眼前，刻的是幅山水图，题字"轻舟已过万重山"，落款是同学靳连庆、葛伟、蒋启昌赠。钱融想，尽管自己从小就生活在陶瓷厂里，家里却是没有一件拿得出手的艺术品。他见作品出自陶镇著名的刻瓷大师之手，自是喜欢，嘴上却说："礼物太重了。"蒋启昌说："连庆和伟哥在外面赶不回来，就托我一手办了，也衷心祝愿老同学事业发达，轻舟穿越万重山。"钱融说："启昌，你这大老板水平见长啊。"因为有好多事需要做，钱融也没留他，和梅霞送蒋启昌出了行。钱融望着刻盘的落款，想起与靳连庆和葛伟在一起的日子，心中涌起无限波澜。

下午，钱融接到梅霞的电话，说老同学、老朋友们想与他坐坐。钱融也没什么事，欣然答应。晚上，梅霞开了刚买不久的那辆别克轿车去接钱融，钱融坐在副驾驶上。轿车沿泰河大道缓缓行驶，车窗外，美丽的泰河依旧滔滔东去，小城已是灯火阑珊。两人曾有说不完的话，此刻，却一时无语。对一个城市的眷恋，其实，是对那些曾经熟悉的人的眷恋啊。再见了，泰河！再见了，同事们！我心永在。

两次辞别小城，像一场梦随了人世间繁华而逝，唯有真情永在。他想对梅霞表白什么，却始终没能说出……

后　记

中国工商银行是中央管理的大型国有银行，转眼间成功上市已十五年了。对工行来说，实施股份制改造是一次脱胎换骨的彻底改造，是一次历史性跨越，具有划时代的意义。时年，我作为一名工行基层管理者，有幸亲历了工行股改上市全过程。工行人在股改岁月中所彰显的“团结一心、顾全大局、无私奉献、严谨务实、勇于创新”股改精神，深深地镌刻在我的心中，促使我拿起笔来去书写和记录，去赞美。

金融是国家重要的核心竞争力，金融系统与更广大的世界丝丝相连，息息相关。当下，我国金融从业人员达千万人，金融业在现代经济中的核心地位越来越重要，它连接着各部门、各行业、各单位的生产经营，联系千家万户，是国家管理、监督和调控国民经济运行的重要杠杆和手段，也是国际政治经济文化交往，实现国际贸易、引进外资、加强国际经济技术合作的纽带。壮丽的中国金融事业需要记载和讴歌。

最初写下小说的题目是《股改岁月》，朋友看了说略显平淡，不能诠释小说要表达的那种博大精神和情怀。于是，有了现在的题目。定名《涅槃》，取工商银行的股份制改革是一次脱胎换骨的再生之意。我想，《涅槃》的意义不仅在于看到了重生的力量，更在于看到了重生背后所要肩负的痛苦与决绝。它更在于探寻奉献、创新和人性的关怀与爱。

初春，当我独自面对了无边的黑夜，在灯光下苦苦思索，春夜微寒，那寒意正使我的大脑愈加清醒。这孤独和黑夜正是最好的文学环境，我不能辜负这黑夜里的灯光，我要用劳动回报这美好时光。于是，我像农民耕耘土地一样开始动笔了。我主要的写作时间，多是在周末。回到家，一连两天里，把自己关在书屋，不下楼，不出门，除了吃饭、睡觉就是写作。其间，我放弃了所喜爱的散文和诗歌的写作，放弃了朋友的聚会，放弃了和亲人的团聚，工作之余全身心地投入了写作中。黑夜里，我一张张地写，妻子作为打字员一字字地码，她伴我度过了一个个不眠之夜。她是为了我写作的雄心壮志而专门学习了五笔输入法，我的小说没怎么写好，倒是培养了一个优秀打字员。

自二十世纪八十年代，我便在老师的指导下开始文学写作，多是散文和诗歌，小说的研究和练习较少。每次回头看草稿，脸上热辣辣的，顿感文笔迟钝，几次有了放弃的念头。如果还有鼓舞我写下去的理由和勇气，那就是我曾经的那段火热的生活经历和当今汹涌澎湃向前发展的新时代。尤其让我难以忘怀的是那些人、那些事，他们时时走进我的生活，走进我的梦里，和我交谈，给我鼓励。

我要感谢省行领导给了我接触基层行的机会。为了省行历程馆的建设，我和同事为征集金融文物，先后走访了十二个市分行的近六十个区、县支行。走访中，我不断地记录着来自基层行股改岁月中活生生的事例和故事。每一个鲜活的事例都深深地打动了我，令我震撼，催我奋进。因此，我的写作多是正面的先进人物。书中人物不是具象的，而是综合了很多原型的艺术再创作，即使有矛盾冲突，也绝无影射任何人的意思。期望我真诚的劳动能回报这火热的生活，能铭刻那段难忘的岁月，能激励人们奋然前行。

这里没有跌宕起伏的故事情节，更缺少惊心动魄的艺术冲击力，有的只是以淳朴恬静的情感所做的平实散淡的真诚叙述，这是我所熟悉的一段忙忙碌碌的日子。真实是艺术的生命。故事即生活，生活的故事是由人的言行组成的。在写作过程中，每当想到在股改岁月中逝去的同事，我都不禁泪湿稿纸。我很惭愧，未能把他们精神世界的高度全面而细腻地展示出来，只是记录了工商银行在这个伟大的变革时代发展历程中的极微小一部分。然而，作为一个思想与精神的传播者，我的表达是真诚的，我的情感是真诚的。即使还达不到一定高度，却决不放弃对精神价值的追求。我想小说首先要有思想性，其次才是艺术性。人生不仅要身体满足，更要让精神充实，身体的快乐是短暂的，唯精神永恒。因此，写作中我努力去传播一种高尚的精神价值观。我庆幸生活在这个伟大的时代，我庆幸有着那么多同甘共苦的优秀同事。他们的事迹是我取之不尽用之不竭的创作源泉。文学的规律就是要塑造艺术的真实，这种真实，不是事实影像的翻录，不是现实生活的临摹，而是集各种个体的整合和再塑造，艺术化地重现生活，它源于生活而高于生活，是形而上的。艺术作品一旦形成，它又是更加的可感、可触，仿佛真实地回到了现实生活中去，而绝不是脱离现实毫无生活气的，甚或是游离于生活的空泛说教。通过我的真诚叙述和记录，想展现给大家的不是目前社会下银行这个特殊企业的深度，而应该是它的广度和宽度，以此期望能提升人们对银行和银行人的认知度。我的写法是笨拙的，笔力不够。但，如果你慢慢地去阅读文本，就能从中理解我的辛苦。

“知我者谓我心忧，不知我者谓我何求。”阅读中，你会重温一段历史，一段岁月，你会随了文字去探寻生命意义，去追问崇高、信念、理想、担当、奉献在现实社会中的价值。一条路，我们可以回头去走，可是，历史和岁月回不去，但记忆却时常在曾经的路途上徘徊。我想，能留住历史和岁月的唯有文学，文学能捕捉那些逝去的时空和鲜活的生命。就好比在写作中，我之所以融入了家乡的特色小吃和陶镇民俗风情，是因为我始终挚爱着我的家乡，那是我的根。

今年3月初，我收到中国工人出版社吕静副总编的祝贺信，《涅槃》入选由全国总工会、中国工人出版社联合开展的全国第一届新时代工业文学（职工文学）出版资助项目。这次活动是为了更多展现中国工人阶级的成长历史、奋斗历程、奉献精神和家国情怀，弘扬产业工人的工匠精神和创新精神。经广泛征集、初审和专家评审，有12个项目入选。为了《涅槃》的出版发行，在这里我要真诚地感谢中国工人出版社的副总编吕静及各位领导给了我创作的激情和动力，感谢小说的责任编辑姚宁老师的辛勤付出。我要真诚地感谢中国作家协会全委会委员、山东省作家协会原副主席、著名作家赵德发先生在百忙之中为我的小说作序；感谢中国当代极具收藏价值力的著名画家李振奎先生为小说作插图。还要感激我的亲人、朋友和同事给我的关爱和帮助。值此，对所有关心、支持和帮助过我的师长、朋友、亲人表示深深地致意！

冯衍华

2021年5月20日于济南